ROYAL
ROADER

로열로더 1

초판 1쇄 인쇄일 2014년 11월 20일 | **초판 1쇄 발행일** 2014년 11월 24일

지은이 이희호 | **펴낸이** 곽중열 | **담당편집 팀장** 이범수
편집부 신연제 이윤아 김호성 김은경

펴낸곳 (주)조은세상 | **출판등록** 제 2002-23호
주소 경기도 연천군 미산면 청정로 1355
TEL 편집부 02)587-2966 | FAX 02)587-2922
e-mail bukdu@comics21c.co.kr

ⓒ이희호 2014
ISBN 979-11-5512-810-7 | ISBN 979-11-5512-809-1(set) | 값 8,000원

NEO FUSION FANTASY STORY

CONTENTS

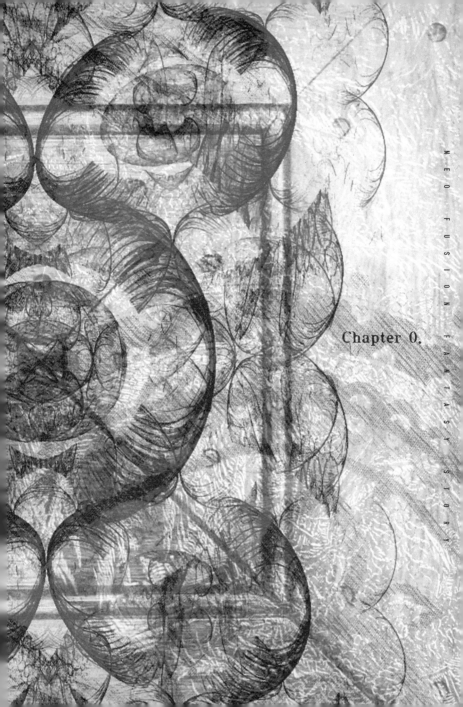

Chapter 0.

Chapter 0.

ROYAL
ROADER

I

"응? 뭐지?"

아이의 얼굴에 호기심이 어렸다. 어른의 허리 정도 오는 키의 작은 아이였다.

"열렸잖아?"

아이는 살짝 틈을 드러낸 문을 바라보았다. 호기심은 이 문이 평소에는 굳게 닫혀 있었기 때문에 일어난 것이다.

아이는 누가 들을세라 조심스럽게 다가갔다. 그리고 천천히 문을 열었다.

끼이이익.

평소 쓰지 않던 문답게 듣기 싫은 소리가 흘러나왔다.

아이는 어깨를 움츠렸다. 숨소리마저 죽였다. 행여나 누가 듣고 오면 문 안쪽에 대한 궁금증을 해결하기도 전에 가로막힐 것 같아서였다.

미지의 장소에 대한 탐험.

그만한 또래의 아이들에게는 그것만큼 신이 나는 일이 없을 것이다.

다행히도 집 안에 아무도 없었는지, 다가오는 기척은 느껴지지 않았다.

"휴우……."

아이는 가슴을 쓸어내리며 문을 마저 열었다.

끼이이익.

어둠에 잠겨 있는 계단이 아이를 반겼다.

"어떡하지?"

빛 한점 들어오지 않는 캄캄한 계단이었다.

미지에 대한 호기심과 어둠에 대한 두려움이 아이의 마음속에서 격돌했다.

승자는 호기심이었다.

아이는 한 계단, 한 계단 조심스럽게 올라갔다. 그러던 어느 순간 '쿵' 하는 소리와 함께 무언가 아이의 정수리를 때렸다.

아이는 양손으로 정수리를 감싸며 주저앉았다. 눈물이 찔끔 나올 정도로 아팠다.

아이의 머릿속에 '포기하고 그냥 내려갈까?' 하는 생각이 떠올랐다.

하지만 아이는 이내 고개를 가로저었다. 아무것도 얻지 못한 채 아픔만 느끼고 내려간다는 사실이 마음에 들지 않았다.

아이는 양팔을 머리 위로 든 채로 일어섰다. 다소 거친 나무판이 손끝에서 느껴졌다. 위쪽을 더듬거리자 길쭉하게 튀어나온 부분이 만져졌다. 손에서 느껴지는 모양새가 뭔가의 손잡이 같은 느낌이 들었다.

힘을 주어 밀어 올리자 어슴푸레한 빛이 흘러나오는 틈새가 드러났다.

"헤에?"

아이는 한 계단 올라서며 팔에 힘을 주었다. 그리고 다시 한 계단 올라서자 아이는 팔을 내리누르던 무게가 사라짐을 느꼈다.

끼이이익. 쿵.

순간 사방이 뿌옇게 변했다. 오랫동안 곱게 쌓여 있던 먼지들이 충격을 받은 탓이었다.

"에에에에취! 콜록! 콜록!"

아이는 재채기를 연거푸 토해내며 계단을 마저 올랐다. 어두침침한 공간이 아이를 반겼다. 하지만 나무 틈새로 들어오는 빛 때문인지 완전히 어둡지는 않았다.

아이의 눈에는 사방에서 실 같은 빛이 들어오는 것 같았다. 그것은 무척이나 신비로운 광경이었다.

아이의 얼굴이 환하게 밝아졌다. 그와 동시에 입도 함께 벌어졌다.

"와아……. 콜록! 콜록!"

다시금 재채기가 터져 나왔으나 아이의 얼굴에 어린 웃음은 가시지 않았다.

아이는 계단을 완전히 올라왔다. 그리고 사방을 둘러보았다.

갖가지 물건들이 어지럽게 널려 있는 공간이었다. 문제는 쌓여 있는 물건 중에 아이가 평소 접해보지 못했던 것들이 섞여 있다는 점이었다.

"우와!"

아이는 망설임 없이 물건들 사이로 뛰어들었다.

이어 달그락거리는 소음이 끊임없이 울려 퍼졌다.

이것저것을 만지고 살펴보며 아이는 보물찾기를 하는 기분을 느꼈다. 갈수록 신이 났고, 아이의 움직임 또한 거칠 것이 없어졌다. 그리고 그 거칠 것 없는 움직임은 마침내 사고를 일으켰다.

덜컥.

무언가가 아이의 발목을 잡아챘다.

"우, 우와앗!"

중심을 잃은 아이는 그대로 넘어졌고, 그런 아이의 앞에는 길게 세워진 선반이 있었다.

끼이이익. 콰당탕!

요란한 소리가 울려 퍼졌다.

"아코코……."

아이는 신음을 흘리며 몸을 일으켰다. 여러 곳에서 욱신거리는 통증이 느껴졌지만 크게 다친 곳은 없었다.

선반이 아이가 넘어지는 쪽으로 넘어갔기에 망정이지, 아이 쪽이었다면 아이는 결코 무사하지 못했을 것이다.

"어, 어떡하지?"

아이의 눈앞은 난장판을 방불케 했다.

아이는 온몸에서 느껴지는 아픔보다도 사고를 쳤다는 걱정이 앞섰다.

"그, 그만 나갈까?"

최선은 어른들이 눈치 채지 못하는 것이었다.

다시 내려가 아무 일도 없었던 것처럼 행동하면 들키지 않을 거라는 생각이 아이의 머릿속에 떠올랐다.

"그, 그래! 그러면 될 거야!"

그렇게 생각하며 나가려던 때, 작은 반짝임이 아이의 눈에 들어왔다.

얼른 나가야 한다는 생각이 들었지만, 반짝임에 대한 호기심은 기어코 아이의 걸음을 되돌렸다.

아이의 머리만 한 크기의 상자였다. 반질반질한 재질이었는데, 바닥에 떨어진 충격 때문인지 틈새가 살짝 벌어져 있었다. 반짝임은 비틀어진 틈새에서 일어난 것이었다.

아이는 상자를 흔들어 보았다.

달그락거리는 소리가 그 안에 무언가가 들어 있다는 것을 말해주었다.

틈새를 잡아 힘을 주어 보았다.

끙끙거리며 한참 동안 용을 썼으나 상자는 열리지 않았다. 충격으로 인해 틈은 벌어졌지만, 걸쇠가 여전히 걸려 있었던 탓이었다.

"씨이!"

아이의 눈동자에 오기가 서렸다. 굳게 다물어진 입술에서는 어떻게든 열고야 말겠다는 고집스러움이 묻어났다.

아이는 상자를 들어 올렸다. 그리고 있는 힘껏 바닥에 팽개치기 시작했다.

탁! 탁! 탁! 퍼석!

팽개치고 다시 들어 올려 팽개치고를 몇 번이나 반복했을까? 아이의 오기와 집념 어린 시도 끝에 상자는 결국 굴복했다.

아이는 활짝 입을 벌린 상자 속에 손을 넣어 안에 담긴 물건을 꺼냈다.

그것은 펜던트였다.

중앙에는 큼지막한 돌이 박혀 있었는데, 실처럼 들어오는 빛에 비춰보니 보석처럼 영롱한 광채를 발했다.

"우, 우와아아!"

아이는 벌어진 입을 다물 수 없었다. 영롱한 광채는 보석에 대해 모르는 아이의 눈에도 너무나 아름다웠기 때문이다.

아이는 펜던트가 탐났다. 어차피 아무도 오지 않는 곳에 버려진 물건이니 자신이 가진다 해도 상관없을 거라는 생각이 들었다.

아이는 펜던트를 꼭 쥔 채로 다락에서 내려왔다.

방으로 들어가 문을 닫았다. 그리고 손을 펼치자 영롱한 광채를 뿜어내는 펜던트가 다시 모습을 드러냈다.

"히야!"

어두운 곳에서 볼 때보다 더욱 예뻐 보였다.

'한 번 해볼까?'

목걸이나 반지는 여자들이나 하는 것이라고 배웠지만, 아이는 목걸이를 한 남자도 본 적이 있었다. 아빠의 초대로 온 손님이었는데, 그는 목걸이뿐만 아니라 반지도 몇 개씩이나 끼고 있었다.

아이는 펜던트를 목에 걸었다.

화아아악!

아이는 순간 눈앞이 온통 하얗게 변한 것 같았다. 펜던트에서 폭발적으로 뿜어진 빛 때문이었다.

– ???????????

누군가의 목소리가 아이의 귓가에 들려왔다. 여자의 목소리처럼 맑고 톤이 높은 소리였는데 아이는 전혀 알아들을 수 없는 말이었다.

목소리를 들음과 동시에 아이는 지독한 어지러움을 느꼈다.

아이는 이내 풀썩 쓰러졌고, 펜던트에서 뿜어지는 빛은 점차 사그라졌다. 보석처럼 반짝였던 펜던트의 보석은 어느샌가 푸르스름한 돌로 변해 있었다.

Ⅱ

"제닌! 제닌! 어디 있니?"

"형!"

"오빠!"

아래층이 부산스러워졌다.

외출했던 아이의 엄마와 동생들이 돌아온 모양이었다.

아이들의 목소리는 금세 잦아들었고, 여인의 목소리는 아래층에서 한참 울리더니 아이의 방이 있는 2층으로 오르기 시작했다. 2층에 오른 여인의 눈에 다락으로 향하는 문이 들어왔다. 평소에는 그냥 지나치던 것을 여인은 그냥 지나칠 수 없었다. 그것이 열려있었기 때문이다.

"저 문이 왜? 설마!"

여인의 걸음이 빨라졌다.

"제닌! 제닌! 안에 있니?"

여인은 대답을 기다리지 않고 아이 방의 문을 열었다. 바닥에 쓰러져 있는 아이의 모습이 그녀의 눈에 들어왔다.

"제닌!"

여인은 황급히 아이에게 다가갔다. 하지만 채 다가서기도 전에 그녀는 걸음을 멈출 수밖에 없었다.

"맙소사……."

여인의 시선은 아이의 목에 걸린 펜던트에 꽂혀 있었다.

"이럴 수는 없는 일이야……."

신음에 가까운 말을 남긴 채, 여인의 몸은 허물어지듯 쓰러졌다.

Ⅲ

"그 문이 어떻게……. 왜… 열렸을까요?"

여인의 얼굴은 걱정과 안타까움이 가득했다. 옆에 있는 사내 역시 같은 감정을 얼굴에 드러낸 채 잠든 아이를 내려다보고 있었다.

17

"꽁꽁 잠갔잖아요? 열쇠도 멀리 내다 버렸잖아요? 그런 데 왜? 왜? 흐윽!"

격앙된 목소리로 묻던 여인이 흐느끼기 시작했다. 사내는 그런 여인의 어깨를 감싸 안았다.

"어쩔 수 없는 일이잖소? 이미 벌어져 버린 것을……."

"그래도! 흐윽!"

"이것도 운명이라면 받아들이는 수밖에……. 게다가 꼭 나쁜 것만도 아니지 않소? 가문의 시조님을 보면……."

"그 펜던트는 저주받은 물건이라고요!"

사내의 말은 여인의 뾰족한 목소리에 끊겼다.

"괜찮을 거요. 우리 아이는 견딜 수 있을 것이오. 아니, 반드시 견뎌낼 수 있게 할 것이오!"

사내는 다짐하듯 말하며 여인을 안은 팔에 힘을 더했다. 그리고 천천히 여인의 등을 쓸어내렸다. 여인의 흐느낌은 점차 사그라졌다.

"믿어요. 당신만 믿을게요."

여인은 사내의 어깨에 얼굴을 묻었다. 어느 정도 진정된 모습. 하지만 사내의 얼굴에 어린 근심은 여전했다.

"나는 그보다 당신과 다른 두 아이가 더 걱정이오."

"그건 절 믿으세요. 어떻게든 버텨낼 테니."

여인은 다짐하듯 대꾸했다. 꼭 다문 입술이 그녀의 마음을 보여주었다.

'저주받은 물건?'

아이는 어느 틈엔가 정신이 들어 있었다. 하지만 정신이 들었음에도 눈을 뜰 수는 없었다.

자신이 큰 잘못을 저질렀음을 알았기 때문이다.

그와 더불어 들려오는 부모님의 목소리에 어린 근심을 느낄 수 있었다.

한참을 기다리자 부모님이 밖으로 나가는 기척이 느껴졌다.

아이는 천천히 눈을 뜨고 주위를 둘러보았다.

어스름한 달빛이 방 안을 비추고 있었다.

"죄송해요……."

아이는 문쪽을 향해 중얼거렸다.

잠시 그런 다음 가슴에 매달려 있는 펜던트를 내려다보았다.

"이게 저주받은 물건이라고?"

아무리 살펴봐도 그저 예쁜 돌이 박힌 목걸이로밖에 보이지 않았다.

"어?"

펜던트를 들어 살펴보던 아이가 눈을 동그랗게 떴다.

정신을 잃기 전과는 조금 달랐다. 영롱한 광채가 더는 보이지 않았기 때문이다. 펜던트에는 그저 푸르스름한 돌이 박혀 있을 따름이었다.

아이는 어제 뭘 잘못 봤겠거니 하면서 펜던트를 벗으려 했다. 그러나 아이는 그것을 벗을 수 없었다.

벗겨지지 않았다.

펜던트 자체는 쉽사리 움직일 수 있었다. 목에 걸린 줄 도 마찬가지였다. 그런데 벗으려고만 하면 마치 몸에 들러 붙은 듯 떨어지지 않았다.

그제야 아이는 무언가 잘못되었다는 것을 깨달을 수 있 었다.

'이게 저주란 말이야?'

하지만 단순히 벗겨지지 않는 것이 전부는 아니었다.

저주는 곧바로 나타나지 않았다. 도도히 흐르는 강물처 럼 천천히 이루어졌다. 게다가 은밀했다.

아이의 집은 무척 윤택했었다. 아이의 아버지가 근방에 서는 제법 알아주는 상단을 가지고 있었기 때문이다.

하지만 언젠가부터 점차 세가 기울기 시작하더니 아이 가 열다섯이 될 무렵에는 다른 사람의 손에 넘어가고 말았 다.

또한, 가족들이 병에 자주 걸리게 되었다. 전에는 일 년 에 몇 번 아플 일이 없었는데, 그것이 한 달에 몇 번꼴로 늘어난 것이다.

다만 아이만큼은 건강했다.

부모님과 동생들이 모두 병에 걸려 앓아누웠을 때에도

아이만큼은 팔팔했다.

그뿐만 아니라 가족들은 각종 사고에 시달리게 되었다. 다행히 누군가가 치명적으로 다치는 일은 없었으나 질병과 사고 탓에 가족 중 한 명은 늘 병상에 누워 있어야 했다.

사고 역시도 아이만큼은 피해 갔다.

어렸을 적에는 알아차릴 수 없었다. 그러나 커가면서 아이는 점차 깨닫게 되었다.

모든 것이 시작된 원인은 아이가 펜던트를 발견하면서부터였다.

아이가 열여덟이 될 무렵에는 전쟁이 발발했다.

그리고 아이는 병에 걸린 아버지 대신 입대를 자원했다. 일종의 속죄였다.

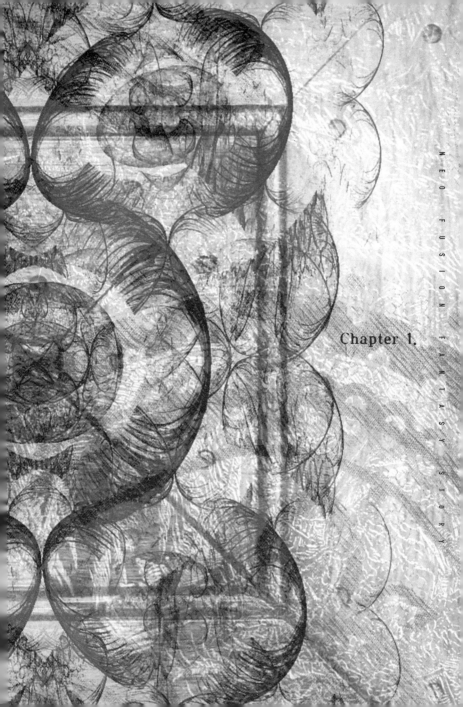

Chapter 1.

ROYAL
ROADER

I

휘이이잉.

늦가을 찬바람이 휩쓸고 지나간 황톳길 위에 짐마차 한
대가 나타났다.

투르르. 투르르르.

마차를 끄는 두 마리의 말이 힘에 부친 듯 연신 투레질
을 했다. 그럼에도 마차는 좀처럼 속도를 내지 못했다. 마
차 뒤로 보이는 깊게 팬 바퀴 자국이 마차에 실린 짐의 무
게를 짐작게 했다.

마부석에 앉은 사내는 커다란 덩치를 가지고 있었다. 겉
보기는 영락없는 산적인데, 상체를 가린 남색 가죽 갑옷에
크라인 왕국 정규군을 나타내는 문양이 그려져 있었다.

사내는 무언가 할 말이 있는 듯, 입술을 씰룩거리다가 다시 닫곤 했다. 그러면서 사내는 가끔 뒤의 짐칸을 바라보며 퉁방울 같은 눈을 부라리곤 했다.

'쓰불! 자기가 대장이면 다야?'

그저 마음속에서만 들리는 외침. 생긴 것과는 달리 소심해 보이는 사내였다.

짙은 방수포로 덮인 짐칸 위에는 한 청년이 드러누워 있었다. 호리호리한 체구, 푸른빛이 감도는 은발을 가진 청년은 지그시 눈을 감은 상태였다. 입가를 맴도는 흥얼거림과 손으로 펜던트를 만지작거리는 행동이 아니라면 낮잠을 잔다 해도 좋을 자세였다.

"이상해… 이상해. 중대장 그놈이 이렇게 쉬운 임무를 줄 턱이 없을 텐데……."

흥얼거림이 멈추더니 청년의 입술이 달싹였다. 그와 동시에 긴 속눈썹을 가진 눈꺼풀이 밀려 올라가며, 선명한 붉은빛이 도는 눈동자가 나타났다.

"아무리 후방에서 후방으로 가는 단순한 보급이라도 해도, 고작 마차 한 대 분을, 그것도 단둘이 수송하라니. 이상해. 정말 이상하단 말이야……."

말끝을 흐리며 선이 가는 턱을 만지작거리는 청년. 다시금 상념에 잠기려는 찰나, 걸걸한 목소리가 청년을 향해 쏘아졌다.

"이상하긴 뭐가 이상합니까! 임무 중에 팔자 좋게 퍼져 낮잠 자는 것보다 더 이상한 게 있답니까?"

몇 번이고 말을 하려다 망설였던 마부석 사내가 마침내 입을 열었다. 몇 번의 망설임을 참아내는 동안 홀로 감정이 격해졌는지, 사내의 말투는 싸움을 거는 듯 거칠었다.

"어? 벡스. 너 갑자기 왜 이래?"

짐칸 위의 청년. 크라인 왕국군 소속 십인장 제닌은 황당했다. 그저 이상하다는 말 한마디 했을 뿐인데 그런 반응이라니.

'벡스, 이 자식 왜 이리 까칠해? 사내자식이 달거리 하는 것도 아니고.'

"왜긴 왜요! 세상이 참 공평해서 그렇습니다. 부하는 찬바람 맞아가며 마차를 모는데, 대장이란 사람은 한가로이 낮잠이나 자고."

'뭐야. 그것 때문이었어? 고작?'

제닌은 피식 웃음을 흘렸다. 느닷없는 까칠한 반응에 무슨 큰일이라도 있나 싶었건만, 그 이유라는 게 너무 잡다했기 때문이었다.

'단순하고 힘이 좋아서 부려 먹기는 참 좋은데, 기억력도 떨어지는 게 문제란 말이야. 쯧!'

속으로 혀를 찬 제닌이 말했다.

"그럼 바꿀까?"

"네? 뭐… 대장이 그러시다면…….."

원하는 말 한마디 했다고 금세 변하는 벡스의 말투. 평소 '밭 가는 소', '밭 소'라 불리는 벡스다운 태도에 제닌이 빙그레 웃음을 지었다.

"그런데 말이야. 편할까?"

"편해요? 뭐가 말입니까?"

밭 소를 낚는 데에는 굳이 큰 미끼까지도 필요 없었다. 워낙 단순무식했기 때문이다.

"벡스 너 말이야. 너. 십인장이 힘들게 말을 모는데, 부하가 짐칸에 드러누워 있으면, 그 부하 마음이 편하겠냐는 말이야."

'당연히… 좀, 약간은…….'

뭔가를 생각하려 하는 벡스. 생각 자체도 깊지 않을 게 뻔했지만, 여기서 중요한 것은 벡스에게 생각할 만한 시간을 주지 말아야 한다는 점이었다.

"그야……."

"잘 생각해봐. 최전방에 끌려갈 너를 보급대로 끌어온 게 누구지?"

"대장님이시죠."

"그럼, 벡스 네가 최전방에 갔으면 어떻게 됐을까? 덩치가 좋고, 산적 저리 가라 할 정도로 우락부락하게 생겼으

28

니까 아마 선발대에 뽑혔을 거야. 그렇지?"

"네? 아, 아마도……."

"선발대. 참 좋은 말이야. 그런데 벡스 너, 선발대의 생존율이 얼마인지 알아?"

"생존율… 요?"

마치 '그게 뭔데요? 먹는 건가요?' 하는 말투.

"한 번 전투에서 살아날 수 있는 확률이란 뜻이지. 참고로 선발대의 생존율은 30% 정도라고 하더군. 즉, 열 명 중세 명이 살아남는다는 말이야."

"열 명 중 셋!"

"다시 말해 열 명 중 일곱이 죽는다는 뜻이지."

"열 명 중 일곱!"

잘 가던 마차가 갑자기 덜컹거렸다. 온몸에 소름이 돋은 벡스가 몸서리를 친 까닭이었다.

"그런데 말이야. 그보다 훨씬 더 중요한 것이 있지."

"더, 더 중요한 것이요?"

마른침까지 삼켜가며 되묻는 벡스. 제닌은 그 모습을 바라보며 낚시질의 성공을 확신했다.

"전투가 과연 한 번만 벌어질까?"

"그건… 아닐 것 같은데요?"

이젠 벡스도 뭔가를 예상하는 것 같은 반응이었다.

"참고로 전쟁이 발발한 후, 지난 6개월 동안 벌어진 전투의 횟수는 서른두 번이라고 하더군. 여기서 문제. 처음 선발대에 뽑혀 지금까지 살아남을 수 있는 확률이 얼마나 될까?"

"……."

벡스는 잠시 고민하는 척하다가 세차게 고개를 내저었다. 이어 그의 얼굴은 멍한 표정을 지었다. 그가 할 수 있는 범위를 아득히 넘어선 계산에 뇌가 과부하가 걸린 탓이었다.

벡스의 표정 변화를 살피던 제닌은 피식 웃으며 말을 이었다.

"아마 0.001%도 안 될걸? 한 마디로, 그냥 다 죽었다고 보면 돼."

벡스는 그저 마른침만 꼴깍꼴깍 삼킬 뿐 대답이 없었다.

"뭐, 굳이 생색을 내려 하는 건 아니야. 하지만 대부분 사람이 같은 상황이라면 아마 나를 이렇게 부를 거야. '생명의 은인' 이라고."

"새, 생명의… 은인……."

"에이. 뭐, 괜찮아. 방금 말했듯이 생색내려 한 건 절대 아니니까. 그런데 말이야. 너만 보면 잡아먹으려 들던 마틴 말이야. 언젠가부터 너를 봐도 아무 말도 안 했지? 그건 누가 그랬을까?"

"서, 설마… 그것도……."

벡스의 얼굴에 어느 순간부터인가 존경의 빛이 감돌기

시작했다. 굳이 얼굴을 확인하지 않아도 제닌은 알 수 있었다. 이 단순함의 극치인 놈은 말 한마디에도 모든 것을 드러낸다는 것을.

"그리고 말이야."

"헉! 또, 또 있으십니까?"

사실 이 정도면 충분했다. 이미 벡스의 머릿속에 자신은 하늘이었고, 자리를 바꾸자는 말은 감히 다시 꺼내지 못할 터였다.

그러나 제닌은 여기서 끝낼 생각이 없었다.

'누가 그랬지? 오크는 때려야 맛이고, 부하는 갈궈야 맛이라고. 크크크크!'

속으로 음흉한 웃음을 짓던 제닌이 침을 한 번 삼키며 말을 이었다.

"지금 남아 있는 애들. 뭐 하고 있을까? 막사에서 편히 쉬고 있을까?"

"아, 아니… 겠죠."

굳이 설명은 필요 없었다.

보급대의 일은 임무를 수행하는 것보다 막사에 있을 때가 훨씬 힘들었기 때문이다.

그들은 매일 같이 각지에서 보급되는 물자들의 수량파악이며 분류를 해야 했고, 그뿐만 아니라 일선 부대로 보급해야 할 물자들을 맞추고, 따로 지정해 두어야 했다.

오죽했으면 부대원 중에 차라리 적을 만나 죽을지언정, 매일 임무를 나가는 편이 훨씬 낫다는 말을 하는 이들도 있을 정도였다.

　"내가 왜 굳이 벡스 널 데려왔을까? 최고참인 마틴도 있고, 말 잘 듣는 바이렌도 있는데?"

　"그건……."

　'당연히 부려 먹기 편하니까! 뭐, 이쯤 했으면 완전히 넘어왔겠지?'

　이어 제닌이 마무리 멘트를 던졌다.

　"어때 벡스. 이제 알겠어? 내가 널 얼마나 총애하는지?"

　"대, 대자앙……."

　약간의 물기까지 어린 벡스의 말투. 아마 이제 다시는 자리를 바꾸자는 말을 꺼내지 못할 것이다.

　'조금 더 감동을 지속시키기 위해서는 약간의 행동이 필요한 법.'

　누워있던 제닌이 벌떡 일어났다.

　"대, 대장! 저는 괜찮습니다!"

　'알지! 암! 알다마다.'

　제닌은 마음속으로 흡족한 표정을 지었다. 그러나 겉으로는 전혀 그런 태를 내지 않았다. 속마음을 표정으로 드러내는 것은 벡스 같은 하수나 하는 일이었다.

"그래도 부하가 힘들다는데, 가만히 있으면 대장 꼴이 말이 아니지."

"저, 정말 괜찮습니다. 전 마부가 좋습니다. 이건 제 일입니다. 저를 위한 일인 것 같습니다."

"정말?"

제닌은 미심쩍은 표정을 지으며 되물었다. 더욱 확실한 대답을 유도하기 위함이었다.

"예! 맡겨만 주십시오! 38대대까지 착오 없이 도착하겠습니다!"

"믿어도 되겠지?"

"이 벡스! 목숨 걸고 완수하겠습니다."

벡스는 말뿐만이 아니라 정말 마차와 함께 옥쇄할 각오가 엿보이는 표정을 지었다.

'흐흐흐! 낚시질은 이 맛에 하는 거지!'

음흉한 웃음을 짓던 제닌의 얼굴이 서서히 굳어갔다.

'잠깐! 낚시질? 미끼?'

몇 가지 단어들이 불현듯 떠오르자 제닌은 표정을 더욱 굳혔다.

"벡스! 멈춰!"

"예? 갑자기 왜?"

벡스는 되물으면서도 급하게 고삐를 잡아당겼다. 명령을 듣는 부하로서의 반사적인 반응이었다.

끼릭. 끼릭. 드르르르.

덜컥거리던 마차는 이내 멈췄다.

'어쩐지 이상하다 했더니… 함정이었어!'

제닌은 손마디가 하얗게 변할 정도로 주먹을 움켜쥐었다.

처음부터 의심되는 점은 많았다.

그에게 주어지는 임무는 늘 생사가 오가는 위험한 것들뿐이었다. 오죽했으면 부하들이 차라리 전투부대가 여기보다는 더 낫겠다는 말을 할 정도였다.

갑자기 후방에서 출발해 후방으로 가는 편한 임무가 떨어질 리 없었다. 게다가 얼굴만 마주치면 잡아먹으려 들던 중대장이 안 하던 배웅을 했고, 내내 싱글벙글한 표정을 짓기도 했다.

더욱 중요한 것은 단둘이라는 점이었다.

아무리 적은 양이라도 수송을 하는 데에는 최소한 한 개의 십인대가 필요했다. 마차를 모는 인원 외에도 정찰과 호위를 할 병력이 필요했기 때문이다.

그런데 중대장은 제닌에게 단 한 명만 데리고 갈 것을 명령했다. 아주 쉽고 편한 임무라는 이유에서였다.

'멍청한! 그때 바로 눈치챘어야 했어!'

충분히 의심이 갈만한 상황이었으나, 떠나올 당시에는 미처 생각지 못했었다. 늘 고생만 하다 보니 쉬고 싶은 생각이 간절했기 때문이다.

'문제는 이게 어떤 함정이냐는 건데…….'

제닌은 처음 임무를 맡았을 때부터 지금까지의 일들을 차근차근 되짚어 보았다. 그러자 지금껏 지나쳐 왔던 것들이 새삼 다르게 보이기 시작했다.

"벡스. 이 마차에 실려 있는 게 뭐라고 했지?"

"네? 그게……. 식량하고 잡다한 물품이라고 했는데요?"

제닌도 이미 알고 있는 사실이었다. 그의 눈은 마차 뒤로 이어진 바퀴 자국을 주시하고 있었다.

'너무 깊어! 식량이나 잡다한 물품을 실어서는 절대로 저런 깊이가 나올 수 없어. 통짜 쇠로 만든 갑옷이나 무기가 아니고서야…….'

제닌은 마차의 짐칸을 덮은 방수포 위에서 훌쩍 뛰어내렸다. 그리고 단검을 들어 방수포를 엮은 줄로 가져갔다.

"대, 대장! 그, 그건 안 됩니다!"

벡스가 양손을 휘저으며 제닌을 말렸다.

보급품의 포장을 뜯어보는 것은 일종의 금기였다. 자칫보급품을 빼돌렸다는 오해를 받기에 십상이었기 때문이다.

"트, 특별한 경우가 아니면 나중에…….."

"지금이 바로 특별한 경우란 말이지!"

제닌은 손바닥을 내밀어 벡스의 접근을 막았다.

'분명 뭔가가 있어. 우리가 무슨 역할인지를 알리면 그 내용물부터 확인해야 해.'

제닌은 자신의 직속상관인 중대장을 떠올렸다. 마지막으로 보았던 그의 얼굴에 떠올랐던 비릿한 미소가 아른거렸다.

'개자식! 단순히 보급품이 바뀐 거면 좋겠지만……'

제닌이 생각하는 그나마 최선의 시나리오였다. 그는 단순한 수송 임무를 맡을 뿐, 내용물을 꾸리지는 않았다. 설령 보급품의 내용물이 다르다 해도 제닌은 책임을 피할 수 있다는 의미였다.

그러나 제닌은 아무래도 그 이상의 무엇이 있을 것 같았다. 그의 직감이 그렇게 외치고 있었다.

제닌이 단검으로 막 줄을 자르려는 찰나였다.

드드드드드.

지면에서 미약한 진동이 느껴졌다. 육중한 무게를 가진 다수의 물체가 움직이는 소리였다.

'뭐지?'

제닌은 단검을 거두고는 다시 마차의 포장 위로 올라갔다.

전방을 훑어보았다. 그러던 그의 얼굴이 급격히 굳어졌

다. 멀리서 피어오른 뿌연 흙먼지를 보았기 때문이다.

'기마병이다. 피어오른 흙먼지의 양으로 보아 최소 10기 이상. 다가오는 방향은……'

제닌은 머릿속으로 주변의 지도를 그려 보았다. 임무에 들어가기 전에 머릿속에 그려 넣은 터라 주변의 지형은 빠삭했다.

'방향이 수상하군.'

그가 이동하는 길은 전선의 후방을 수평으로 이동하는 경로였다. 반면 다가오는 기마병들의 경로는 전선을 수직으로 가로지르는 방향.

'어쩌면 최악일 수도 있겠어.'

제닌은 어금니를 꽉 깨물었다.

그가 가정하는 최악의 상황은 미끼였다.

중요한 물품을 수송한다는 정보를 미리 흘려두고, 탈취를 노린 적의 병력을 역으로 포위하며 섬멸하는 작전이었다.

여기서 미끼 역할을 맡은 이들이 생존할 확률은 어떨까? 당연히 제로에 가까울 것이다.

제닌은 딱딱하게 굳은 얼굴로 흙먼지를 주시했다.

"대, 대장? 무, 무슨 일입니까? 왜 그렇게 무서운 얼굴로……"

벡스가 뭐라 물었으나 제닌은 대꾸하지 않았다.

'그 미끼가 우리라면……'

아직 속단하긴 일렀다.

이곳은 전장에서 한참이나 떨어진 후방이었기 때문이다. 소식을 전하거나, 다른 부대로 파견 나가는 병력일 가능성도 있었다.

하지만 제닌의 직감은 다가오는 기마병이 적일 가능성이 높다고 외쳐댔다.

'후우……. 그걸 또 해야 하나?'

제닌이 미간을 찌푸렸다. 지금 상황에서 반드시 필요한 일이기는 했으나, 싫은 일은 싫은 일이었다.

'그래 목숨값이다. 목숨값이라고 생각하면 그깟 두통 따위야 싼 거겠지.'

고개를 몇 번 흔든 제닌이 흙먼지 쪽으로 시선을 고정했다. 그리고 온 정신을 집중해 눈에 힘을 주었다.

"크윽!"

제닌은 미간을 찌르르 울리는 통증에 비명을 삼켰다. 이미 여러 번 겪은 일이건만, 이놈의 통증만큼은 도저히 적응할 수 없었다.

그러는 사이 시야가 좁혀지며 흙먼지의 모습이 확대되기 시작했다.

제닌으로 하여금 '이글아이'라는 별명을 붙여준 능력이었다. 지독한 두통이라는 부작용이 있긴 했지만, 벌써 몇 번이나 그의 목숨을 구해준 유용한 능력이었다.

두두두두두.

흙먼지 사이로 육중한 체구를 자랑하는 전마의 모습이 들어왔다. 그리고 그 위에 올라앉은 인물의 모습도 함께 들어왔다. 그 인물이 차려입은 갑옷을 확인했을 때, 제닌은 등줄기를 타고 흘러내리는 싸늘한 한기를 느껴야 했다.

보급창고에서 수십 종류가 넘는 갑옷을 다뤄본 경험이 있는 제닌이었다. 하지만 지금 눈에 보이는 것은 결코 그가 다뤄본 적이 없는 모양의 갑옷이었다.

'아니야. 지방 영주의 사병일 수도 있잖아?'

이런 뻥 뚫린 황무지에서 적 기마병을 만난다는 것은 그리 달갑지 않은 일이었다. 게다가 최소 10여 기에 달하는 상대에 비해 이쪽은 고작 둘 뿐.

적이 아니기를 하는 간절한 바람을 담아 제닌이 보다 자세히 기마병의 모습을 살폈다. 그런데 그의 시선이 흉갑의 왼쪽 가슴에 다다랐을 때, 그는 기어코 비명 같은 목소리를 낼 수밖에 없었다.

"이런 망할!"

핏물처럼 섬뜩한 붉은색으로 그려진 늑대였다.

아국 크라인 왕국은 물론 적국인 에이서스 제국에도 늑대를 문양으로 가진 부대는 많았다. 하지만 이처럼 핏빛의 늑대를 사용하는 곳은 단 하나였다.

"블러디… 울프……."

명백한 적이었다.

그것도 악명이 자자한 부대였다.

"저 씹어 먹을 새끼들이 왜 여기까지!"

제닌의 입술을 비집고 이갈리는 소리가 흘러나왔다.

블러디 울프.

그들은 에이서스 제국에서 사형을 선고받은 마적단 출신의 인물들을 모아 만든 부대였다. 그리고 주로 제국이 점령한 곳에 투입되었다.

투입된 그들은 주특기를 유감없이 발휘했다. 가는 곳마다 살인과 약탈, 방화가 일어났고 누군가 반항이라도 하려고 하면 그야말로 학살에 가까운 살육이 벌어졌다.

마적단 출신이라고 실력이 떨어지느냐 하면, 그것도 아니었다. 어떤 특수한 훈련을 받았는지, 놈들은 기사단보다는 못해도 일반 병사쯤은 가볍게 찜쪄먹을 실력을 갖추고 있었다.

크라인 왕국민이라면 누구나 이를 가는 존재. 동시에 두려움의 대상이 되는 존재이기도 했다.

적국의 부대가 이곳에 나타났다는 사실은 제닌의 우려를 현실로 만들었다.

'미끼였어! 중대장 개자식! 내가 아무리 미워도 그렇지! 죽을 자리에 몰아넣다니!'

"염병할! 벡스! 말 돌려!"

"예? 말이요? 그건 또 왜……."

"닥치고 좀 돌리라고! 우리 완전 엿 됐단 말이다!"

과격한 제닌의 말에 벡스가 화들짝 놀란 표정을 지으며 뒤돌아봤다.

이유를 묻는 듯한 벡스의 표정은 차갑게 굳은 제닌의 얼굴에 쏙 들어갔다. 그의 경험상 제닌이 이런 표정을 지을 때는 하나뿐이었다.

"대장! 저, 적입니까?"

"당장 마차를… 아니다. 그냥 말을 풀어! 마차는 버린다."

"예? 마차를요? 그럼 임무는……."

"일단은 살아야 임무도 있는 거다. 적은, 놈들은 블러디 울프다."

"브, 블러디 울프!"

벡스의 얼굴이 사색이 되었다. 크라인 왕국군에게 블러디 울프란 이름은 거의 악마나 다름없었다.

마부석에서 뛰어내린 벡스는 부산스러운 움직임으로 말을 풀어냈다. 그 사이 제닌은 다시 짐칸 위에 올라가 주변을 훑어보았다.

'고작 짐말이다. 돌아간다 해도 잡힐 수밖에 없어. 그럴 바에야 차라리…….'

제닌의 시선 끝에 나지막한 야산이 놓였다.

'그나마 살 수 있는 확률을 높이려면 저곳으로 가는 수밖에 없어!'

"대장님. 어서 타십시오."

제닌은 이미 말에 올라 다른 말의 고삐를 건네는 벡스를 향해 고개를 가로저었다.

"말은 타지 않는다. 벡스, 너도 내려."

"예? 그럼 어떻게……."

"이건 짐말이다. 놈들의 전투마라면 무조건 따라 잡혀. 말들은 저쪽으로 보내라."

"그건 또 왜……."

단순무식.

부려 먹기에는 참 좋지만, 지금같이 다급한 상황에서는 답답하기 짝이 없었다. 말귀를 못 알아듣기 때문이다.

"벡스. 닥치고 좀 시키는 대로 해라. 살고 싶으면! 앞으로 한마디만 더 하면, 그냥 나 혼자 갈 거다!"

제닌의 윽박지름에 벡스는 차마 대답도 못 하고 세차게 고개를 끄덕였다.

"하나는 오른쪽, 하나는 우리가 온 방향. 우린, 왼쪽으로 간다."

제닌은 최대한 적의 시선을 분산시킬 요량이었다. 그들의 흔적까지 지우면서 이동하면 더 좋겠으나, 그렇게 하다

가는 그가 원하던 야산까지 당도하기도 전에 적에게 따라
잡힐 게 빤했다.

히이이잉!

벡스가 방향을 잡고 엉덩이를 후려치자 말들은 화들짝
놀라며 달려가기 시작했다. 그리고 벡스와 제닌은 있는 힘
을 다해 달리기 시작했다.

II

쉬이이익.

날카로운 바람이 제닌의 머리칼을 헝클어뜨렸다. 볼에
서 화끈한 느낌이 피어오른 것은 동시였다.

퍼억!

몇 걸음 앞, 나무줄기에 틀어박힌 채 부르르 떨고 있는
화살대가 보였다. 정확히는 석궁용 화살인 쿼럴(quarrel)
이었다.

'반 뼘만 더 왼쪽이었다면.'

쿼럴이 박힌 것은 아마 자신의 뒤통수였으리라.

머릿속에 그려지는 광경에 제닌의 등줄기가 축축하게
젖어들었다.

쉬익!

'빌어먹을!'

다시금 등 뒤에서 들려오는 소리에 제닌이 황급히 몸을 날렸다. 재차 날아온 쿼럴 한 발이 그가 서 있던 자리를 그대로 꿰뚫고 지나갔다.

엎어진 상태로 슬쩍 뒤를 돌아보았다. 비릿한 웃음을 머금은 적병 하나가 다시 석궁을 장전하고 있었다. 그리고 다른 하나가 칼을 꼬나 들고 달려오는 중이었다.

'지독한 새끼들!'

벡스의 모습은 언젠가부터 보이지 않았다. 야산의 초입에서 갈라섰기 때문이다.

제닌이 야산을 목표로 삼았던 것은 나무들 사이를 오가며 전투를 펼칠 생각 때문이었다.

그러나 검병과 검을 한 번 마주친 후 도망치는 것으로 생각을 바꿔야 했다. 손아귀가 찢어졌고 하마터면 유일한 무기마저 놓칠 뻔했기 때문이다.

만약 제닌이 반사적으로 바닥을 구르지 않았다면, 이어지는 상대의 검격에 목이 날아갈 뻔했다.

더욱이 상대는 둘이었다. 앞을 막아서는 검병과 뒤에서 빈틈을 노리는 석궁병의 조합은 제닌에게 절망적으로 다가왔다.

그 때문에 제닌은 도주를 선택할 수밖에 없었다.

제닌은 기다시피 몸을 일으켜 다시 내달리기 시작했다. 하지만 가파른 비탈길이 그의 발목을 붙잡았다.

찌이익!

겨우 자세를 다잡은 찰나, 다시 한 발의 쿼럴이 옆구리를 스쳐 지나갔다. 이번에도 역시 반 뼘만 옆이었다면 치명상을 입을 자리였다.

세 발 모두 정확히 제닌의 몸을 노렸다. 이는 석궁병이 고도로 훈련받은 정예병이란 증거였다.

'빌어먹을 중대장 새끼! 내가 돌아가기만 하면 그 빌어먹을 면상에 한 방 날려주고 만다! 하극상이든 뭐든!'

제닌은 자신을 이 상황으로 몰아넣은 중대장에게 복수를 다짐했다. 그러나 문제는 그가 돌아갈 확률이 그리 높지 않다는 점이었다.

멀지 않은 곳에 비탈길의 꼭대기가 보였다. 저곳만 넘어가면 소름 끼치는 쿼럴을 더는 신경 쓸 필요가 없을 것 같았다.

제닌은 그 후로 두 번을 구르고, 세 발의 쿼럴에 몸을 스친 다음에야 겨우 목표 지점에 다다를 수 있었다. 그렇지만 그의 표정은 여전히 풀어지지 않았다.

그의 눈 아래에는 조금 전까지 그가 구르며 올라온 곳보다 훨씬 더 가파른 비탈이 입을 벌리고 있었다. 흙으로 덮여 있고 군데군데 나무가 있어 비탈이지, 경사만 보면 차라리 절벽이라 부르는 편이 나을 정도였다.

"크흐흐! 크라인의 쥐새끼! 도망은 다 쳤나?"

어느새 따라붙은 검병이 음침한 웃음을 흘렸다.

거리는 대략 5미터.

제닌이 단검을 뽑아들고 슬금슬금 옆으로 이동했다. 검병의 몸으로 쿼럴이 날아올 경로를 막기 위함이었다.

"크크! 제법 머리 굴릴 줄 아는 놈일세! 그런데 날 이길 자신은 있고?"

'빌어먹을!'

제닌은 이를 악물었다.

'결국, 여기밖에 없는 건가?'

제닌은 슬쩍 눈을 굴렸다. 절벽에 가까운 가파른 비탈이 보였다. 그나마 살 수 있는 가장 높은 확률은 그곳에 몸을 던지는 방법이었다.

"오호! 차라리 뛰어내리시겠다! 하긴! 나라면 차라리 그 것을 택하겠군. 붙잡히면 적어도 곱게 죽이진 않을 테니까 말이야."

검병은 말과 함께 칼날을 핥았다. 평소라면 개수작 부리지 말라며 비웃었을 제닌이건만, 상황이 이렇다 보니 그마저도 두렵게 느껴졌다.

"왜 그리 망설이지? 선택은 빨리하는 편이 좋을 텐데. 더 기다리다가는… 어이쿠!"

비아냥거리던 검병이 느닷없이 몸을 숙였다. 그 직후, 공기를 가르는 날카로운 소리가 제닌의 귓전을 때렸다.

쐐애애애액!

소리만으로도 쿼럴이 발사된 것을 알 수 있었다. 또한, 제닌은 그것이 자신의 몸에 적중하리라는 것을 직감적으로 알 수 있었다.

'이런 썅!'

제닌은 갑작스러운 상황에 미처 대응할 수 없었다.

검병과 석궁병의 콤비 플레이는 그만큼 절묘했다. 이것은 두 사람이 한두 번 손발을 맞춰본 사이가 아니라는 증거였다.

콰직!

섬뜩한 소리와 함께 묵직한 충격이 가슴을 때렸다.

"키킥! 이미 늦었나?"

키득거리는 검병의 목소리를 들으며 충격에 떠밀린 제닌은 비탈 아래로 던져졌다.

사물이 휙휙 뒤로 밀려갔다. 손발을 휘저어도 아무것도 닿지 않았다.

망망대해에 홀로 내던져진 듯한 기분.

두려움이 왈칵 밀려왔다.

그러나 그보다 더 진하게 느껴진 것은 뜻밖에도 외로움이었다. 생전 처음 온 곳에서 홀로 죽음을 맞이해야 한다는 상황이 외로움을 느끼게 한 것 같았다.

더불어 신기한 것도 있었다. 쿼럴이 꽂힌 가슴에서 그리 큰 통증이 느껴지지 않은 점이었다.

허우적거리던 제닌의 손에 길쭉한 물체가 잡혔다. 쿼럴의 대였다.

'움직여?'

더욱 신기한 것은 그것이 제닌의 손길대로 움직인다는 점이었다. 제닌의 시선은 쿼럴의 대를 타고 올라갔다. 그리고 쿼럴의 촉이 그의 가슴에 걸려있던 펜던트에 박혀 있다는 점을 발견했다.

통증이 없던 이유는 바로 그것 때문이었다.

'거참! 이 저주받은 놈이 내 목숨을 구하다니.'

제닌은 황당한 듯한 표정을 지었다.

어렸을 때 얻은 후로 그와 그의 가족을 괴롭히던 펜던트였다. 또한, 죄책감을 이기지 못한 제닌을 자원입대하게 만든 원인이기도 했다.

볼 때마다 저주받았다고 괄시하던 물건이 거꾸로 자신의 목숨을 구했다.

'그런데 완전히 구한 것은……'

쿼럴로 인한 위험은 벗어났으나, 아직 위험은 남아 있었다. 그는 지금 절벽에 가까운 비탈에서 떨어지는 중이었다.

'썩을! 할 거면 제대로 좀 하던가! 저주받은 물건이 그러면 그렇지!'

제닌은 펜던트를 욕했다.

펜던트가 쿼럴을 막아낸 것은 그저 잠깐의 희망을 준 것에 불과했다.

다가올 죽음을 기다려야 한다는 점으로 볼 때, 추락사는 오히려 퀴럴에 맞아 죽는 것보다 더 좋지 않을 수도 있었다.

파지지직!

'어라? 이건 또 뭐……. 엇!'

제닌이 펜던트에서 피어오른 작은 뇌전을 바라보며 의문을 떠올릴 때, 그보다 더 신기한 일이 벌어졌다.

'세상이… 멈췄다?'

말 그대로 멈췄다.

비탈 위에서 썩은 미소를 짓고 있는 검병의 얼굴도, 머리 위를 가로지르는 나뭇가지도, 발끝에 닿을 듯 말 듯한 스쳐 지나가는 비탈도, 제닌이 바라본 모습 그대로 멈춘 상황이었다.

기이한 현상은 거기서 그치지 않았다.

지이이잉.

황당해하고 있는 제닌의 눈앞이 일그러지기 시작했다. 마치 불꽃 위에 피어오른 아지랑이를 보는 것 같았다.

'이건… 또 뭐지?'

제닌은 어리둥절한 표정으로 일그러짐을 살펴보았다.

파팟!

갑자기 빛으로 이루어진 그림이 나타났다.

네모난 테두리를 가진 그림이었는데, 그 안에는 알 수 없는 문자들이 끊임없이 나타났다 사라지기를 반복하고 있었다.

'이건… 대체……'

알 수 없는 문자들은 끝없이 이어졌고 또한, 계속 변화했다. 그리고 어느 순간 제닌이 알아들을 수 있는 문자로 변환되었다.

'기억? 스캔? 정신 에너지?'

문자 자체는 알아들을 수 있었건만, 단어의 의미는 도무지 알 수 없었다.

그렇게 변화하던 문자들은 갑자기 사라졌다. 그리고 다시금 문자가 떠올랐다.

[기억 스캔 완료. 경험치 정산 988. 레벨 업 가능(+14) 레벨 업을 진행하시겠습니까?]

반투명한 사각형의 창 안에 자리 잡은 글귀는 밝아졌다, 어두워지기를 반복했다.

제닌은 사방을 둘러보았다. 놀랍게도 공중에 못 박힌 듯 몸이 고정된 상황에서도 머리를 움직일 수 있었다.

'대체… 뭐가 어떻게 되먹은 거야? 누가 설명이라도 좀 해줘야 할 것 아니야!'

여전히 혼란함을 떨치지 못한 제닌. 헌데, 눈앞에 떠오른 글귀가 변화했다.

[정해진 시간까지 의사표시를 하지 않을 시, 레벨 업을 포기한 것으로 간주합니다. 남은 시간 : 60]

60으로 시작한 글자가 하나씩 줄어들기 시작했다.

"이런 개 같은! 뭐가 뭔지 좀 알려달라고!"

제닌은 레벨 업이란 게 무엇인지 몰랐다. 그런 상황에서 선뜻 받아들이기란 쉬운 일이 아니었다. 현재 상황조차 이해할 수 없건만, 여기에서 또 다른 이상한 일이 벌어진다면 어떻게 될 것인가!

[30, 29, 28, 27……]

숫자는 무심하게 줄어들었다. 답답한 제닌의 마음 따위는 알 바 없다는 듯했다.

숫자가 10 이하로 줄어들었을 때, 제닌은 결정을 내릴 수밖에 없었다.

'그래. 이대로 가다가 시간이 다시 흐르기 시작한다면, 어차피 죽을 상황이야. 뭐가 뭔지 모르기는 해도, 대책 없이 죽는 것보다는 훨씬 낫잖아?'

"그 레벨 업이라는 것. 하겠다!"

제닌의 말이 떨어지자 그의 눈앞에 떠오른 글귀와 숫자가 사라졌다.

[승낙하셨습니다.]

다시 한 줄의 글귀가 보인 순간, 펜던트로부터 눈부신 빛무리가 피어올라 제닌의 시야를 메웠다.

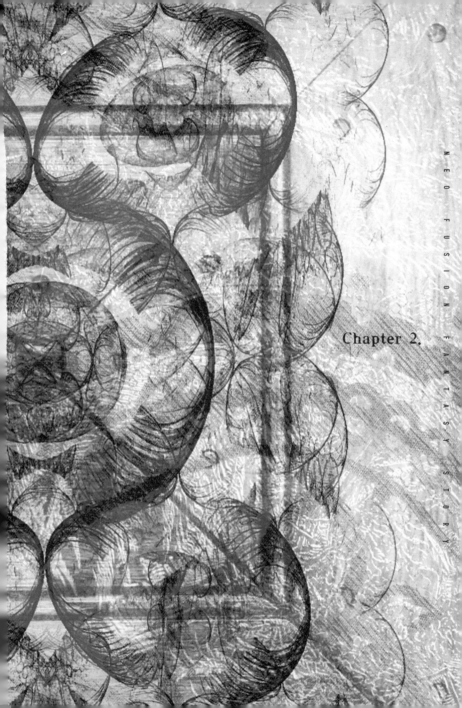

Chapter 2.

Chapter 2.

ROYAL
ROADER

I

"뭐, 뭐냐 이건?"

제닌을 몰아붙이던 검병은 아래를 바라보며 눈을 멀뚱거리고 있었다.

"대체 어디로 간 거지?"

그는 자신의 눈을 믿을 수 없었다. 쿼럴에 맞아 비탈 아래로 떨어지던 적의 모습이 갑자기 사라졌기 때문이다.

그는 뒤에서 쏜 쿼럴이 상대의 가슴 한가운데에 박히는 것을 똑똑하게 보았다. 심장에 화살이 박히고도 살 인간은 그가 알기로 없었다.

"거참! 뒈겼어도 시체는 남아야 할 것 아니야?"

설사 상대가 곧바로 유령이 되었다 한들, 살아있을 때 사용하던 육체는 남아야 하지 않은가?

"설마, 그 빛 때문인가? 그런데 왜?"

뭔가 번쩍하는 빛이 나긴 했다. 그런데 그렇다고 있던 사람이 갑자기 사라진 일은 평범한 병사의 사고로는 도무지 이해할 수 없었다.

"마법사일 리는 없고."

만약 상대가 마법사였다면 그에게 쫓길 일 자체가 일어나지 않았을 터였다.

"어이. 어딜 그렇게 뚫어지게 봐?"

오른쪽 어깨를 툭툭 두드리는 손길이 느껴졌다. 목소리가 들려온 쪽으로 눈동자를 돌린 검병은 소스라치게 놀랐다.

'어, 어, 어떻⋯⋯.'

검병은 그렇게 말하려 했다. 하지만 아무리 애를 써도 목소리가 나오지 않았다.

부그르르르.

그 대신 귓가에 들리는 거품 끓는 소리였다. 그와 동시에 목덜미에서 화끈한 통증이 느껴졌다. 이어 목덜미에 붉은 줄이 그어지더니 비스듬한 면을 타고 윗부분이 미끄러져 내렸다.

쒸이이익!

등 뒤쪽으로부터 날카로운 파공성이 들려왔다. 그곳을 확인한 제닌의 동공이 확연히 커졌다.

'화살이 보여?'

무척 빠른 속도였지만 쿼럴이 날아오는 궤적만큼은 훤히 읽히고 있었다.

제닌은 직접 보고 있음에도 도무지 믿기지가 않았다. 그렇지만 지금은 쿼럴의 궤적을 감상하고 있을 때가 아니었다. 그 궤적은 정확히 그의 얼굴을 향하고 있었기 때문이다.

'빤히 보이는 화살에 맞아줄 수는 없지.'

궤적이 보이지 않았다면 잽싸게 옆으로 굴렀을 테지만 지금은 그럴 필요가 없었다. 그저 고개만 기울여도 피할 수 있음에도 과한 회피동작을 하는 것은 힘과 시간의 낭비일 뿐이었다.

쉬익.

쿼럴이 머리 옆으로 지나가자마자 제닌은 발을 굴렀다. 그러자 그의 눈앞에 석궁병이 숨어 있는 나무가 나타났다.

제닌 자신도 놀랄 만큼 빠른 속도임에도 그의 몸은 나무와 충돌하기 직전에 멈춰 섰다. 마치 예전부터 이런 힘과 속도를 가지고 있었던 것처럼 익숙한 기분이 들었다.

"허! 이건 정말… 악마와 계약이라도 한 기분이로군!"

제닌은 고개를 절레절레 내저었다.

악마와의 계약.

지금 제닌이 느끼는 심정을 그대로 표현해 주는 말이었다.

어찌 됐든 지금의 제닌에게는 좋았다. 무엇이든 할 수 있을 것 같은 자신감이 샘솟았다.

'뭐가 됐든! 최고야!'

제닌은 석궁병이 숨어 있는 나무 뒤로 슬쩍 고개를 내밀었다.

"괴, 괴물!"

퉁!

석궁병은 장전했던 쿼럴을 쏘아냄과 동시에 뒤로 몸을 던질 생각이었다. 그러나 그럴 수 없었다. 등 뒤에서 날카로운 통증이 파고들었기 때문이다.

가슴 앞으로 싸늘한 칼날이 삐죽 얼굴을 내밀었다. 혈조를 타고 붉은 핏방울이 흘러내렸다.

뚝. 뚜욱. 뚝.

약간의 정적이 찾아왔다.

"끄아아아악!"

처절한 비명이 그것을 깨며 터져 나왔다.

"후우……."

제닌은 칼날에 묻은 핏물을 털어내며 가벼운 한숨을 내쉬었다.

불과 몇 분 전까지만 해도 살기 위해 아등바등하던 자신이었다. 그런데 그 몇 분 사이에 상황은 완전히 반전되었다.

몸이 날아갈 것 같았다. 더불어 온몸의 근육 한 올, 한 올에 오우거도 쓰러뜨릴 것 같은 괴력이 넘쳐흘렀다.

"이게… 내 힘이란 말인가?"

제닌은 믿기지 않는 눈으로 자신의 양손을 내려다보았다.

"레벨 업……. 레벨 업이란 말이지……."

제닌은 아직 그 말에 대해 이해할 수 없었다. 다만 몸에 일어난 변화로 보아 좋은 의미란 것 정도로만 생각할 따름이었다.

"빛이… 일어났었지. 열네 번이었던가?

제닌은 변화가 일어나던 순간을 떠올려 보았다.

[승낙하셨습니다.]라는 글귀가 사라진 순간, 눈앞이 번쩍이기 시작했다.

빛이 번쩍인 횟수는 정확히 열네 번. 제닌은 그때마다 온몸을 가로지르는 쾌감과 함께 힘이 부쩍 솟아오르는 것을 느낄 수 있었다.

"힘은 확실히 세진 것 같아. 다리의 근력도 상승했으니 속도 역시 빨라지는 게 당연하고……."

제닌은 아직 얼떨떨한 상황이었음에도 몸의 변화를 확실히 점검해야 할 필요가 있었다.

당면한 위험에서는 벗어났지만, 산 밑에는 아직 적들이 우글거리고 있었다.

"점프력은 어떨까?"

제닌은 고개를 들어 위를 살펴보았다. 그의 키보다 절반쯤 더 높은 곳에 있는 굵직한 나뭇가지가 눈에 들어왔다.

다리를 접어 움츠렸던 그가 뛰어올랐다.

"웃차!"

목표했던 것만큼은 아니었으나 무릎을 치켜들자 목표했던 나뭇가지 위에 올라설 수 있었다.

"이거 갈수록 어마어마해지는데?"

제닌은 흥미진진한 얼굴로 주변을 둘러보았다. 이번에는 시력을 테스트해볼 생각이었다.

제닌이 있는 곳은 산의 중턱이었으나, 주변은 뻥 뚫린 평원이었다. 주변의 풍경이 한눈에 내려다보였다.

그가 수송하던 마차가 보였다. 그리고 한 무리의 인마가 마차 주변에 늘어선 것도 눈에 들어왔다.

'놈들이군!'

제닌은 말 위의 인물들이 착용한 붉은 갑옷을 확인하고는 주먹을 움켜쥐었다. 조금 전까지 그를 죽이려 했던 블러디 울프였기 때문이다.

'그런데 왜 짐을 열어보지 않는 거지?'

문득 궁금함이 들었다.

적의 마차를 탈취하면 짐을 열어보고 쓸만한 것들을 챙기는 것이 당연했기 때문이다.

'아예 마차째로 가져갈 생각인가? 그게 아니면…….'

불현듯 한 가지 생각이 제닌의 머릿속을 스쳤다.

'내용물이 무엇인지 미리 알고 있다?'

만약 그렇다면 아군과 블러디 울프 사이에 모종의 거래가 있었다는 의미가 되었다.

'대체 무슨 거래를…….'

생각해보려던 제닌은 생각을 멈춰야만 했다. 무언가를 보았기 때문이다.

"저런 개자식들!"

마차와 야산의 중간쯤에 위치한 널찍한 공터였다. 그곳에는 역시 붉은 갑옷을 착용한 인물들이 모여 있었는데, 그들 가운데 있는 인물 하나가 눈에 익었다.

그럴 수밖에 없었다. 그 인물이 다름 아닌 벡스였기 때문이다.

지이이잉.

저절로 눈에 힘이 들어갔다. 그러자 시야가 확대되며 온몸에 피 칠갑을 한 벡스의 모습이 또렷하게 보였다.

어수룩하고 단순무식하긴 해도, 제닌을 따르는 충성심만큼은 최고인 벡스였다. 가끔 놀리거나 갈구는 경우도 있었지만, 이것은 제닌에게 정을 표현하는 방법의 하나였을 따름이었다.

생사를 넘나들며 함께한 전우. 제닌에게 있어 부하들은 가족 이상이었다.

뿌드득!

제닌의 입술을 비집고 섬뜩한 소리가 새어 나왔다.

팟! 부르르르.

격렬하게 진동하는 나뭇가지를 남긴 채 제닌의 모습은 사라졌다.

Ⅱ

"끄아악! 끄아아악!"

벡스의 비명은 처절했다. 그의 모습 또한, 비명보다 더 하면 더했지 덜하지는 않은 처참한 상태였다.

'씹어먹을 개자식들!'

제닌은 수풀 속에 몸을 숨기고 자세를 낮춘 채 공터로 다가가는 중이었다.

붉은 가죽 갑옷의 병사 두 명이 붉게 물든 단검을 들고 있었다. 그들은 계속해서 벡스의 몸을 쿡쿡 찔러대고 있었는데, 입가엔 비릿한 웃음을 머금은 채였다.

자신이 흘린 피로 범벅이 된 벡스. 하지만 놈들은 급소를 교묘히 피해가며 벡스에게 최대한의 고통을 선사했다.

'고맙다. 아직 살려둬서. 하지만 니들, 결코 그냥 죽이진 않을 거야.'

제닌은 벡스를 찔러 대는 놈들의 얼굴을 머릿속에 새기듯 기억했다. 그와 더불어 벡스의 몸에 새겨진 상처까지 머릿속에 그러넣은 그가 몸을 날렸다.

'이율은 최소한 두 배다!'

스팟! 스팟!

두 줄기 섬광과 함께 붉은 꽃이 피어났다.

"끄악!"

"끄아아악!"

섬뜩한 비명이 내질러질 때 제닌의 검은 이미 다른 사람의 몸을 가르고 있었다.

"크어어억!"

"습격이다!"

"진형을 갖춰!"

블러디 울프 고유의 색인 빨강. 하지만 다른 이들과 달리 금속의 중갑을 걸친 이들이 외쳐댔다.

'대가리란 뜻이겠지?'

쉴 새 없이 검을 휘둘러대던 제닌이 잔인한 미소를 머금었다.

'적의 수가 많을 때에는 자고로……'

팟!

한 더미의 흙이 파헤쳐지며 제닌의 신형이 사라졌다. 다시 모습을 드러낸 곳은 조금 전, 진형을 갖추란 말을 했던 인물의 앞이었다.

'대가리부터 깨는 것이 정석!'

"헛!"

놈의 놀란 듯한 음성이 들려왔다. 더불어 자신을 향해 휘둘러지는 검이 보였다.

빨랐다. 그리고 그 안에 담긴 강한 힘이 느껴졌다.

캉!

검과 검이 맞부딪쳤다.

손아귀에서 느껴지는 짜릿함에 제닌의 눈가가 언뜻 일그러졌다.

'그 자리, 체스로 딴 건 아니라. 이거지?'

사실 충분히 피할 수 있었다. 그럼에도 일부러 검을 부딪친 것은 현재 자신의 힘이 어느 정도인지를 확인하고 싶은 마음 때문이었다.

이를 통해 확인할 수 있었다. 자신의 힘이 적어도 놈보다는 더 세다는 것을.

검이 튕겨 나온 거리는 상대의 절반. 상대는 이미 가드가 걷어 올려진 상황이었다.

파팟!

제닌은 땅을 박차며 상대를 향해 쇄도했다. 상대가 채 반응할 새도 없이 그는 상대를 스쳐 지나갔다. 물론 상대의 옆구리에 깊은 검상을 남긴 다음이었다.

"크헉!"

제닌은 옆구리를 부여잡고 주저앉은 상대의 뒷목에 다시 한 번 검격을 날렸다. 이어 옆구리를 파고드는 날카로운 감각에 황급히 반대편으로 몸을 던졌다.

씨잉!

쉬쉬쉭!

쿼럴 한 발과 단검 몇 개가 그가 있던 곳을 꿰뚫고 지나갔다.

'역시 블러디 울프! 기사단보다는 못해도, 정예병 중에는 최고라 이건가?'

기습당한 와중에도 이 정도의 합격을 보이는 것은 그들이 고도로 훈련되어 있다는 것을 의미했다.

눈동자를 굴려 주변을 훑은 제닌은 벌떡 일어나 몸을 날렸다.

파파팟!

제닌이 있던 자리에 세 발의 쿼럴이 꽂힐 무렵, 그의 몸은 이미 주변을 포위한 놈들의 머리 위를 넘어가고 있었다.

"놈이 달아나려 한다! 막아라!"

"포위가 뚫리면 안 돼!"

또 다른 지휘관의 외침이 들려왔으나, 제닌은 도망갈 생각이 전혀 없었다.

바닥에 내려선 그는 낮게 검을 휘둘러 주위 병사들의 발목을 베어버렸다.

"크악!"

"아아악! 내 다리!"

병사들이 다리를 잡고 바닥을 뒹굴었다.

그들의 숨통을 끊어줄 찰나, 등 뒤에서 바람을 가르는 소리가 들려왔다.

쉬익. 쉬이익.

제닌은 고개를 돌리지 않고도 다가오는 물체를 인식했다.

'알아서 마무리해 주는군!'

제닌은 미련 없이 자리를 벗어났다. 그러자 목표를 잃은 쿼럴이 향한 곳은 땅바닥을 구르는 병사들의 몸이었다.

"끄아아악!"

구슬픈 단말마를 들으며 제닌은 후방으로 향했다. 정확히는 열심히 석궁의 도르래를 돌려 쿼럴을 재장전하는 석궁병 쪽이었다.

쉬쉬쉭!

등 뒤에서 단검이 날아왔으나, 제닌은 몸을 비틀어 피해 냈다.

"빌어먹을! 저 쥐새끼 같은 자식이!"

"피하지 말고 덤비란 말이다!"

등 뒤에서 거친 욕설이 들려왔다.

'후회할 텐데?'

제닌은 빙긋 웃으며 한 바퀴 몸을 돌렸다. 몸을 돌린 원심력을 이용해 힘껏 팔을 뿌렸다.

스팟!

제닌의 손아귀에서 빛줄기가 뿜어졌다. 조금 전 그를 향해 던져졌던 단검들이었다. 제닌은 단순히 피한 게 아니라, 그중 몇 개를 공중에서 낚아챘었다.

실은 그리 어려운 일도 아니었다. 석궁에서 쏘아진 쿼럴도 꿰뚫어 보는 제닌에게 손으로 던진 단검의 속도는 우스울 정도였다.

단검들은 빛살처럼 공중을 가르며 본래 주인에게로 되돌아갔다.

문제는 위치였다.

던질 때는 분명 손에서 나갔었건만, 되돌아온 곳은 가슴이었다. 단검은 그들의 심장을 칼집 삼아 박혀 들었다.

"크아악!"

"으아아악!"

처절한 비명을 끝으로 더는 단검이 날아오지 않았다. 그리고 제닌은 목표한 곳에 도달할 수 있었다. 그의 눈앞에 하얗게 질려버린 석궁병의 얼굴이 나타났다.

"그동안 참 편했지? 숨어서 석궁만 쏴대는 게?"

"으, 으으! 죽어!"

성급히 시위를 당겨 보았으나, 시위가 제대로 당겨지지 않았고, 쿼럴 또한 제대로 장전되지 못했다.

툭! 파삭!

쿼럴은 힘없이 바닥으로 떨어졌다.

제닌은 몸을 낮춘 채 당황스러운 표정을 짓고 있는 석궁병에게 바싹 다가섰다.

"이거, 네 거잖아?"

쿼럴의 뒷부분을 잡은 제닌이 쿼럴의 촉을 그대로 석궁병의 목에 박아 넣었다. 조금 전, 몸을 낮췄을 때 집어든 쿼럴이었다.

"남자가 흘리지 말아야 할 건, 눈물만이 아니라고."

제닌은 미소를 베어 물었다. 군데군데 핏물로 얼룩진 그의 얼굴은 섬뜩해 보일 지경이었다.

"커허허헉!"

목을 부여잡고 무너지는 놈을 뒤로한 채, 제닌은 다른 석궁병에게 다가섰다.

"저, 저리 가! 저리 가란 말이다!"

그는 쿼럴의 장전을 포기한 채, 석궁 자체를 휘둘러댔다. 두려움으로 가득한 얼굴이었다.

'두려워하고 있다? 천하의 블러디 울프가?'

정예 중의 정예. 크라인 왕국군에게는 그야말로 악몽과도 같은 블러디 울프가 주춤거리며 물러나고 있었다.

무엇보다 제닌이 즐거운 것은 그들에게 두려움을 주는 존재가 바로 자신이라는 점이었다.

'어디 한 번······.'

혀를 휘돌려 입술을 핥은 제닌이 낮게 외쳤다.

"역사를 다시 써보자고!"

일개 십인장에 불과한 자신에 비해 상대는 악명이 자자한 블러디 울프였다. 만약 그가 블러디 울프를 격파한다면 역사에 기록까지는 아니더라도 커다란 이슈가 될 것은 자명한 일이었다.

Ⅲ

'저건, 뭐하는 놈이지?'

블러디 울프의 대장 크림슨의 얼굴에는 의문이 가득했다.

'전투력이라 할 것도 없는 보급대 십인장 하나와 일반 병사보다 약간 나은 놈뿐이라고 했건만······.'

학살에 가까울 정도로 석궁병을 휩쓰는 제닌을 바라보던 크림슨이 고문을 받는 벡스 쪽으로 시선을 옮겼다.

'하나는 맞건만, 하나는 잘못된 건가? 아니면 함정? 아니지. 함정이라면 둘이 아닌 이백이었겠지. 역시 정보 오류로 보는 게 나으려나?'

생각하는 시간에도 부하들의 숫자는 꾸준히 줄어들고 있었다. 석궁병들을 모두 도륙한 제닌이 검병 사이로 뛰어들어 학살에 가까운 전투를 벌이고 있었다.

그럼에도 크림슨의 얼굴에는 표정의 변화가 거의 없었다. 아니, 어떻게 보면 보일 듯 말 듯한 미소가 어려 있었다.

'뭐, 일단 잡은 다음에 알아보면 되겠지. 카로스의 고문 앞에서 여태껏 입을 다문 놈은 없었으니.'

크림슨이 슬쩍 주변을 훑어보았다.

하나같이 흉악한 인상에 흉터 두어 개쯤은 자랑처럼 달고 있는 얼굴들이었다. 벡스를 고문하던 두 명도 언제 돌아왔는지 그곳에 있었다.

비록 목소리는 없었지만, 모두의 표정이 말하고 있었다. 어서 빨리 달려나가고 싶다고. 적의 몸을 갈가리 찢어발겨 피 맛을 보고 싶다고.

블러디 울프의 정원은 50명이었다. 그러나 그중 30명은 제국에서 지원한 병사들이었다.

그의 진정한 수하라고 할 수 있는 마적단 출신은 20명. 또한, 그들에게는 살육의 본능이 아직도 강하게 남아 있었다.

"크흐흐흐! 떨거지들은 얼추 정리되었으니, 이제 슬슬 가볼까?"

크림슨이 말 등에 꽂아 놓았던 장창을 뽑아들었다. 몸을 한껏 젖혔다가, 다시 앞으로 숙이며 힘차게 팔을 휘둘렀다.

쑤아아아아앙!

맹렬한 회전을 머금은 채 날아가는 장창. 그와 동시에 크림슨이 말 옆구리를 찼다.

"자식들아! 영업! 시작이다!"

IV

"후우!"

제닌은 한숨을 내쉬었다. 그를 제외하고는 이곳에는 더는 서 있는 사람이 없었다. 다시 말해 모든 적을 해치웠다는 의미였다.

"서른 정도인가?"

주변을 둘러본 그의 얼굴은 자신감에 차 있었다.

일개 십인장, 그것도 보급부대의 십인장이었던 그가 악명이 자자한 블러디 울프를 몰살시켰다. 이것은 커다란 공훈이었다.

"문제는 이것을 '과연 누가 믿을까?' 하는 거겠지만."

"크으으……. 끄으으으……."

고개를 내젓던 제닌을 일깨운 것은 미약한 신음이었다.

"벡스? 살아있었어?"

제닌은 눈을 동그랗게 뜨며 벡스에게 다가갔다.

사실 처음 블러디 울프에게 달려들었을 때 벡스의 생사에 대해서는 접어둔 상태였다.

적은 수가 많았고, 자신은 혼자였다. 그런 상황에서 누군가를 지키며 싸운다는 것은 자살 행위에 가까웠다.

행여나 적이 벡스의 목숨을 위협하며 나온다면 어떻게 할 것인가?

그래서 복수를 다짐했던 것이었다.

"헛!"

벡스에게 다가가던 제닌은 급하게 숨을 들이켰다.

뭔가가 자신을 향하고 있었다. 그저 향하는 것이라면 문제가 없겠지만, 그것이 무시무시한 기운을 품고 있다는 점이 문제였다.

예전 같았으면 그저 느껴지는 기세만으로도 주저앉을 것이다. 하지만 지금은 놀라울망정 두렵지는 않았다.

제닌은 미간을 좁힌 채 기운이 느껴지는 쪽으로 고개를 돌렸다.

그것은 한 자루의 창이었다.

무시무시한 기류를 휘감은 장창이 자신을 향해 날아오고 있었다.

'제법 빠르긴 하지만 피하면 그만……'

제닌의 얼굴이 갑자기 굳어졌다.

'벡스!'

피하는 것은 어렵지 않았다. 창이 날아오는 속도는 석궁에서 쏜 쿼럴에 비할 바 없이 느렸기 때문이다.

하지만 그의 등 뒤에는 벡스가 있었다. 그가 피한다면 창은 벡스의 몸에 틀어박힐 터였다.

'비열한 자식 같으니라고!'

상대는 처음부터 벡스를 노렸던 것으로 보였다.

물론 조금 전 전투에도 제닌 역시 같은 짓을 했었다. 그러나 그랬던 기억은 이미 그의 머릿속에서 지워진 지 오래였다.

'받을 수 있을까?'

받아야 한다. 그래야 벡스를 살릴 수 있었다.

'한 번은 정말 어쩔 수 없다고 쳐도, 두 번은 사람이 할 짓이 아니야!'

부하, 아니 가족을 버리는 일은 한 번으로 충분했다.

제닌은 입술을 깨물며 앞으로 나섰다.

날아오는 장창 너머로 그것을 던진 것으로 보이는 상대

의 모습이 보였다. 상대는 다른 이들보다 머리 하나는 더 큰 키에 거대한 체격을 가지고 있었다. 또한, 화려한 장식이 달린 핏빛 중갑을 착용했다.

'대장인가?'

다른 이들과 차별화되는 장비를 갖춰 입을 자격은 한 무리의 대장에게만 주어지는 특권일 터였다.

'하나는 확실하겠군. 이걸 받아내면.'

제닌이 장창의 경로를 막아선 채로 자세를 낮췄다.

"적어도 여기서 두려워할 놈은 없단 말이지!"

콰우우우우우!

회전하는 장창이 만들어내는 소리가 제닌의 귓가에 또렷하게 들려왔다.

꿀꺽.

제닌은 마른 침을 삼키며 장창을 주시했다.

'온다!'

장창이 눈앞에 다다른 순간, 제닌이 고개를 기울여 창두를 피해냈다. 그와 동시에 그의 오른손이 회전하는 창대를 틀어쥐었다.

치이이익.

소리와 함께 머리카락 타는 냄새가 일어났다. 동시에 손아귀가 찢어질 듯한 통증이 제닌의 뇌리를 파고들었다.

속도가 약간 줄어들었으나, 장창의 전진은 멈추지 않았

다. 마치 미꾸라지처럼 그의 손을 빠져나가려고 발버둥 쳤다.

"크크크! 저 미친 새끼!"

크림슨의 웃음소리가 귀를 파고드는 순간, 제닌은 이를 악물며 왼손을 더했다.

치이이익!

살타는 냄새가 코끝을 찔렀다.

두 손으로 움켜쥐었음에도 회전력은 좀처럼 줄어들지 않았다. 이것은 상대가 단순한 힘만으로 던진 것이 아닌, 다른 무언가를 더했다는 의미였다.

'오러? 고위 기사?'

일반 병사 수십을 도륙할 수 있는 게 기사였다. 그리고 그런 기사들 수십을 도륙할 수 있는 게 바로 고위 기사였다.

기사와 고위 기사를 나누는 경계. 그것은 오러의 사용 유무였다.

오러를 사용해 신체 능력을 강화하고 나아가 무기의 예기를 더하거나 방어구의 강도를 높이는 것은 고위 기사들만이 할 수 있는 능력이었다.

'차라리!'

제닌은 손아귀의 힘을 유지하며 몸을 틀었다. 비틀림이 작용하자 장창의 경로가 틀어지기 시작했다.

'되돌려주마!'

이를 악물며 한 바퀴 몸을 돌린 제닌이 있는 힘껏 양손을 뿌리쳤다.

설명은 길었으나, 제닌이 날아오는 창을 잡아채고, 왼손을 더하고, 몸을 회전해 창을 되돌리기까지 흐른 시간은 짧았다. 기껏 해봐야 눈 몇 번 깜빡이는 시간 정도였다.

콰우우우우우!

장창은 처음 날아왔을 때보다 오히려 빠른 속도로 되돌아갔다. 더불어 맹렬한 회전까지 회복하여 주변의 기류를 휘감고 있었다.

"뭐 저런 자식이……."

크림슨은 황당한 눈으로 되돌아오는 장창을 바라보았다. 그러던 그가 옆으로 팔을 뻗었다.

"으, 으어어어어!"

뒷덜미를 잡힌 부하 하나가 딸려왔다. 크림슨은 그를 그대로 앞으로 내밀었고, 제닌이 되돌린 장창이 부하의 몸에 틀어박혔다.

"끄아아아아악!"

인간방패.

맹렬히 회전하며 인간의 육신을 뚫은 장창은 창날을 삐죽 내민 채 멈춰 섰다. 그저 몸뿐이었다면 충분히 관통하고 크림슨까지 타격을 입혔을 것이다. 하지만 부하가 입고 있던 중갑옷이 크림슨을 도왔다.

크림슨은 부하의 가슴을 비집고 나온 장창을 무심하게 바라보다가 이내 손을 털었다. 생명을 잃은 인간의 몸은 뒤따르던 말발굽에 형체도 없이 으스러졌다.

"제법……."

말을 하려던 크림슨의 눈가가 격하게 꿈틀거렸다. 자신을 향해 내민 제닌의 손을 보았기 때문이다.

제닌의 가운뎃손가락이 하늘 높이 솟아 있었다.

빠드득!

"아주 갈아 마셔주마!"

제닌의 의도가 도발이라면 효과는 확실해 보였다.

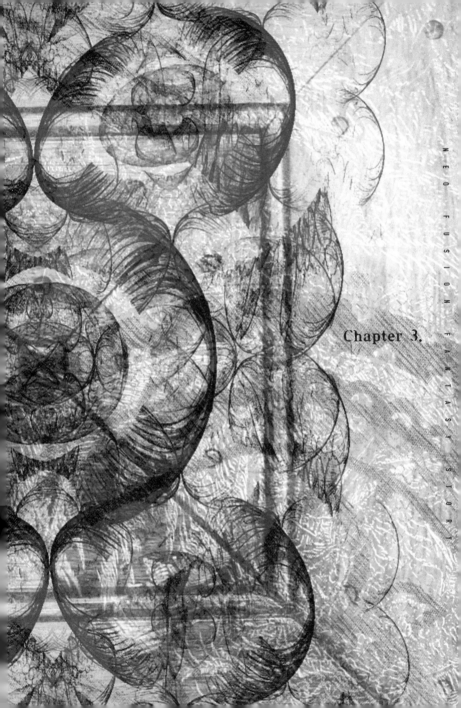

Chapter 3.

Chapter 3.

ROYAL
ROADER

I

"끄으으윽."

입술을 비집고 신음이 새어나왔다. 의도하지 않았음에도 신음이 나올 만큼 제닌의 상황은 좋지 못했다.

온몸에는 생채기가 가득했고, 그중에는 아직도 핏물을 뿜어낼 정도로 깊은 상처도 있었다. 그뿐만 아니라 왼팔은 부러져 덜렁거리는 상태였고 오른쪽 다리는 힘이 들어가지 않아 반쯤 접혀 있었다.

"끄윽……. 미친… 짓이었어."

제닌 자신도 그런 결론을 내릴 정도로 무모한 싸움이었다.

중무장한 기병대를 상대로 홀로 돌진이라니! 적어도 제정신이 박힌 사람이라면 절대로 하지 않았을 것이다.

"그래도 살아남았잖아?"

제닌는 억지로 입꼬리를 끌어 올렸다. 힘겨운 미소가 그의 얼굴에 피어올랐다.

중요한 것은 결과였다. 그와 맞붙은 수십 명 중에서 지금 자리에 서 있는 사람은 제닌이 유일했다.

"그런데… 아까부터 계속 거슬렸는데, 저건 대체 뭐하는 거지?"

제닌은 시야 외곽에서 깜빡이는 작은 그림을 바라보며 의문스러운 표정을 지었다.

네모난 칸 안에 + 모양이 그려진 작은 그림. 그것은 블러디 울프와의 전투가 한창일 때 생겨나서 지금까지 계속 깜빡이고 있었다.

호기심은 제닌의 손가락을 움직였다. 그리고 그의 손가락이 + 모양이 그려진 그림을 건드리는 순간 그의 귓가에 경쾌한 알림음이 들려왔다.

띠링!

그와 함께 제닌의 눈앞에는 반짝이는 글귀가 떠올라 깜빡였다.

[레벨 업을 하시겠습니까?]

"레벨… 업이라고? 크흐흐흐! 큭! 크흐하하하핫!"

제닌은 벌겋게 물든 이를 드러내며 크게 웃었다. 웃을 때마다 비명을 자아낼 정도로 상처가 쑤셔왔으나 그는 웃음을 멈추지 않았다. 멈출 수가 없었다.

제닌은 이미 한 차례의 레벨 업을 통해 어마어마한 성장을 이루었다. 그런데 여기서 또 레벨 업을 한다면 어떻게 될 것인가?

제닌의 웃음은 그것에 대한 기대로 인한 것이었다.

'아주 괴물이 되겠어! 괴물이!'

제닌의 웃음소리는 점차 잦아들었다. 그리고 웃음이 거의 멎을 때쯤, 그는 고개를 끄덕이며 입을 열었다.

"레벨 업을… 승낙한다."

파아아앗!

승낙과 동시에 눈부신 빛무리가 제닌의 몸을 감쌌다.

온몸 구석구석에서 간질거리는 느낌이 일었다.

긁고 싶을 간지러움이 아닌 기분 좋을 정도의 간질거림이었다.

제닌은 이 느낌에 문득 고참들의 강압에 가까운 꼬임으로 처음 붉은 마차에 들어갔을 때를 떠올렸다. 그것을 떠올리자 간질거림은 점차 커지더니 쾌감으로 변화했다. 마치 이 방면으로 노련한 여인이 손과 혀를 이용해 온몸을 애무하는 것 같은 느낌이었다.

"흐어어어!"

제닌은 저도 모르는 사이 쾌감에 젖은 신음을 흘렸다. 그는 이 쾌감이 오래도록 이어지기를 바랐지만, 그가 그런 생각을 품자마자 쾌감은 사그라졌다.

빛무리가 걷히고 제닌의 몸이 다시 모습을 드러냈다.

온몸이 날아갈 듯 가벼웠다. 그리고 전신에서 힘이 샘솟는 듯한 느낌도 들었다.

더욱 놀라운 것은 통증이 사라진 점이었다.

"사, 상처가 사라졌어!"

제닌은 온몸을 샅샅이 살펴보며 상처를 찾았지만, 그의 몸 어디에도 상처는 남아 있지 않았다. 대신 찢어진 가죽 갑옷 사이로 뽀얀 살결만 보일 따름이었다.

II

타타타타탓.

발소리가 들려왔다. 무척이나 다급한 발소리였다.

점차 가까워지는 소리에 죽은 듯 쓰러져 있던 벡스가 힘 겹게 눈을 떴다.

'숨통을 끊으려고 온 건가? 아니면……'

벡스는 뒷생각을 삼켰다. 바라는 일이기는 하지만 솔직히 생각해도 확률은 희박했기 때문이다.

존경하고 따르는 대장이기는 했으나, 상대는 우는 아이도 그치게 한다는 블러디 울프였다. 일개 십인장이, 그것도 보급부대의 십인장이 홀로 상대할 만한 자들은 결코 아니었다.

물론 비명이 조금 많이 들리기는 했다. 제닌은 혼자였으니 필시 블러디 울프들의 비명으로 여겨졌다.

'역시 대장이 대단하긴 하지만…….'

벡스는 그것을 최후의 분투로 생각했다.

'차라리 도망이라도 가셨으면…….'

벡스가 힘겹게 생각을 이어나가고 있을 때, 바로 위에서 거친 숨소리가 들려왔다.

벡스는 눈을 질끈 감으며 최후를 맞을 준비를 했다.

"허억! 헉! 야! 벡스! 살아 있냐? 살아 있지?"

급하다 못해 호들갑이 느껴지는 목소리였다. 그리고 그것은 무척이나 귀에 익숙한 목소리였다.

벡스가 눈을 번쩍 떴다.

걱정이 가득 담긴 제닌의 얼굴이 시야 가득 들어왔다. 벡스의 눈가에 맑은 물이 고였다. 반가움과 기쁨이 뒤섞인 눈물이었다.

"대, 대장? 정말 대장… 크윽!"

입을 놀리던 벡스는 신음을 삼켰다. 말조차 제대로 할 수 없을 정도로 그의 몸은 만신창이었다.

"크큭! 목소리를 보니, 아직은 살 만한가 보네?"

제닌은 짓궂은 미소를 머금고 있었다. 하지만 벡스는 그 짓궂은 미소 속에 담긴 기쁨과 안도를 느낄 수 있었다.

"크윽! 아, 아파… 죽겠습니다."

"조금만 참아봐. 일단 돌아간 다음에 몇 달은 푹 쉴 수 있도록 해줄 테니까."

제닌은 벡스에게 다가가 묶인 줄을 풀어냈다. 그런데 줄을 전부 풀어내자 그의 눈앞에 반짝이는 글귀로 이루어진 반투명한 창이 떠올랐다. 그가 레벨 업을 했을 때 떠올랐던 것과 같은 창이었다.

[대상의 충성도가 기준치 이상입니다. 부하(follower) 시스템 활성화 가능. 상대를 부하로 받아들이겠습니까?]

"이건 또 뭐야? 벡스가 언제는 내 부하 아니었나? 그런데 시스템은 무슨 말이지?"

제닌은 고개를 갸웃했다.

아직도 뭐가 뭔지 제대로 알지 못하지만, 한 가지 만큼은 분명했다.

'적어도 손해 볼 일은 없을 거야!'

물론 눈앞에 떠오른 그림과 글자가 수상하긴 했다. 그러나 이미 그로 인해 목숨을 구하고 전에는 꿈도 못 꿀 힘까지 얻었기 때문에 제닌은 믿을 수밖에 없었다.

'이미 달리는 샤벨 타이거의 등 위에 오른 상황이란 말이지.'

제닌은 더 고민할 필요 없이 고개를 끄덕였다.

"부하로 받아들인다."

그 순간 벡스의 몸 주위로 눈부신 빛무리가 휘몰아치기 시작했다.

파아아아아앗!

빛무리가 형성된 시간은 짧았지만, 빛이 사라진 다음 나타난 벡스의 모습은 놀라웠다.

"대, 대장……. 이, 이게 뭐, 뭐, 뭐, 뭡니까?"

그의 온몸에 가득했던 상처가 하나도 남지 않았다. 이와 더불어 벡스는 몸속 깊은 곳에서부터 왠지 모를 힘이 솟아나는 것을 느꼈다.

놀란 것은 벡스뿐만이 아니었다. 제닌 역시 눈을 둥그렇게 뜨고 있었다.

[이름 : 벡스, 종족 : 인간, 나이 : 17세, 레벨 : 5(120/55 레벨 업 가능), 충성도 : 89, {세부 능력치}]

다른 건 그리 문제가 될 게 없었다. 이름은 이미 아는 것이었고, 레벨이라는 것도 이미 자신이 경험하고 있었기 때문이다.

제닌은 전혀 의외의 곳에서 충격을 느꼈다.

"고작… 열일곱? 그럼 지금까지 이 자식이 사기를 쳤단 말이야?"

"헙! 대장, 그, 그걸 어, 어떻게……."

사실의 여부는 벡스의 반응에서 곧바로 나타났다.

"크크크! 열일곱이라고? 그 덩치로? 그 얼굴로? 푸하하 하하하!"

벡스가 처음 부대에 배속됐을 때, 그는 자신의 나이를 스물일곱이라 밝혔다. 그리고 나이에 비해 동안이라는 소리를 듣곤 했다.

군대라는 곳이 어차피 계급 위주의 사회였기에 막내 취급을 받기는 했지만, 나이가 있었기에 아주 심한 대우까지는 받지는 않았던 것이다.

"크크크. 이걸 마틴에게 말해준다면 어떨까? 생각만 해도 아주 재미있겠는데?"

"대, 대, 대, 대, 대장! 제발 그것만은!"

벡스가 제닌의 팔을 붙잡고 늘어졌다. 문제는 그 힘이 장난이 아니라는 점이었다.

벡스의 힘은 레벨 업을 통해 이미 강화된 제닌의 팔에도 은은한 통증이 느껴질 정도였다.

"야! 이거 안 놔?"

제닌은 벡스의 손을 뿌리쳤다.

'썩을 놈! 하마터면 팔 빠질 뻔했네! 그런데 이거 이 자식도… 나처럼 괴물이 돼버린 것 아니야?'

아무래도 제닌이 겪었던 것과 비슷한 변화를 벡스도 겪은 듯했다.

'잠깐! 아까 레벨 업이 가능하다는 말이 있었는데? 여기

서 더 강해질 수 있다는 말인가?'

아직은 방법을 잘 모르겠으나, 가능하다고 적혀 있었으니 그러할 터였다.

'쯧! 아무래도 당분간은 시키지 말아야겠군. 여기서 더 괴물이 돼버리면 통제할 수 없어질 수도 있을 테니까. 이 녀석, 평소에는 순진해도 한 번 열 받으면 눈에 뵈는 것 없이 덤벼드는 성격이니…….'

제닌은 벡스가 자신에게 덤벼들 거라고는 생각하지 않았다. 다만 그가 걱정하는 것은 벡스가 자신이 아닌 다른 상관에게 대드는 경우였다.

욱한 상태에서 상관에게 주먹이라도 휘둘렀다가는 그야말로 큰일이 날 것이다. 최소한 중상에서 심하면 사망에 이를 수도 있었기 때문이다. 그렇게 되면 난감해지는 것은 벡스뿐만이 아니었다.

"그건 그렇고. 벡스. 뭐, 잊은 건 없나?"

"잊은… 거요?"

"조금만 기다려봐."

제닌은 잠시 사라졌다가 다시 나타났다. 뭔가를 질질 끌고 왔는데 그것을 바라보는 벡스의 얼굴은 순식간에 일그러졌다.

"이, 이 자식들!"

제닌의 등 뒤에는 두 명의 블러디 울프가 꽁꽁 묶여 있었다.

바로 벡스를 고문하던 이들이었다.

제닌은 치열했던 전투 중에도 이들만큼은 죽이지 않고 발목의 힘줄만 끊어 놓았다. 적어도 이들은 벡스의 몫이라 생각했기 때문이다.

"알아서 처리해. 이자까지 두둑하게 붙여서 말이야."

"크흐흐흐! 예예! 맡겨만 두십시오. 이놈들에게 받은 것에 딱 두 배만큼만 되돌려주겠습니다."

괴소를 흘리는 벡스의 모습에 블러디 울프의 두 명은 하얗게 질렸다.

벡스의 상태가 어땠었는지는 그들이 더 잘 알았다. 곧 죽어도 이상하지 않을만한 상태였다.

그런데 어쩐 일인지 멀쩡한 모습이었다.

'고위 귀족들도 구하기 힘들다는 최상급 포션이라도 먹인 건가?'

이런 의문이 피어올랐으나 그들은 차마 물을 수 없었다. 험상궂게 일그러진 벡스의 얼굴이 그들을 바라보고 있었기 때문이다.

쉴 새 없이 꿈틀거리는 벡스의 근육은 고문하기 전보다 오히려 더 강해진 듯 보였다. 문제는 그 근육의 힘을 그들이 곧 느껴야 한다는 점이었다.

"사, 사, 살려……."

콰직!

선처를 바라는 한 명의 입에 벡스의 주먹이 날아들었다. 와장창 부서진 누런 이빨들이 허공으로 흩날렸다.

"시작은 가볍게."

손목을 살살 푸는 벡스의 행동에 남은 한 명의 얼굴마저 공포로 일그러졌다.

'무서운…… 녀석.'

때로는 단순무식이 무엇보다 무서워질 때도 있었다.

모, 아니면 도. 그 사이의 타협이 없기 때문이다.

"아! 벡스. 그놈들 처리한 다음에 갑옷이랑 무기들 모아 둬. 그것들만 다 모아가도 우린 최소한 특진이야."

"예! 맡겨만 두십시오! 대장!"

Ⅲ

"과연 뭐가 들어 있을까?"

제닌은 흥미로운 표정으로 눈앞의 짐마차를 바라보았다. 바로 그와 벡스가 수송하던 마차였다.

제닌은 그들을 미끼로 던지고, 블러디 울프를 이런 후방까지 침투시킨 이유가 도대체 무엇인지 궁금했다. 그리고 그에 대한 대답이 마차에 실린 물건에 있다고 보았다.

제닌은 단검을 들어 포장을 묶은 줄을 끊어냈다. 그리고 그 위에 덮여 있던 두꺼운 방수포를 걷어냈다.

드러난 짐칸의 윗부분에는 식량 자루가 그득히 쌓여 있었다.

'이건 눈속임일 뿐이라는 거지!'

제닌은 마차 뒤로 이어진 깊숙한 바퀴 자국을 만들기 위해서는 그보다 훨씬 더 무거운 짐을 실어야 한다는 것을 잘 알고 있었다. 같은 부피라도 식량보다 훨씬 무게가 많이 나가는 물건, 즉 밀도가 높은 물건이 실려 있어야 옳았다.

제닌은 과감히 식량 자루를 들어 밖으로 던져 버렸다.

어차피 임무는 실패했다. 애초부터 성공 가능성이 없는 임무였고, 그는 죽임당하기 위해 보내진 미끼에 불과했다.

'역시!'

제닌은 눈을 반짝였다. 식량 자루를 모두 걷어내자 모습을 드러낸 것은 큼지막한 궤짝이었다. 궤짝은 모두 열 개가량이었는데 단단히 잠겨 있었다.

제닌은 궤짝의 걸쇠 부분에 단검을 틀어박았다. 그리고 주먹으로 단검의 자루 부분을 힘껏 때렸다.

쿵! 쿵! 쿵! 철컹!

걸쇠가 부러지는 소리가 들려왔다.

제닌은 천천히 뚜껑을 들어 올렸다. 그 순간 제닌은 세상이 환해지는 듯한 기분이 들었다.

"크크크! 크크크크!"

그저 웃음이 나왔다.

"병사들한테는 녹슨 창 하나 달랑 던져 주고 죽을 자리로 내몰면서 이랬단 말이지?"

궤짝 안은 반짝이는 금화로 가득했다. 그것도 10골드짜리의 묵직한 금화였다.

골드의 기본 단위는 3g, 화폐로 만들기에는 너무 적은 양이었다. 그래서 15g과 30g짜리로 금화를 만들었다. 1골드로는 10실버 은화가 사용되었다.

그리고 1골드는 일반 병사 한 명이 기본적인 무구로 무장할 수 금액이었다. 이것은 곧 생존율의 향상으로 이어질 터였다.

하지만 그가 지켜본 최전방 병사의 무장은 녹슨 창 한 자루가 전부였다.

'한 닢의 금화, 하나의 생명······.'

제닌의 얼굴에 쓴웃음이 맺혔다.

궤짝 하나에 담긴 금화만으로도 수천 명의 생존율을 끌어 올릴 수 있었다.

'놈이 이걸 두고 약속된 물건이라고 했던가?'

제닌은 블러디 울프의 대장을 쓰러뜨린 후, 약간의 정보를 얻어낼 수 있었다.

크림슨 약속된 물건을 거두기 위해 국경을 넘었다는 말을 했다. 그리고 이곳까지 오는 동안 아군의 모습을 볼 수 없었다는 말도 했다.

'이건 일종의 거래라고 봐야겠지?'

제닌은 그렇게 추론했다.

약속이란 단어가 중요했다. 그것은 혼자서는 성립되지 않는 말이었다.

'아국과 적국, 그것도 병력을 움직일 수 있을 만한 지위를 가진 자들이라면⋯⋯. 귀족밖에 없겠지! 그리고⋯⋯.'

귀족이란 단어는 제닌의 머릿속에 자연스럽게 한 가문을 연상시켰다.

'비엘 백작가!'

아르드 드 비엘.

제닌의 직속상관인 중대장의 이름이었다.

그와 악연으로 얽힌 후, 눈만 마주쳤다 하면 잡아먹으려들던 인물이었다.

'배웅을 나왔을 때 지었던 웃음. 그게 다 내가 죽을 걸로 예상해서였겠지?'

문제는 제닌이 살아남았다는 점이었다.

'그런데 무슨 거래를 했을까?'

전쟁을 벌이고 있는 적국에 이런 금화를 보내는 이유는 빤했다. 게다가 전황은 아국인 크라인 왕국의 열세로 흘러가고 있었다.

사실, 처음부터 패배가 예정된 전쟁이었다. 적국 에이서스 제국과 크라인 왕국의 국력 차이는 몇 배에 달했기 때문이다.

군사력 역시 몇 배에 달했으나 에이서스 제국이 전쟁에 투입한 병력의 숫자는 크라인 왕국군과 비슷했다. 땅덩이가 넓은 만큼 국경 역시 넓었고, 지켜야 할 곳도 많았기 때문이다.

비록 숫자는 같았으나 병력의 질은 하늘과 땅 차이였다.

제대로 훈련을 받고, 무장까지 갖춘 에이서스 제국군과 비교하면 크라인 왕국의 병사는 병사라는 말이 아까울 정도였다.

훈련은 말할 것도 없거니와, 무장 역시 달랑 창 한 자루. 당연한 말이지만 사기 또한 높을 리 없었다.

이것은 전선을 순식간에 무너뜨리는 결과를 가져왔고, 후퇴를 거듭하던 크라인 왕국은 본래 영토의 삼 분의 일 가량을 내어준 채 겨우겨우 버티고 있는 형편이었다.

아직 끝나지는 않았으나, 이미 졌다고 보아도 무방한 전쟁이었다.

'뇌물인가? 전쟁에서 지더라도 자신의 작위와 영지를 보존하기 위한?'

지금 제닌이 할 수 있는 가장 타당한 추측이었다. 아무리 봐도 그런 이유밖에 없었다.

'그런데 이 정도 양이면 비엘 백작가 한 가문이 동원할 만한 양은 아닐 것 같은데?'

제닌이 고개를 갸웃했다.

비슷한 궤짝들이 무려 열 개가 넘었다. 그저 액수만 따지자면 조그마한 공국 하나 정도는 충분히 살 수 있을 것으로 여겨졌다.

조금 고민해 보던 제닌은 머리를 털었다.

'에이! 생각은 이미 넘칠 만큼 했잖아? 블러디 울프도 다 처리했으니, 아는 사람도 없고. 중요한 것은 이 모든 게…….'

제닌의 입가에 진한 미소가 맺혔다.

'내 것이 됐다는 거지!'

솔직히 제닌은 기쁘기보다는 얼떨떨한 심정이었다.

실감이 나지 않았기 때문이다.

제닌의 한 달 봉급이 5실버였다. 10실버가 1골드였으니 산술적으로는 두 달 봉급이지만, 실제로 모으는 데에는 거의 일 년이 필요했다. 이것저것 쓰다 보면 한 달에 1실버 남기기도 힘들었기 때문이다.

차라리 10골드면 큰돈을 벌었다는 생각을 했을 것이다. 그리고 100골드면 이제 평생 돈 걱정 없이 살 수 있다며 기뻐했을 것이다. 이게 제닌이 생각하는 큰돈의 인식 범위였다.

헌데, 궤짝 안에는 천 단위, 어쩌면 만 단위가 될 수도 있는 액수가 담겨 있었다. 그의 인식 범위를 넘어선, 무지

막지한 돈이었다.

물론 좋지 않다는 의미는 또 아니었다. 이 돈만 있으면 펜던트의 저주 때문에 망했던 아버지의 상단을 되살리는 것은 물론 대대손손 돈 걱정 없이 잘 먹고 잘살 수 있다는 생각까지는 할 수 있었다.

"귀족가문 따위, 알 게 뭐야? 한 가문이든, 열 가문이든 상관없잖아?"

제닌은 궤짝에 손을 넣어 한 움큼의 금화를 집어 들었다.

"어차피 제국에는 절대로 전해지지 않을 거니까!"

제닌은 살아남아 금화를 가로챔으로써 결과적으로 비엘 백작가에 대한 복수를 하게 된 셈이었다.

"어라?"

제닌은 눈을 휘둥그레 뜨며 자신의 손을 바라보았다.

허전한 느낌이 들었다.

그것은 그의 귓가에 '띠링!' 하는 경쾌한 소리가 들려온 것과 동시에 벌어진 일이었다.

손을 펴보니 그가 움켜쥐었던 금화는 감쪽같이 사라진 상태였다.

"이, 이건 또 무슨!"

제닌은 다시 금화 한 움큼을 움켜쥐었다. 그러자 같은 현상이 벌어졌다.

"대체 이건 또 무슨 일인지⋯⋯."

황당하기 짝이 없는 일이었다. 그런데 그는 이것만큼 황당한 일을 경험한 적이 있었다. 그것도 불과 몇 시간 전에 겪은 일이었다.

"설마 이거⋯⋯."

불현듯 떠오른 생각 하나가 그의 머리를 스쳐 지나갔다.

"끄응⋯⋯. 힘을 얻은 대가인 건가?"

사라져 버린 금화를 생각하면 속이 쓰렸다. 그것만 해도 그가 평생 모아도 만들기 힘든 거금이었기 때문이다. 그런데 그렇다고 무작정 안타깝기만 한 것만은 또 아니었다.

"후! 그래 차라리 이게 낫지!"

제닌은 생각지도 못한 힘을 얻었다. 그는 이 덕분에 목숨을 건졌지만 다른 한편으로는 불안한 생각이 들기도 했다.

이야기에 나오는 악마와 계약한 사람이 떠올랐기 때문이다. 물론 그가 악마를 직접 본 것은 아니었다. 그런데 아무런 대가 없이 그런 힘을 가지게 되었으니 불안한 마음이 드는 것은 어쩔 수 없는 일이었다.

"이런 식으로라도 대가를 치르는 것이 속 편하지. 나중에 뭔가가 나타나 영혼이라든가, 소중한 사람의 죽음을 요구하는 것보다는 훨씬 낫잖아? 게다가 설마, 이 궤짝 10개에 담긴 것을 전부 다 달라고 하겠어?"

제닌은 속 편하게 생각했다. 금화가 아깝기는 해도 평생 마음 졸이며 살아가는 것보다는 훨씬 나았다.

　게다가 어차피 금화는 넘치도록 많았다. 대가를 모두 치러도 앞으로 평생 써도 모자랄 만큼은 남을 거라는 생각이었다.

　'그래. 주자, 줘!'

　생각을 정리한 제닌은 궤짝의 금화를 닥치는 대로 움켜쥐기 시작했다. 그때마다 '띠링' 하는 경쾌한 소리와 함께 금화가 사라져갔다.

　어느새 궤짝 가득했던 금화가 사라져 버렸다.

　제닌은 다시 단검을 들고 두 번째 궤짝을 열었다.

　"이왕 준 것, 더는 요구하지 않을 때까지!"

　차라리 안 줬으면 모를까. 일단, 주기 시작했으면 차라리 끝을 보는 게 마음 편했다.

　도중에 중단하면 두 가지 이유로 마음이 불편했다. 하나는 마무리하지 못한 것에서 오는 찝찝한 마음이었고, 다른 하나는 지금까지 준 것에 대한 아까운 마음이었다.

　"후우……."

　제닌은 한숨을 내쉰 후 다시 금화를 움켜쥐기 시작했다.

　띠링! 띠링! 띠링!

　금화는 계속해서 사라져갔다.

　"대체 얼마나 더 처먹어야 만족하는 거냐!"

벌써 네 개의 궤짝을 비우고, 다섯 번째 궤짝을 연 상태였다. 그럼에도 금화는 그가 움켜쥐는 족족 사라져버렸다. 마치 전설에 등장하는 무한의 주머니처럼 끝없이 금화를 집어삼키는 통에 제닌은 버럭 소리를 내지를 수밖에 없었다.

슬금슬금 위기감이 들었다.

'이거 정말 남은 궤짝의 금화를 전부 먹어 치우는 건 아니겠지?'

보이지 않는 무언가가 삼킨 금화가 궤짝의 절반에 다다르자 문득 불안한 마음이 샘솟았다.

아무리 힘을 얻은 대가를 치러야 한다는 생각을 했다지만, 그것도 정도가 있지 않겠는가!

이러다 금화 전부를 삼켜버릴 수도 있다는 생각에 아쉬운 마음이 드는 건 어쩔 수 없었다.

'후우! 정말, 이 힘이 어떻게 된 건지 알 수라도 있었으면 답답하기라도 않지!'

문제는 적당한 대가를 치르지 않았을 때, 자신에게 돌아올 수도 있는 부작용이었다.

아직도 뭐가 뭔지 모르는 힘이었다. 누가, 어떤 의도로 자신에게 그런 힘을 부여했는지 제닌은 제대로 감조차 잡히지 않은 상태였다.

"그래! 어디 한 번! 싹! 다 처먹어 봐라!"

오기가 발동했다.

소리를 버럭 지른 제닌은 다시금 금화를 움켜쥐기 시작했다.

여섯, 일곱, 여덟… 궤짝은 계속해서 비워졌다.

남은 궤짝은 둘. 그중 하나를 열었을 때, 제닌의 눈동자가 다시금 둥그렇게 커졌다. 금화 대신 크고 작은 보석들이 가득했기 때문이다.

보석을 잘 모르는 제닌이 보기에도, 지금까지 열었던 궤짝의 금화를 모두 합해도 보석 궤짝에는 미치지 못할 것 같았다.

"이 정도 재산을 만들려면 대체 얼마나 쥐어짜야 하는 거야?"

귀족가문의 수입원은 여러 가지가 있겠으나, 가장 많은 비율을 차지하는 것은 평민들이 낸 세금이었다. 그런데 정상적인 방법으로는 절대로 이 정도의 돈을 만들어낼 수 없어 보였다.

적어도 이 돈을 보낸 가문에 속한 평민들은 어마어마한 세율과 폭정 속에서 신음해야 했을 것이다.

"개 같은 놈들!"

아버지 대신 입대하기 전 삶을 떠올리던 제닌은 저도 모르게 욕설을 내뱉었다. 그는 이를 바득바득 갈며 보석을 움켜쥐었다.

"어, 어라?"

이번에도 '띠링!' 하는 경쾌한 소리가 들려왔다. 하지만 그것뿐만이 아니었다.

[중급 사파이어를 획득하셨습니다.]

이런 문구가 적힌 반투명한 창이 그의 눈앞에 떠올랐다.

"이건 또 뭐라는 거야?"

중급 사파이어까지는 알아들었다. 집어든 보석이 큼지막한 푸른 보석이었기 때문이다. 문제는 '획득'이라는 단어였다.

"누가? 이건 마치……."

이번에는 루비로 보이는 붉은 보석을 집어 들었다.

[중급 루비를 획득하셨습니다.]

그런 문구와 함께 손에 쥔 붉은 보석이 사라졌다.

"내가… 얻었다는 말 같잖아?"

만약 그의 가정이 옳다면, 사라진 보석을 꺼내는 방법도 있을 것이 분명해 보였다.

"나와라! 중급 루비!"

"꺼내라! 중급 루비!"

"토해내라! 중급 사파이어!"

목청껏 소리치던 제닌의 얼굴은 붉으락푸르락했다.

"이 돼지 새끼야! 좀 뱉어봐! 획득했다고 했으니 꺼내는 방법도 있을 것 아니야! 방법이 있으면 좀 알려달라고!"

띠링!

고래고래 소리를 질러대던 제닌의 머릿속에 경쾌한 소리가 들려왔다. 동시에 그의 눈앞에 반투명한 창이 떠올랐다.

"인벤… 토리?"

창의 왼쪽 위에 그런 글귀가 적혀 있었다.

'재고나 물품 목록을 뜻하는 건데?'

보급대 생활을 했던 제닌에게는 익숙한 단어였다.

인벤토리는 여러 칸으로 나뉘어 있었다. 그중에는 푸른 보석의 그림과 붉은 보석의 그림, 그리고 누런 금화의 그림이 있었다.

제닌은 손을 들어 푸른 보석 그림을 향해 뻗었다.

쑤욱.

손이 그림을 뚫고 들어갔다. 제닌에게는 보이지 않는 막 같은 것을 통과하는 느낌이 들었다.

"엇!"

손가락 끝에 딱딱한 것이 와 닿았다.

제닌은 엄지와 검지를 벌려 딱딱한 물체를 집었다.

띠링!

갑자기 귓가에 들려온 소리에 제닌은 흠칫 어깨를 떨었다.

[수량을 입력하십시오.]

'수량? 숫자를 말하면 되려나?'

"한 개?"

제닌은 조심스럽게 말했다.

띠링!

[중급 사파이어가 출고되었습니다.]

눈앞에 떠오른 반투명한 창과 함께 제닌은 딱딱한 물체가 손아귀에 들어온 것을 느꼈다. 조심스럽게 손을 뺀 후 손바닥을 펼쳐 보았다.

"있다!"

제닌은 주먹을 움켜쥐고 제자리에서 펄쩍 뛰어올랐다. 그때, 다시 한 번 소리와 함께 문구가 떠올랐다.

띠링!

[중급 사파이어를 입고하시겠습니까?]

"응? 이건 또 왜?"

제닌은 고개를 갸우뚱거리며 손아귀를 펴 보았다. 그러자 눈앞에 떠올랐던 문구가 사라졌다.

다시 손을 움켜쥐었다. 그러자 예의 소리와 함께 입고를 묻는 문구가 떠올랐다.

"아하!"

제닌은 슬슬 감이 왔다. 그는 몇 번 손아귀를 쥐었다 폈다 하면서 시험해보았다.

"그런데 혹시… 이런 것도 되려나? 출고 중급 루비 1개."

띠링!

경쾌한 소리와 함께 손아귀에 루비가 나타났다.

"역시! 입고 중급 루비."

손아귀에 놓여 있던 루비가 어디론가 사라졌다.

"이제 좀 알겠네! 그런데 이 숫자는 뭐지?"

제닌은 금화 아래에 적힌 글자를 바라보았다.

"228K?"

228은 아는 숫자였으나, K라는 글자는 무슨 의미인지 감이 잘 잡히지 않았다.

"모르면 한 번 해보는 게 최고겠지. 금화출고 1K!"

좌르르르르륵!

금속 부딪치는 소리가 요란하게 울려 퍼졌다. 제닌은 자신의 손 위로 폭포수처럼 쏟아지는 금화를 바라보며 떡 벌어진 입을 다물지 못했다.

"허어어어……."

제닌은 반쯤 넋이 나간 얼굴로 바닥에 수북이 쌓인 금화를 바라볼 따름이었다.

한참이 지나고 나서야 정신을 차린 그는 바닥의 금화를 주워 넣으며 1K가 1000을 의미한다는 것을 알아낼 수 있었다.

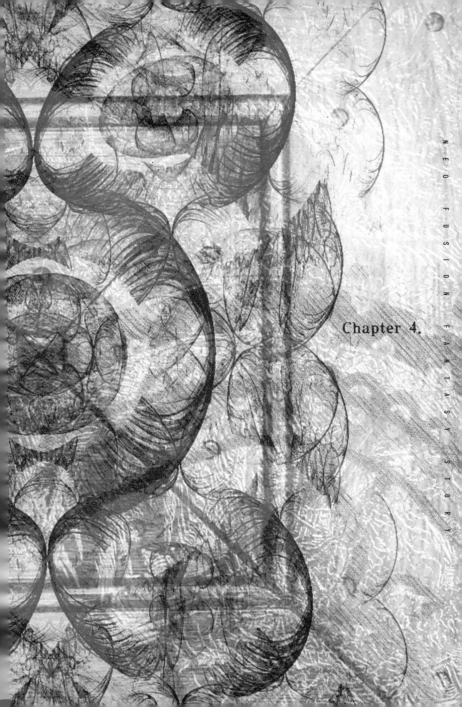

Chapter 4.

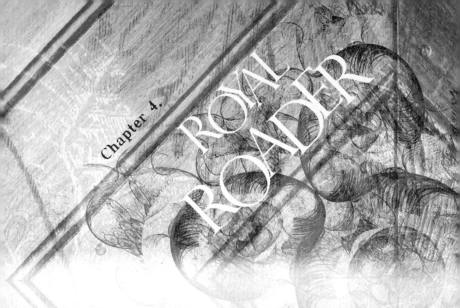

Chapter 4.

ROYAL
ROADER

I

부자, 그것도 어마어마한 부자가 되었다는 기쁨은 그리 오래가지 않았다. 바로 다음 일에 대한 고민 때문이었다.

'그냥 이대로 튀어버려?'

가장 먼저 든 생각은 타국으로의 도주였다. 그만한 돈이면 다른 나라에 가서도 떵떵거리며 살 수 있었기 때문이다.

'커다란 집, 넓은 정원, 수많은 하녀에게 둘러싸인 꿈같은 삶!'

어쩌면 귀족이 될 수도 있었다. 돈이면 뭐든 할 수 있는 세상이었기 때문이다.

하지만 한 단어가 떠올라 그의 상상을 가로막았다.

바로 '가족'이란 단어였다.

탈영은 즉결처분이 가능할 정도의 중죄였다. 또한, 당사자를 잡지 못했을 때는 그 죄가 그의 가족에게 전가될 수도 있었다.

설사 국가에서 죄를 묻지 않아도 제닝이 가로챈 돈을 잃은 귀족가에서 가만히 있을 리 없었다.

타국으로 넘어가 잘 사는 제닝 대신 가족들은 갖은 고초를 겪게 될 것이다.

'가뜩이나 그 저주받은 펜던트 때문에 고생한 가족들을 이제 와 버릴 수는 없지.'

제닝은 습관처럼 가슴 언저리를 더듬었다. 하지만 만져지는 것은 없었다. 레벨 업을 하면서 어디론가 사라져 버렸기 때문이다.

비록 펜던트는 사라졌으나 그로 인해 고생한 가족들은 남아 있었다.

'어쩌면 그런 가족들의 고생 때문에 이 힘을 얻었을지도 모르고 말이야.'

제닝은 쓴웃음을 지으며 금빛 상상을 포기할 수밖에 없었다.

그 뒤로도 제닝은 한참을 고민했다. 이것저것 여러 가지 생각들을 떠올려 보았으나 결국 그는 자신이 이곳에 남아야 한다는 결론을 내릴 수밖에 없었다.

게다가 이곳에 남았을 때 무척이나 위험한 상황이 닥칠 거라는 예상도 했다. 그리고 그런 상황을 피하기 위한 고민을 다시 해야 했다.

"휴……."

한숨을 내쉰 제닌이 몸을 일으켰다.

쾅! 꽈직!

궤짝은 산산이 부숴 땅속에 묻었다. 증거를 남기지 않기 위함이었다.

식량과 잡다한 물품이 담겨 있던 자루는 짐칸에 대충 던져 넣었다. 그 탓에 종종 터지거나 손상되는 자루가 있었으나 이 역시 제닌이 의도한 바였다.

"이 정도면 습격당한 표시가 좀 나려나? 뭐, 어차피 보급품 따위는 그리 중요치 않을 테니……."

정 안되면 습격을 당하면서 다 잃어버렸다고 둘러대도 상관없었다. 제닌에게는 보급품보다 훨씬 중요한 전리품이 있었기 때문이다.

'블러디 울프의 장비. 그거면 보급품을 다 잃었다 해도 충분히 그것을 덮고도 남아!'

악명이 자자한 블러디 울프였다. 그들의 핏빛 갑옷만 등장해도 아군 병사들의 사기는 뚝뚝 떨어질 정도였다.

그런 블러디 울프를 처리했다는 사실은 전공도 전공이었지만, 아군의 사기 진작에도 커다란 도움을 줄 터였다.

'문제는 숫자인데……. 한 절반 정도라고 하면 되려나? 습격을 당했지만, 필사적으로 노력해서 절반의 적을 격살, 잃어버린 보급품 일부를 되찾았다. 이런 줄거리면 통할까?'

제닌은 차근차근 계획을 되짚어 보았다.

'일단 내가 주장해야 할 것은 블러디 울프의 습격이야. 그리고 절대로 밝히지 말아야 할 것은 내가 얻은 힘과 궤짝이겠지.'

제닌은 보급품 중에 궤짝이 실려 있었는지도 몰랐고, 본 적도 없어야 했다.

'명령서에도 궤짝이란 말은 없었으니…….'

제닌은 천천히 고개를 끄덕였다. 자신은 그저 블러디 울프의 습격에서 악전고투 끝에 살아남은 병사여야 했다.

'그나저나 어디로 가야 할 지도 문제겠네.'

갈 곳.

이것은 어쩌면 사연을 꾸미는 것보다도 더 중요한 문제일 수도 있었다.

'22만 8천 골드. 그리고 거의 그만한 가치의 보석들……. 아무리 봐도 비엘 백작가 혼자 만들기에는 너무 큰 금액이란 말이지…….'

백작가(家)의 일 년 평균 수입이 이만 골드 남짓이었다. 즉, 22만 8천 골드는 백작가 열 개의 수입을 합친 것보다 많은 어마어마한 금액이었다. 게다가 보석까지 합하면 크라인 왕국의 1년 수입에 버금갈 액수였다.

제닌은 이런 자세한 것까지는 몰랐으나 한 가지 아는 것은 있었다. 이번 전쟁을 위해 왕국의 사활을 걸고 마련한 전비가 3-40만 골드라는 점이었다. 그보다는 못해도 이 정도 규모면 이번 일에 연루된 귀족이 한둘이 아니라는 것 정도는 추측해 낼 수 있었다.

'다른 걸 떠나 부패하지 않은 귀족, 왕국에 대한 충성심이 남다른 귀족이 지휘하는 부대를 찾아가면 되지 않을까?'

그렇게 생각하는 순간, 딱 떠오르는 이름이 있었다.

'아스트 백작님!'

그는 제닌이 속한 3군 사령부의 사령관이었다. 또한, 파죽지세로 밀려오던 제국군을 막아내고 방어선을 형성시킨 뛰어난 무장이기도 했다.

'적어도 그분은 다른 귀족과는 다르니까!'

그가 제국의 전진을 막아낸 커다란 공로를 세웠음에도 오히려 탄핵을 받을 뻔했다. 잃어버린 영토를 수복하지 않고 시간만 끈다는 이유였다.

하지만 이것은 현실적으로 불가능한 일이었다. 크라인 왕국군은 제국군과 비교해 숫자도 적고, 무장도 빈약하고, 사기까지 떨어졌다. 이런 병사로는 끊임없이 몰아치는 제국군의 공세를 막아내는 것만으로도 힘겨웠다.

그럼에도 귀족들은 계속해서 진격을 요구했고, 아스트 백작은 그들의 요구를 무시하며 버텼다. 이 때문에 귀족들은 사령관의 자격이 없다는 이유로 아스트 백작을 탄핵했다. 그리고 거의 이루어질 뻔했으나 마지막 순간 국왕의 극적인 개입으로 탄핵은 무산되었다.

이 일은 크라인 왕국군의 병사라면 모두가 알만큼 유명한 일이었다.

'다른 것을 떠나 다른 귀족들과의 사이가 좋지 않다는 것만 봐도 그분이 이번 일에 연루될 가능성은 거의 없어. 게다가 이미 한 번 본 적이 있으니.'

제닌이 가장 중요하게 생각한 것은 아스트 백작과 안면이 있다는 점이었다. 제닌은 지금 상황에서 그의 말을 무시하지 않고 제대로 들어줄 확률이 높은 지휘관은 아스트 백작 뿐이라고 생각했다.

목적지가 정해졌다.

제닌은 방수포를 덮어 마무리하고 마부석에 올랐다. 그런데 휑하게 빈 마구를 바라보며 이마를 짚었다.

'아! 아까 풀어 줬었지…….'

마구에 메어 있던 말은 블러디 울프의 습격을 발견했을 때 그들의 시선을 분산시키기 위해 풀어줬었다.

"뭐, 말은 많으니까."

제닌은 그렇게 중얼거리며 마부석에서 훌쩍 뛰어내렸다.

원래 있던 짐말은 풀어 줬으나, 블러디 울프가 타고 왔던 말들이 있었다. 주인을 잃고 뿔뿔이 흩어졌지만, 그것을 끌어모으면 최소한 열 마리 이상은 될 터였다.

'그러고 보니, 이것도 전공이겠네. 훈련된 전투마의 가격은 어마어마하니까.'

제닌은 빙긋 웃었다.

'이거, 갈수록 기대되는데?'

최소한 한 단계 이상의 진급은 확실해 보였다. 잘하면 두 단계, 어쩌면 세 단계 이상 진급할 가능성도 있었다.

'보고만 제대로 하면!'

제닌은 주먹을 불끈 말아쥐었다.

Ⅱ

'응? 뭐지?'

벡스가 있는 쪽으로 걸어가던 제닌은 문득 걸음을 멈췄다.

드드드드드드.

미약한 진동이 느껴졌다. 육중한 무게를 가진 다수의 물체가 움직일 때 일어나는 진동이었다.

'기병?'

제닌은 순식간에 진동의 정체를 파악할 수 있었다.

이미 익숙했기 때문이다. 그와 동시에 그의 눈이 빛나기 시작했다.

'저쪽이면 후방, 내가 지나온 길이다.'

기병들이 후방에서 저리도 급히 달려오는 이유가 뭘까?

설마 블러디 울프의 습격 사실을 파악하고 지원병력을 보낸 것일까?

'그럴 리는 없지.'

제닌은 이미 자신이 미끼로 던져졌다는 것을 알았다.

'지원보다는……'

제닌의 눈빛이 깊어졌다. 그와 동시에 그는 수풀 속에서 바짝 몸을 낮췄다. 그리고 숨소리마저 죽인 채 기병들이 다가오기를 기다렸다.

급속도로 달려오던 기병들은 어느 순간 서서히 속도를 늦추더니 완전히 멈췄다. 짐마차의 지척에 다다라서였다.

'숫자는 열둘. 문양은……'

제닌은 기병의 오른쪽 가슴에 시력을 집중했다.

광택을 죽인 암회색 하프 플레이트의 오른쪽 가슴에는 독수리가 움켜쥔 왕관이 새겨져 있었다.

'아군이군. 그런데 못 보던 갑옷이군.'

기병이 아군이라는 점은 그들이 후방에서 다가오는 것으로 이미 짐작하고 있었다. 하지만 갑옷의 양식이나 색깔은 제닌이 다뤄본 적이 없는 종류였다.

그가 다뤄본 적이 없다는 것은 정규병에게 보급되는 물품이 아니라는 의미였다. 그리고 이것은 그들이 정규병이 아니라는 의미도 되었다.

'귀족 가의 사병!'

제닌의 눈에 섬뜩한 빛이 일었다.

'어쩌면 알아낼 수도 있겠어. 날 미끼로 사용한 놈들을!'

이미 비엘 백작가 그중 하나라는 것은 알고 있었다. 문제는 궤짝에 담겨 있던 금화와 보석의 양이 한 가문에서 동원할 수 있는 양을 넘어섰다는 점이었다. 다시 말하자면 비엘 백작가 뿐만이 아니라 다른 귀족 가문이 연관되어 있을 확률이 높았다.

제닌은 이를 악문 채 기병들의 행동을 주시했다.

"…… 이미 가버린 건가?"

선두에 있던 기병이 중얼거렸다. 이어 그가 마차를 향해 손짓하자 기병 하나가 말에서 내리더니 마차를 향해 다가갔다.

짐칸의 짐을 뒤적거리던 기병이 뒤를 돌아보며 고개를 가로저었다.

"없습니다."

"흔적은?"

선두의 기병이 다시 물었다.

짐칸에 있던 기병이 마차 위로 올라서서 주변을 살펴보았다. 그리고 다시 내려와 선두 기병에게 다가왔다.

"한 방향뿐입니다. 그리고……."

짐칸을 살핀 기병은 속삭이듯 작은 목소리로 보고했다. 선두 기병의 눈빛이 날카롭게 변했다. 동시에 다른 기병들의 눈에도 긴장감이 어리기 시작했다.

선두 기병이 손을 들어 올렸다. 그 손은 정점에 다다르자 활짝 펼쳐졌다.

순간 말 위에 올라있던 기병들이 일제히 몸을 날렸다. 펼쳐진 손 모양을 따라 사방으로 퍼져 나가는 기병의 움직임은 재빨랐다.

스슷. 스스슷.

움직임을 빨랐으나 소리는 크지 않았다. 그저 수풀을 스치는 작은 소리만 일어날 따름이었다.

'냄새가 나는군. 썩은 고기를 탐하는 하이에나의 냄새가.'

제닌은 여전히 수풀 속에 몸을 숨긴 채 눈을 빛냈다.

극도로 절제된 말투와 은밀한 움직임. 이 두 가지 정보가 조합되자 제닌은 자연스럽게 하이에나라는 말을 떠올렸다.

하이에나란 귀족 가에서 더러운 일을 시키기 위해 만든 조직을 의미하는 말이었다.

사방으로 퍼지던 기척은 큰 원을 그리며 빙글빙글 돌기 시작했고, 점차 좁혀졌다. 좁혀드는 원의 중심에는 제닌이 몸을 숨긴 수풀이 있었다.

'발각되었나? 어쩐지 놈들이 퍼질 때, 유독 이곳을 피하는 것 같더니. 이미 발각된 거였군.'

제닌은 쓴웃음을 머금었다. 하지만 그것은 자기 자신의 안일함을 향한 자조일 뿐, 상대의 포위에 대한 두려움은 결코 아니었다.

'발각된 이상 굳이 웅크리고 있을 필요는 없겠지.'

제닌은 벌떡 일어났다.

포위망을 좁혀오던 이들이 제닌을 발견하고는 흠칫했다. 그러나 이내 평정을 찾고 한층 빠른 속도로 포위망을 좁혔다.

"세 놈이 비네?"

제닌은 둘러싼 이들의 숫자를 확인하며 중얼거렸다. 이들의 숫자는 여덟. 총 열두 명에서 마차 주변에 남아 있는 한 명을 제외하면 열한 명이어야 했다.

"아! 세 놈은 저쪽으로 갔나 보군."

제닌은 벡스가 있는 쪽을 바라보며 다시 중얼거렸다.

"기도라도 하는 건가?"

둘러싼 이들 중 하나가 제닌을 향해 물었다.

제닌은 피식 웃었다.

"그건 니들이 해야 할 것 같은데?"

"물음에 대답만 잘하면 고통 없이 죽여주겠다."

제닌 나름대로 도발을 한 것인데, 상대는 표정의 변화 없이 대꾸했다.

"고통 없는 죽음이라니……. 이거 천사라고 불러줘야 하나?"

"어떻게 살아남았지?"

빈정거림을 담은 말투에도 상대는 표정의 변화 없이 자신의 할 말만 했다. 그 모습에 제닌은 혀를 찼다.

"쯧! 내가 지금 사람이랑 이야기하는 건지, 벽을 보고 이야기하는 건지 원."

말을 하면서 어깨를 으쓱거리자 이번에는 다른 상대가 물어왔다.

"멍청한 건가? 겁이 없는 건가?"

안타깝게도 그가 제시한 선택지 중에는 제닌이 원하는 답이 없었다.

"3번. 자신 있어서라고 대답해 주지."

"자신?"

되물음과 함께 상대의 얼굴이 살짝 굳어졌다. 처음 대화를 나눴던 상대에 비하면 풍부한 감정표현이었다.

"니들, 블러디 울프가 지금 어디 있는 줄 알아?"

순간 제닌을 둘러싼 이들의 시선이 모두 제닌의 입을 향해 모여들었다. 그들이 원하는 단어가 흘러나왔기 때문이다.

제닌은 빙긋 웃으며 입을 열었다.

그때 멀리서 소리가 들려왔다.

끄아아악!

거리가 제법 있기에 아련하게 들려온 소리였지만, 등줄기를 오싹하게 할만큼의 처절함이 담긴 비명이었다.

제닌의 입가에 걸린 미소가 비틀어졌다.

"바로 저렇게!"

스팟!

목소리와 동시에 빛무리가 일어났다. 빛무리의 시작은 제닌의 허리춤이었고, 그것은 제닌을 중심으로 큰 원을 그린 다음 다시 시작된 곳으로 돌아갔다.

제닌을 둘러쌌던 여덟 명의 얼굴에 당황스러움이 떠올랐다. 그리고 그것은 점차 일그러져갔다.

여덟 명의 가슴이 동시에 쩍 벌어지며 붉은 피를 토해내기 시작했다.

"끄억!"

"끄르르……."

여덟 명은 믿기지 않는다는 표정을 지은 채 모로 쓰러졌다.

"된 거지……."

제닌은 히죽 웃으며 피 묻은 검을 털어냈다.

히히히힝!

조금 떨어진 곳에서 말 울음소리가 들려왔다.

제닌은 소리가 들려온 방향을 바라보았다. 짐 마차 주변에 있던 기병이 말을 돌려 달아나고 있었다.

"오호! 판단이 제법 빠른데?"

제닌은 감탄 어린 표정으로 땅을 박찼다. 그리고 그는 기병이 탄 말이 채 가속하기 전에 앞을 가로막을 수 있었다.

기병은 말을 멈추지 않았다. 오히려 말의 배를 박차 속도를 더하며 검을 뽑았다. 검을 휘둘러 제닌을 견제하며 그대로 돌파할 작정이었다.

캉!

히히히힝!

칼 부딪치는 소리와 말 울음이 동시에 들려왔다. 제닌이 기병의 칼을 막음과 동시에 다른 손으로 말의 머리를 후려친 탓이다.

말은 정신을 잃었고, 다리에 힘이 풀렸다. 한창 속도를 더하고 있었던 상황이었으니 남은 것은 바닥을 뒹구는 것뿐이었다.

시야가 급격히 낮아지는 걸 느낀 기병은 안장을 박차며 뛰어올랐다. 가만히 있다가 말과 함께 뒹구는 것보다는 낫다는 판단이었다.

하지만 공중에 떠 있는 기병은 곧 얼굴을 구길 수밖에 없었다. 어느새 착지할 곳을 선점하고 있는 제닌의 모습 때문이었다.

공중에서 팔다리를 버둥거려 보았으나, 안타깝게도 그에게는 공기를 헤엄칠 재주가 없었다.

"어서 와. 비행은 처음이었지?"

기병은 발악하듯 검을 휘둘렀으나 제닌은 고개를 까딱하는 것으로 손쉽게 피해냈다. 이어 그는 주먹으로 떨어지는 기병의 복부를 힘껏 올려쳤다.

뻐억!

"크허억!"

겨우 지상으로 내려왔던 기병은 다시금 공중으로 솟구쳐 올랐다.

복부의 타격이 장난이 아니었던지, 기병은 눈을 하얗게 까뒤집으며 기절한 상태였다.

"우리, 진솔한 대화를 한번 나눠 보자고!"

제닌은 잔뜩 비틀린 미소를 머금었다.

Ⅲ

"벡스, 살아있냐?"

실제로 안부를 물음보다는 그저 인사치레였다. 제닌은 이미 바쁘게 움직이는 벡스의 모습을 보고 있었기 때문이다.

"별것 아니던데요? 그런데 그놈들 뭡니까? 다짜고짜 칼부터 휘두르던데."

"누군지 말해주면 알아들을 자신은 있고?"

제닌의 물음에 벡스는 살짝 눈가를 찌푸렸지만, 이내 표정을 풀었다.

"옙! 무식한 저는 그냥 대장이 시키는 대로만 움직이겠습니다."

벡스는 돌아가지 않는 머리를 억지로 굴리려 애쓰는 것보다 차라리 그편이 나았다. 어차피 생각은 제닌이 했기 때문이다.

여기에는 90에 가까운 충성도의 역할이 컸다. 그것은 벡스에게 제닌이 결코 그에게 해가 될 일은 하지 않으리라는 믿음을 심어 주었다.

"수거는 빠짐없이 했겠지?"

"예! 가죽 갑옷 스물아홉 벌에, 중갑 스무 벌. 무기로는 석궁이 열다섯에……."

벡스는 자랑하듯 보고했다. 문제는 그가 입을 열 때마다 사방으로 뿜어지는 침이었다.

제닌은 조용히 손을 들어 벡스의 입을 가렸다. 그리고

다른 손의 검지를 들어 야산을 가리켰다.

"아아. 숫자는 됐고, 저쪽에도 두 놈이 누워 있을 거야. 가서 거둬와."

힘을 얻은 후, 제닌이 가장 먼저 처리한 적을 말함이었다.

"아! 석궁 든 놈이랑 칼 든 놈요? 이미 싹 다 벗겨 왔습니다."

"그래?"

"그게… 아까 묻으러 갔는데 보여서……."

아무래도 벡스가 자신을 고문했던 놈들을 처리하고, 뒷수습하는 도중 발견한 모양이었다.

"어라? 그런데 대장. 마차가 어째… 좀 휑한 느낌인데요?"

벡스는 제닌이 끌고 온 마차를 보며 물었다.

기병들 덕에 제닌은 귀찮은 일을 하나 덜어낼 수 있었다. 그들이 타고 온 말이 아니었다면 이곳에서 말을 몰고 마차가 있던 곳을 한 번 더 다녀와야 했을 터였다.

"쓸데없는 건 버렸어. 어차피 이것들 실으려면 자리가 있어야 하잖아?"

"아하! 역시 대장은 준비가 철저하십니다!"

벡스는 엄지를 치켜들며 감탄했다.

'단순한 자식.'

만약 입장이 반대였다면, 제닌은 의심을 담은 눈초리로 그를 바라보았을 것이다.

"벡스, 거기에서 상태 좋은 걸로 반만 골라봐."

"예? 왜요?"

"자식이! 내가 뭐라고 했어? 일단 시키는 대로 하고 난 다음에 물어보라고 했어? 안 했어?"

제닌이 눈을 부라리자 벡스가 어깨를 잔뜩 움츠렸다.

'살짝 정신을 다잡아줄 때도 됐지. 힘을 과신해 버리면 피곤해질 수도 있으니까.'

"해, 했는데요……."

덩치에 어울리지 않게 잔뜩 주눅이 든 모습에 제닌은 실소가 흘러나왔다.

'덩치만 보면 전혀 아닌데, 이럴 때는 열일곱이 맞는 것 같기도 하고…….'

벡스는 쭈뼛거리며 쌓여 있는 장비 쪽으로 다가가 장비를 추리기 시작했다. 그리고 한참이 지나고 나서야 작업을 완료했다.

"대장, 다 했는데요……."

어쩐지 주눅이 든 벡스의 목소리에 제닌은 괜스레 언짢아졌다.

"야! 누가 죽기라도 했어? 어깨 펴 자식아!"

"헙! 옙!"

벡스가 어깨를 펴고 바로 섰다. 제닌보다 머리 하나는 더 큰 키에 우람한 덩치, 덕분에 그가 똑바로 서자 제닌은 그를 올려다보아야 했다.

"눈에 힘주고!"

"옙!"

부리부리한 벡스의 눈에 빛이 감돌았다.

"지금부터 내가 하는 말 잘 들어."

"옙!"

"우린 함정에 빠졌다."

"예?"

벡스의 눈에 어리둥절함이 어렸다.

"일단 들어! 질문은 마지막에 한꺼번에 해라. 어차피 네 머리로는 이해하기 힘들 테지만."

벡스는 힘차게 고개를 끄덕였다. 스스로의 한계를 잘 아는 듯한 모습에 제닌의 입꼬리가 살짝 올라갔다.

"우린 미끼로 보내졌다. 사실, 아무리 간단한 임무라 해도 수송 임무에 고작 두 명을 보낸다는 것 자체가 말이 안되는 일이었지. 중대장 아르스 드 비엘 그 썩을 자식은 임무 실패를 전제로 우리를 보낸 것이다. 그리고 블러디 울프, 그 피칠한 개새끼들이 우리를 죽이고 우리가 수송하던 물품을 탈취하러 달려왔지. 놈들이 국경을 무사히 넘었다는 것 자체가 우리가 모르는 윗선까지 연결되어 있음을 의미한다. 여기까지 이해하냐?"

제닌은 벡스의 얼굴을 바라보았다. 멍한 표정은 반쯤 넋이 나가 보였다.

'하긴, 이해하는 걸 바라는 것 자체가 무리였나?'

어려운 설명은 굳이 할 필요가 없을 듯싶었다. 괜스레해봐야 머리만 아플 뿐이고, 어차피 벡스는 절대로 알아듣지 못할 것이다.

"그러니까 우리가 살아날 길은 3군 사령관 아스트 백작님이 계신 사령부로 향하는 것뿐이다. 그리고 전리품의 반정도는 버려야 한다."

제닌은 간단하게 정리했다. 그러자 벡스는 한참을 생각하다 입을 열었다.

"그러니까… 대장. 우리가 부대로 다시 돌아가면 안 된다는 건가요?"

"물론이다."

"원래 수송하려던 곳을 가면 안 되나요?"

"어쩌면 그곳에서는 아무것도 모르고 있을 공산이 크다. 어차피 실패를 가정하고 진행된 일이었기 때문에 명령서 자체가 보내지지 않았을 거다."

"그런데 반은 왜 버리죠? 전리품이 많아야 좋은 것 아닌가요?"

벡스는 반으로 나뉘어 있는 블러디 울프의 장비를 가

리켰다.

"벡스, 상식적으로 생각해봐라. 우리가 블러디 울프를 몰살시켰다고 하면 믿어줄 사람이 있을까?"

"그야 당연히 없… 겠……. 헉! 그런데 대장! 이것들 모두 대장이 다 한 겁니까? 어떻게 그런 겁니까?"

벡스는 이제야 떠오른 듯 궁금한 점을 묻기 시작했다.

"그리고 다 죽어가던 저는 어떻게 살리신 겁니까? 우와! 그러고 보니 그것도 신기하네! 그리고 또 있습니다. 아까부터 느끼던 건데, 제가 힘이 좀 세진 것도 같은데. 이것도 대장이 한 겁니까? 그런 겁니까?"

잔뜩 주눅이 들었던 것이 불과 몇 분 전이건만, 벡스는 금세 활발해져서 이것저것 묻기 시작했다.

"그만!"

제닌은 손바닥을 들어 벡스의 말을 막았다.

"그게 어떻게 된 일이냐면……."

"꿀꺽!"

슬쩍 말끝을 흐리자 벡스는 마른침을 삼켜가며 제닌의 입을 바라보았다.

"나도 몰라."

"에에?"

벡스가 김빠진 표정을 지었다.

"모른다고! 나도 알고 싶은데 모르는 걸 어떻게 해?"

"그, 그럼……."

"일단은 우리가 살 길부터 찾고, 천천히 알아볼 생각이다. 그러니까 우리에게 일어난 일이 무엇인지 제대로 알아낼 때까지는 입 다물고 있을 것. 알아들었나?"

"옙!"

벡스는 대답을 끝으로 입을 다물었다.

'말을 잘 들으니 좋긴 한데……. 너무 쉬운데?'

제닌은 의아한 얼굴로 벡스를 바라보았지만, 곧 표정을 풀었다.

거의 한계치에 도달한 충성도의 영향 덕분에 벡스는 제닌의 말이라면 그야말로 쇳조각으로 수프를 끓인다고 해도 믿을 정도였다.

제닌은 벡스에게 상태가 좋지 않은 절반의 장비를 마차에 실을 것을 지시했다. 그리고 자신은 상태가 좋은 장비들이 쌓여 있는 곳으로 다가갔다. 그는 장비를 향해 손바닥을 뻗으며 중얼거렸다.

"이것들 전부 입고한다. 이렇게 하면 되려나?"

약간의 시간을 기다려 보았으나 반응은 없었다.

조금 떨어진 곳에서 의문스럽게 바라보는 벡스의 시선이 느껴졌다.

"크흠!"

헛기침을 터뜨리자 허겁지겁 장비를 마차에 싣기 시작

하는 벡스의 기척이 느껴졌다.

제닌은 장비 중 하나를 집어 들었다.

띠링!

[대충 찍어낸 철검을 입고하시겠습니까?]

이번에는 메시지가 떠올랐다.

"대충 찍어낸 철검?"

제닌이 보기에는 상당히 잘 정련된 검이었다.

"이 정도면 재질도 괜찮고 무게균형도 괜찮아 보이는데?"

제닌은 보급부대의 십인장이었다. 그곳에 있는 동안 수많은 장비를 다뤄본 경험이 있었다. 그런 경험에 비춰 보았을 때, 블러디 울프가 사용했던 장비는 하나같이 우수한 품질이었다.

그가 찬찬히 검을 살펴보고 있자 다시 한 번 경쾌한 소리가 들려왔다.

[대충 찍어낸 철검, 공격력 : 3-7, 무게 : 3kg, 내구도 : 5/7]

눈앞에 떠오른 창의 내용에 제닌의 눈이 휘둥그레졌다. 그는 철검을 내던지고 다른 장비를 들어 살펴보았다.

띠링!

[냄새 나는 가죽 갑옷, 방어력 : 4, 무게 : 4kg, 내구도 : 8/10]

[조잡한 판금 갑옷, 방어력 : 9, 무게 : 22kg, 내구도 : 14/18]

"허어……."

장비들을 하나, 하나 살펴보던 제닌의 입에서 얼빠진 소리가 새어 나왔다.

'설명을 해주는 건 좋은데, 왜 하나같이 기운 빠지는 수식어가 붙어 있지?'

제닌은 품 안에 숨겨 두었던 단검을 꺼내 들어 살펴보았다. 그의 인상이 확 찌푸려지더니 단검을 바닥에 내팽개쳤다.

"허섭스레기라니! 개당 무려 2 실버나 주고 산 거란 말이다!"

"저……. 대장. 무슨 기분 나쁜 일이라도……."

지켜보던 벡스가 조심스럽게 물어왔다.

"아니야. 그냥 일이나 해!"

다소 격앙된 제닌의 말투에 벡스는 다시 허겁지겁 움직였다.

'그래! 저거라면!'

제닌의 눈에 띈 것은 블러디 울프의 대장이 사용하던 핼버트였다. 핼버트에서는 척 보기에도 심상치 않은 기운이 느껴졌다.

띠링!

[마적단의 핼버트, 공격력 : 14-22, 무게 : 12kg, 내구도 : 12/16, 착용제한 : 근력 15, 레벨 7]

'역시!'

제닌의 눈이 반짝였다. 드디어 기운 빠지는 수식어가 붙지 않은 장비를 발견한 것이었다.

사실 수식어 따위는 그리 상관없었다. 아무리 수식어가 좋지 않게 붙어 있어도 그가 보기에는 괜찮아 보였고, 실제로 사용하기에도 지장이 없었기 때문이다.

다만, 기분은 그리 좋지 않았다. 좋지 않은 수식어가 붙은 장비를 사용하면 왠지 모르게 자신 또한 그런 수준으로 폄하되는 것 같아서였다.

'색깔이 왜 다르지? 그리고 착용제한?'

'마적단의 핼버트'라는 글자도 전과 달리 녹색을 띠고 있었다. 거기에 더해 제닌은 전에 없던 문구까지 붙어 있었다.

'착용제한이 근력이 15에 레벨이 7이라……. 이걸 내가 착용할 수 있을까?'

띠링!

[마적단의 핼버트를 착용하시겠습니까?]

마치 제닌의 생각에 대답이라도 하는 듯한 반응이었다.

"착용한다."

대답하는 순간 자루를 잡은 손아귀에서 쩍 달라붙는 듯한 느낌이 들었다. 그와 동시에 기이한 느낌이 전해졌다.

"이건 마치……."

제닌은 저도 모르게 소리를 흘렸다.

"몸과 하나가 된 것 같은 느낌이 바로 이런 걸까?"

적어도 제닌이 느끼기에는 그러했다.

제닌은 핼버트란 무기를 처음 잡아보는 것이었다. 그럼에도 그는 오래전부터 그것을 휘둘러온 것처럼 익숙한 느낌이 들었다.

핼버트를 허공에 몇 번 휘둘러 보았다.

부웅! 부웅!

묵직한 무게감에도 휘두르는 게 그리 어렵지 않았다. 또한, 검을 휘두르는 것 마냥 자연스러웠다. 게다가 웬만한 바위도 충분히 부술 수 있을 것 같은 충만한 자신감이 느껴졌다.

'한 번 해볼까?'

마침 몇 걸음 떨어진 곳에 바위가 보였다. 거무튀튀한 색깔의 바위는 척 보기에도 무척이나 단단해 보였다.

바위 옆으로 다가간 제닌은 핼버트를 높이 치켜들었다가 아래로 내리찍었다.

스겅!

섬뜩한 소리와 함께 바위가 쩍 갈라졌다.

마치 칼로 무를 내려친 것 같은 느낌이었다.

제닌은 어리둥절한 눈으로 갈라진 바위와 자신의 손아귀를 번갈아 바라보았다.

"우와! 역시 대장! 대단하십니다!"

벡스가 침을 튀기며 다가왔다.

"잠깐! 거기 검 하나만 던져줘 봐."

"옙!"

벡스가 던져준 검을 받아든 제닌은 그것을 바라보며 중얼거렸다.

"착용한다."

다시 한 번 기이한 느낌이 전해졌다. 신체 일부가 된 듯한 느낌은 핼버트를 들었을 때보다 더했다.

'오랫동안 검을 사용해서 그런가?'

하지만 핼버트를 착용했을 때처럼 무엇이든 부술 것 같은 느낌은 들지 않았다.

제닌은 검을 치켜들었다가 바위를 향해 내리쳤다.

쨍강!

검이 부러졌다.

[한계 이상의 충격으로 무기가 파손되었습니다.]

이런 내용의 문구도 눈앞에 떠올랐다.

'아하! 공격력과 내구도가 이런 의미였구나!'

제닌은 실험을 통해 한 가지를 알아낼 수 있었다.

'이왕 실험해 본 김에 한 가지 더!'

제닌은 눈을 빛내며 벡스에게 다가갔다. 그리고 그에게 핼버트를 건넸다.

"너 이거 잡고 한 번 휘둘러봐."

"예? 아! 옙!"

벡스는 얼떨떨한 얼굴로 핼버트를 받아들었다. 하지만 낑낑거리기만 할 뿐, 휘두르지 못했다.

"어! 어라? 대, 대장. 이거 왜 이러죠? 몸이… 팔이 왜 말을 안 듣죠?"

제닌은 한 가지를 더 알아낼 수 있었다.

'착용제한에 미치지 못하면 아예 사용조차 할 수 없구나!'

마적단의 핼버트에 붙은 착용제한 레벨은 7, 이에 비해 벡스의 레벨은 5였다.

'그럼, 나는 레벨도 넘어섰고, 근력도 15가 넘었다는 말이 되는군!'

제닌은 고개를 끄덕였다.

'이거, 조금씩 알아내는 재미가 있는데?'

피식 웃은 제닌은 벡스의 손에 들린 핼버트를 잡았다. 그것을 허공에 몇 번 휘둘러본 후 인벤토리에 입고시켰다.

"헉! 대, 대장! 무기가 갑자기!"

벡스가 치뜬 눈으로 제닌의 손을 바라보았다. 그리고 제닌의 몸 이곳저곳을 훑어보았다.

제닌은 그의 시선에 아랑곳하지 않고 쌓여 있던 장비들을 하나, 하나 인벤토리에 입고시켰다.

"우, 우, 우와아아! 대장! 설마 그거, 마법입니까?"

설명에 대해 잠깐 고민하던 제닌은 고개를 절레절레 흔들며 대답했다.

"나도 몰라."

어차피 알아듣지 못할 게 빤했다.

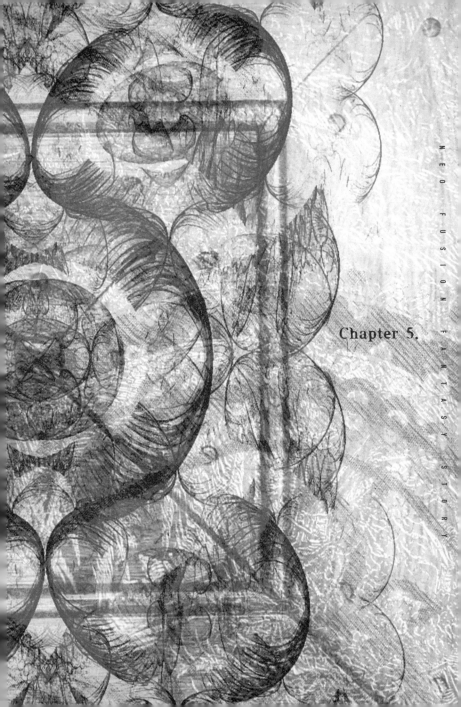

Chapter 5.

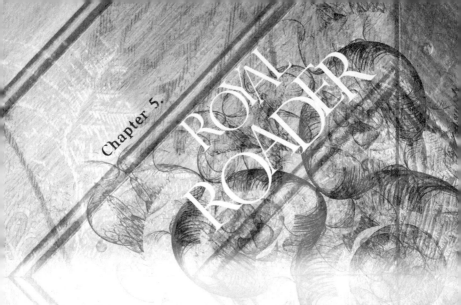

ROYAL
ROADER

I

삐그덕. 삐그덕.

바퀴가 굴러갈 때마다 귀에 거슬리는 소리가 퍼져 나갔
다.

축이 손상된 듯, 바퀴는 구를 때마다 비틀거렸고 마차의
움직임 또한 흔들흔들 불안하기 짝이 없었다.

여기저기 부서지고, 뒤틀린 흔적이 가득한 짐마차. 어떻
게든 보수하려고 노력한 흔적은 보였지만, 얼기설기 엮인
판자들의 모습은 어설프기 짝이 없었다.

누가 봐도 영락없이 격전을 치른 모습. 이 상태로 움직
이는 게 신기할 정도였다.

다만 한 가지, 마차를 끄는 말들만큼은 웬만한 전투마를

141

능가할 정도로 뛰어나 보였다. 더불어 마차의 뒤에도 십여 마리의 말들이 묶인 채 끌려오고 있었다.

주인을 잃은 후, 곳곳에 흩어져 있던 블러디 울프의 전투마를 끌어모은 결과였다.

기병들이 타고 왔던 말은 아깝지만, 과감히 버렸다. 에이서스 제국의 말과 크라인 왕국의 말은 겉으로 구분이 가능할 정도로 달랐기 때문이다. 기병들의 말을 그대로 끌고 갔다가는 자칫 아군을 헤쳤다는 오해를 살 수도 있었다.

"대장. 이제 슬슬 일어나시죠. 거의 다 온 것 같습니다."

마부석에서 마차를 몰던 벡스의 말에, 짐칸을 덮은 두꺼운 방수포 위에 누워있던 제닌은 몸을 일으켰다.

"그나저나… 벡스. 아무리 후방이라지만, 경계가 너무 허술하지 않아? 명색이 서부전선을 책임지는 군단의 사령부 근처인데 말이야."

"그런 것 같습니다. 사령부 막사가 멀리 보이는 곳까지 왔는데도, 여태 검문 한 번 받지 않았으니……. 쯧! 하긴, 이러니까 계속 제국 놈들한테 밀리는 거겠죠?"

벡스는 고개를 저으며 혀를 찼다. 제닌은 그 모습을 바라보며 입매를 살짝 비틀었다.

"그렇다는데요?"

"네? 갑자기 무슨……."

벡스가 눈을 둥그렇게 뜨며 되물을 때, 곳곳에서 옷자락이 바람에 스치는 소리가 들려왔다.

"어, 어, 어, 어엇!"

놀람에 찬 벡스의 목소리가 멎을 때 즈음, 주변은 이미 검은 복장의 인물들에게 포위된 상황이었다.

'쉐도우리스(Shadowless) 소문대로 은밀하긴 하군. 중요한 점은 이 은밀한 기척이 나에게는 읽힌다는 거겠지만.'

제닌은 속으로 빙긋 웃었다.

쉐도우리스(shadowless).

정찰 및 정보수집, 그리고 적국 요인 암살에 특화된 부대로, 3군단 사령관인 아스트 백작이 직접 조직한 부대였다.

지금껏 별다른 검문이 없었던 것은 바로 이들이 암중에서 감시하고 있었기 때문이었다.

"소속!"

마차의 앞을 가로막아선 인물이 낮게 외쳤다.

광택을 죽인 짙은 회색의 하프 플레이트를 착용한 인물이었는데 그의 오른쪽 가슴에는 진한 검은색으로 'Ⅱ'라는 글자가 새겨져 있었다.

'2대의 대장이란 뜻인가? 아니면 2조의 조장이란 뜻인가?'

뭐가 되었든 일개 십인장에 불과한 제닌보다 상급자임은 분명했다.

쉐도우리스는 소수 정예를 표방했고, 일개 대원조차도 십인장 급의 대우를 받았다. 그들을 지휘하는 조장만 해도 백인장 급이라는 의미였다.

그런 상급자가 소속을 물었으니 제닌은 대답해야 했다.

"7사단 보급대대 3중대 소속 십인장 제닌, 그리고 하급병 벡스입니다. 귀하의 직책도 알 수 있겠습니까?"

제닌은 대답과 동시에 상대의 신분도 물었다. 상대의 눈썹이 꿈틀거렸다.

'빤히 보면서도 묻는 건가?'

회색의 하프 플레이트는 그 자체로도 쉐도우리스를 상징했다. 이는 3군 사령부에 속한 병사라면 모두가 아는 사실이었다.

하지만 적아의 판별을 위해 하급자의 물음이라도 신분을 밝히는 것이 원칙이었다.

"쉐도우리스. 2전대장 카락스다. 목적은?"

다소 기분이 상한 듯 카락스의 어조는 거칠어져 있었다.

"사령관님께 급히 올릴 보고가 있습니다."

"보고?"

제닌을 바라보던 카락스의 눈빛이 일그러졌다.

'일개 십인장 따위가 사령관님께 직접 올릴 보고가 있다?

그것도 이런 전시에?

말이 안 된다.

'더 볼 것도 없군. 최소한 첩자다.'

카락스는 제닌이 신분을 물었던 것에서부터 이미 심기가 상한 상태였다. 거기에서 차라리 대놓고 첩자라 주장하는 말까지 들었으니 당연히 처리하는 것이 옳았다.

카락스가 손을 들어 올렸다. 손짓만 하면 주변을 둘러싼 부하들이 일제히 공격을 시작할 것이다.

"아아! 잠깐! 잠깐만요!"

카락스가 손짓을 하기 직전, 제닌의 목소리가 그의 동작을 끊어냈다.

털썩. 쩔그렁.

방수포를 걷어낸 제닌이 뭔가를 꺼내 바닥에 집어 던지기 시작했다. 선명한 핏빛으로 물든 가죽 갑옷과 중갑이었다.

"이건?"

"보시다시피. 피에 미친 늑대 새끼들의 갑옷입니다."

카락스는 말없이 바닥에 떨어진 갑옷을 집어 들었다. 그리고 찬찬히 훑어보기 시작했다.

'갑옷은 진품이군. 하지만 고작 보급부대의 십인장과 병사가 정예병으로 이루어진 블러디 울프를 상대해서 이겼다고?'

차라리 오크가 오우거와 일대일로 붙어서 이겼다는 말이 더 신빙성 있으리라.

블러디 울프의 갑옷으로 인해 가뜩이나 수상했던 제닌들이 더더욱 수상하게 보이기 시작했다.

'자세한 것은 일단 묶어 놓고 물어봐도 될 터.'

카락스가 다시 손을 들어 올렸다.

"후우…… 예상은 했지만…… 벡스, 상황 B다."

"예! 대장!"

고개를 흔들던 제닌은 한숨을 내쉬었고, 우렁찬 벡스의 대답이 터져 나왔다.

그와 동시에 카락스의 손짓이 이루어졌고, 쉐도우리스들이 일제히 달려들었다.

Ⅱ

"말도 안 돼……."

카락스는 떡 벌어진 입을 다물지 못했다.

줄줄이 묶인 부하들의 모습이 믿기지 않았기 때문이다. 차라리 모두가 죽었으면 어느 정도 인정할 수 있었다. 상대가 충분히 강하면 그럴 수도 있기 때문이다.

하지만 부하들의 몸에는 상처 하나 없었다. 이것은 상대의 무력이 그들보다 압도적으로 뛰어나다는 것을 뜻했다.

"이제 믿으시겠습니까?"

제닌은 천천히 다가오며 물었다.

뭘 믿는단 말인가! 오히려 수상함이 더 커질망정, 믿을 마음은 전혀 들지 않았다.

"왜요? 고작 십인장 따위가 쉐도우리스의 무력을 압도한다는 사실이 믿기지 않습니까?"

"그, 그건⋯⋯."

정곡을 찔렸기 때문일까? 카락스의 말투에 당황한 기색이 역력했다. 하지만 카락스는 곧 표정을 수습하며 대답했다.

"당연한 일이지 않은가! 지위에 어울리지 않는 실력 하나만으로도 충분히 의심받을 만하다!"

"그럼, 제가 어떻게 해야 믿으시겠습니까?"

Ⅲ

"거, 웬만하면 마차 좀 천천히 모시죠. 그러다 축이라도 부러지면 어떻게 하려고 그러십니까? 여기 있는 장비들 댁이 다 짊어지고 가시렵니까?"

온몸이 꽁꽁 묶인 상태에서도 제닌의 말투는 태연하다 못해 느긋했다. 마부석에 앉은 쉐도우리스 부대원의 눈썹이 꿈틀거렸다.

'첩자로 밝혀지기만 해라! 네놈을 고문하는 것은 무조건 나다!'

이런 생각을 하긴 했으나, 한 가지 의문도 들었다.

'도대체 뭘 믿고 저렇게 당당한 거지?'

당연한 의문이었다.

제닌은 누에고치처럼 묶여 짐칸에 던져진 상황이었다. 만약 쉐도우리스의 대장인 카락스가 끝까지 의심을 풀지 않고, 처단하려 한다면 그대로 목숨을 잃을 수도 있었다.

'설마 저걸 힘으로 끊어낼 수 있다고 믿는 건가?'

생각하던 그가 피식 웃었다. 제닌과 벡스의 몸을 묶은 줄은 결코 평범한 것이 아니었기 때문이다.

마법적 처리로 강화된 줄은, 설사 오러를 사용해 신체를 강화할 수 있는 고위 기사들이라도 옴짝달싹할 수 없도록 했다. 만약 힘을 믿고 저렇게 뻗대는 것이라면 상대는 크나큰 낭패를 보리라.

'크크! 기다려지는군. 놈이 첩자로 밝혀지는 그 순간이!'

만약 그런 상황이 온다면, 얼굴이 핏빛이 되도록 용을 쓰는 모습을 볼 수 있을 것이다. 그 상황을 그려보니 제닌의 느긋한 말투도 차후의 즐거움으로 쌓아둘 수 있었다.

"승차감이 엉망이긴 해도, 빠르긴 빠르네."

제닌과 벡스를 실은 마차는 어느덧 사령부 안으로 들어서고 있었다. 멈춰선 마차 주변은 개미떼 같은 병사들로 겹겹이 포위되었고, 멀찌감치 떨어진 곳에 사령관 아스트 백작과 카락스의 모습이 보였다.

"사령관님, 오랜만에 뵙습니다."

제닌이 꾸벅 고개를 숙이자, 아스트 백작의 얼굴에 놀람이 스쳤다.

"아니, 자네는!"

"각하. 아시는 인물입니까?"

"하하하! 누군가 했더니, 망나니 슬레이어였구만 그래! 푸하하하하하!"

"예? 망나니… 슬레이어라면……."

카락스 역시 들어본 적이 있는 칭호였다.

망나니라 소문난 비엘 백작가의 소공자를 보기 좋게 짓밟아버린 인물이 있다는 것은 이미 귀족들 사이에서는 유명한 일이었다.

물론 그로 인해 제닌은 꽤 곤란한 상황을 겪어야 했다. 그로서는 감히 상관에게 대드는 병사 하나를 교육한 것에 불과한 일이었지만, 상대는 엄연한 귀족이었기 때문이다. 그중에서도 대 귀족이라 불리는 백작가의 소공자였다.

소식을 들은 비엘 백작은 오히려 껄껄 웃으며 자식 교육을 해줘서 고맙다는 말을 했다고 한다.

그러나 소공자 아르스 드 비엘의 외가는 그렇지 않았다. 당장 군부에 압력을 넣어 아르스 드 비엘의 계급을 상승시키고, 제닌에 대한 처벌을 주장했다.

그때 힘을 써 제닌을 도와준 것이 바로 3군단의 사령관 아스트 백작이었다.

뼛속까지 무인인데다가 투철한 애국심을 가진 아스트 백작은 귀족이라는 이름 하나로 특권을 누리려 하는 자들을 탐탁지 않게 생각했다. 그 때문에 귀족이라는 신분 보다는 군의 계급을 더 중요시했다.

벌어진 군사재판에서 아스트 백작은 제닌의 무죄를 주장했고, 도리어 아르스 드 비엘의 하극상을 언급했다.

결국, 판결은 서로의 책임을 묻지 않는 것으로 내려졌다. 이와 더불어 아스트 백작은 사령관의 권한으로 서로에게 해를 끼칠 수 없다는 조항을 첨가했다.

아르스 드 비엘이 가문의 힘을 빌려 제닌에게 보복하는 것을 막기 위함이었다.

꽤 유명한 일이었고, 아스트 백작의 입장에서도 통쾌한 일이었기에, 그는 아직 제닌을 잊지 않고 있었다.

"카락스. 풀어주게."

"각하. 하오나 저들은……."

"이보게. 저들은 분명 공을 세웠네. 치하를 받아도 모자랄 영웅을 자네는 고문이라도 할 생각인가?"

단호한 아스트 백작의 말에 카락스가 입을 다물었다. 그리고 수하들에게 손짓을 보내 두 사람을 풀어주란 명령을 내렸다.

"덕분에 편하게 잘 왔습니다."

속삭이듯 흘러나온 제닌의 목소리에 묶인 줄을 풀던 인물이 눈썹을 꿈틀거렸다. 신분으로 보나, 계급으로 보나 일개 십인장보다는 쉐도우리스 쪽이 훨씬 위였다. 즉, 상급자가 하급자의 마부 노릇을 해준 상황.

문제는 직위를 이용해 갚아주고 싶어도, 앞으로는 그럴 일이 없을 것 같다는 생각이 든다는 것이었다.

이미 제닌의 실력은 그들이 잘 알았다.

단 두 명으로 쉐도우리스 한 부대를 제압해버린 실력. 게다가 제국의 악몽이라는 블러디 울프들을 처치하고 그들의 장비들을 전리품으로 들고 왔다.

최소 백인장 진급이 확실시되는 데, 사령관과의 친분까지 있으니 어쩌면 천인장에 오를 수도 있었다.

"끄응……."

결국, 줄을 풀던 인물은 뭐 마려운 강아지 같은 소리를 내며 참을 수밖에 없었다.

Ⅳ

'후우……. 정신 차리자. 내 말 한마디에 목숨이 달려있어!'

제닌의 얼굴은 태연해 보였으나, 속마음은 다소 긴장된 상태였다.

그에게는 블러디 울프와 맞서 싸워 전리품을 획득한 공과, 수송 물품의 일부를 탈취당한 과가 함께 있었다. 제닌의 입장에서는 무조건 공이 더 크다고 할 수 있었으나, 받아들이는 입장에 따라 얼마든지 뒤바뀔 수 있었다.

'아니야. 다른 귀족이면 몰라도 아스트 백작은 공정한 판단을 할 거야.'

아스트 백작에 대한 믿음. 이것은 제닌이 굳이 다른 곳으로 향하지 않고 사령부로 직행한 이유이기도 했다.

제닌은 호흡을 가다듬으며 아스트 백작의 막사 안으로 들어섰다.

"왜 이리로 왔나?"

그저 넓을 뿐, 귀족다운 집기가 하나도 없는 황량한 막사는 아스트 백작의 성품을 잘 말해 주었다. 그리고 막사의 휘장이 내려옴과 동시에 던져진 질문 역시 허례를 좋아하지 않는 그의 성격을 대변했다.

"그저, 살고 싶었을 뿐입니다."

대답하는 제닌의 얼굴에는 쓸쓸함이 가득했다.

'하긴. 전공을 세운 자가 치하받기는커녕, 목숨을 걱정해야 하는 상황이 마음에 들 리 없겠지.'

단지 한 마디뿐이었건만, 아스트 백작은 핵심을 파악해냈다. 희끗희끗한 머리카락이 그저 밥그릇 수로만 만들어진 게 아니라는 증거였다.

제닌이 자신의 부대로 돌아가지 않고, 굳이 멀리 있는 사령부로 돌아온 사실. 아스트 백작은 이것만으로도 어느 정도 기본적인 추론이 가능했다.

'음모? 눈치를 챘다?'

그는 모종의 음모가 있었고, 제닌이 그것을 눈치챘음을 알 수 있었다.

'블러디 울프가 나타났단 말이지. 그것도 놈들이 국경을 넘는 동안 어떠한 보고도 없이.'

아스트 백작은 카락스로부터 제닌이 블러디 울프의 장비를 싣고 왔다는 사실을 보고받았다.

'흐음……. 거래인가?'

슬그머니 가정을 던져 보았다. 아스트 백작이 생각하기에 가장 타당한 추론이었다.

'그렇다면 희생양으로 던져졌다는 말이로군. 게다가 연루된 놈들은 한둘이 아니야.'

생각을 마친 아스트 백작이 입술을 뗐다.

"혹, 운송하던 물품을 보았나?"

또다시 핵심을 찌른 아스트 백작의 질문에 제닌은 순간 가슴이 뜨끔했다. 하지만 그는 태연한 척 받아넘겼다.

"안타깝게도… 확인하지 못했습니다. 그저 목숨을 지키기에 바빠, 마차까지 신경 쓸 여력은 없었습니다."

"아쉽군. 만약 그게 있었다면, 놈들에게 반역의 죄를 물을 수도 있었건만……."

아스트 백작이 말끝을 흐리며 제닌의 얼굴을 살폈다. 그러나 별다른 표정의 변화는 나타나지 않았다.

"다만 이상한 점이 몇 가지 있었습니다."

"이상한 점?"

"바퀴 자국이 무척 깊었습니다."

"그런가?"

"부피는 그리 크지 않았는데, 무게는 통짜 철로 만든 방패를 가득 채운 것보다 더 나갔습니다."

'눈치채라! 눈치채!'

제닌은 힌트를 주려 하고 있었다. 부피보다 많이 나가는 무게. 즉, 비중이 크다는 의미였다.

철보다 비중이 큰 것은 그리 많지 않았고, 노련한 아스트 백작은 곧 그것을 짐작해 낼 수 있었다.

'금이다!'

"무게는, 무게는 어땠나?"

되묻는 백작의 말투가 빨라졌다.

"정확히는 모르겠지만, 그 정도 바퀴 자국이면 못해도 1톤은 넘어갈 것 같았습니다."

'1톤! 위장용 물품이 있을 테니, 그중 절반만 금이라 가정하면⋯⋯. 3그램에 1골드니⋯ 으음⋯⋯. 20만 골드? 이건 가문 하나 따위가 동원할 수 있는 양이 아니라는 뜻이 아닌가!'

아스트 백작의 얼굴은 경악으로 일그러졌다. 크라인 왕국의 1년 예산이 30만 골드였으니, 20만 골드는 그야말로 어마어마한 금액이었다.

제닌은 최대한 티를 내지 않으며 그것을 관찰하는 중이었다.

'이 정도면 눈치챈 건가?'

제닌이 원하는 것은 두 가지였다.

자신이 귀족들의 계획을 위한 희생양이었다는 것과 왕국에서 이룬 부를 제국에 넘겨 지위를 유지하려는 귀족들이 있다는 것을 아스트 백작이 알아차리는 것.

"후우⋯⋯. 아쉽군. 아쉬워!"

"예? 그게 무슨⋯⋯."

되묻는 제닌의 말에 아스트 백작이 고개를 가로저었다.

"아닐세."

'알아들었어!'

아스트 백작의 표정에서 제닌은 백작이 자신의 의도대로 생각해 냈음을 파악했다.

"아니네. 하여튼 자네가 큰일을 했네. 적어도 제국의 정예 부대에 큰 피해를 준 것만큼은 사실이니까."

"송구스럽습니다. 어찌 되었든, 임무를 실패한 것은 분명 제 책임입니다."

물론 의도된 겸손이었다. 제닌은 임무 실패를 책임질 생각이 터럭만큼도 없었다.

"아니네. 단둘이서 그 수십 배에 달하는 블러디 울프와 격전을 벌여 그중 일부라도 처단한 게 어딘가! 마차가 그리될 때까지 사수했다는 것을 충분히 알 수 있었네."

아스트 백작이 제닌의 어깨를 두드리며 치하했다.

'역시, 마차를 부순 것은 적절한 선택이었어!'

제닌은 그저 장소의 선택만 한 것이 아니었다.

이곳으로 오는 동안 예상되는 질문에 대한 대답을 끊임없이 고민했고, 의심을 살 만한 요소들을 없애기 위해 노력했다.

마차에 대한 조치 역시 그러한 준비 중 하나였다.

마차가 멀쩡했다면 도리어 의심을 살 수도 있었다. 마차의 내용물을 빼돌려 어딘가에 은닉한 것으로 판단한다면, 제닌은 치하는커녕 추궁을 받아야 할 수도 있었다.

"그런데 내가 정말 궁금한 점이 있는데 말일세."

아스트 백작은 눈매를 좁히며 제닌을 바라보았다.

"말씀하십시오."

"어떻게 살아남을 수 있었나?"

'올 것이 왔군.'

제닌은 숨을 한 번 크게 들이쉰 후 품 안에 손을 집어넣었다. 순간 아스트 백작의 눈빛이 날카롭게 변했지만 품 안을 빠져나온 제닌의 손을 확인하자 다시 풀어졌다.

제닌의 손에는 작은 주머니가 들려 있었다.

"그게 뭔가?"

"일종의 약초입니다."

"약초?"

아스트 백작은 눈을 동그랗게 뜨며 되물었다. 그런 반응을 바라보며 제닌은 설명을 이어나갔다.

"먼저 이상함을 느꼈습니다."

"무엇에 대한?"

"수송임무란 아무리 분량이 적어도 최소한 십인대급 병력이 투입되는 게 일반적입니다. 하지만 이번 임무에 투입된 것은 저와 부하 하나. 단둘이 전부였습니다."

"호오! 그래서 이상함을 느꼈다?"

아스트 백작은 턱을 매만지며 되물었다.

"그렇습니다. 게다가 직속상관인 중대장이⋯⋯."

제닌은 말끝을 흐리며 곤란한 듯한 표정을 지었다.

"저와 악연이 있는 사람입니다."

"설마……."

"예. 아르스 드 비엘입니다."

아스트 백작의 얼굴에 놀라움과 분노가 동시에 어렸다.

"어찌 그럴 수 있단 말인가! 내가 보복을 할 수 없도록 다짐을 받았거늘!"

"저에 대한 직접적인 괴롭힘은 없었습니다. 다만……."

"가장 힘든 임무만 골라서 맡겼겠군."

아스트 백작은 이미 상황을 훤히 꿰고 있었다.

'역시 노련해.'

제닌은 서두만 꺼내도 알아서 뒷 내용을 알아듣는 아스트 백작 덕분에 대화가 한결 편했다.

'하지만 그럴수록 더 조심해야겠지.'

상대의 노련함은 곧 양날의 검이 될 수도 있었다.

"항상 힘든 일만 골라 하던 저에게 느닷없이 쉬운 임무가 떨어졌습니다. 그것도 쉽다는 이유로 단둘만 투입된 임무였습니다."

"냄새가 나는군."

"바로 그렇습니다. 그래서 가는 내내 경계를 소홀히 하지 않았고, 그 결과 멀리서 다가오는 기병들을 미리 발견할 수 있었습니다."

"블러디 울프였겠군."

제닌은 고개를 끄덕였다.

"제 선택은 도주였습니다."

"도주라……."

아스트 백작의 이마에 주름이 자라났다.

맞서 싸우기 힘든 적을 맞이해 도주하는 것은 상식적인 행동이었다.

그렇지만 여기는 군이었다. 특히 임무를 수행함에 도주는 올바른 선택이 아니었다. 설령 목숨을 버리더라도 임무는 완수해야 했다.

"다만, 축을 부러뜨렸습니다."

"놈들의 발이 묶였겠군."

"그럴 셈이었습니다. 밤까지 기다렸다가 다시 마차로 다가갔습니다."

"기습?"

아스트 백작의 물음에 제닌은 고개를 가로저었다.

"솔직히 말씀드려, 저는 제 분수를 잘 압니다. 아무리 기습이라 해도 저와 부하가 상대할 수 있는 적은 고작 한두 명에 불과했을 것입니다."

"그럼……. 아! 그걸 사용했나 보군."

아스트 백작은 제닌의 손에 들린 주머니를 가리켰다.

"마침 약초에 대해 잘 알고 있는 부하가 있어 구해둔 평안초입니다.

"평안초? 그건 불면증을 해결하기 위한 것 아니었나?"

"그렇습니다. 차처럼 우려 마시면 불면증에 도움을 줍니다. 하지만 여기에 활력초를 섞은 다음 태우면……."

"태우면?"

평안초는 널리 알려진 약초였다. 활력초 또한 원기 회복에 좋은 약초로 꽤 잘 알려진 약초였다. 하지만 이 둘을 섞어 태울 때의 효과에 대해 아는 사람은 드물었다.

"시간이 좀 걸려서 그렇지, 펄펄 뛰던 말도 잠재울 수 있습니다."

"호오!"

아스트 백작은 놀랍다는 표정을 지었다.

"그러니까, 그것들을 태워 재운 다음에 조용히 멱을 땄다, 이건가?"

"그, 그렇습니다."

제닌이 다소 당황한 표정으로 대답했다. 멱을 딴다는 귀족치고는 험한 말 때문이었다.

"왜 그렇게 보는가? 멱을 따면 따는 거고, 뒈지면 뒈지는 게지."

"그, 그렇지요……."

"나머지는?"

"잠든 놈들을 처리하고 확인해보니……."

"절반은 이미 사라지고 없었다는 말인가? 자네가 알지

못한 나머지 물품과 함께?"

제닌은 아스트 백작의 얼굴을 바라보았다. 게슴츠레하게 좁아진 백작의 눈매에서 그득한 의심이 느껴졌다.

'설마… 들킨 건가?'

등줄기를 타고 싸한 느낌이 흘러내렸다.

제닌이 마음 졸이고 있을 때, 아스트 백작이 입을 열었다.

"천인장."

"예?"

"자네, 진급했단 말일세."

"허업!"

제닌은 헛바람을 집어삼켰다.

'뭐, 뭐지? 의심하는 눈초리로 바라보다가 갑자기 진급이라니……'

머릿속이 혼란스러웠다. 너무도 뜻밖의 타이밍에 뜻밖의 말을 들었기 때문이다.

'설마…… 정신을 흔들어서 추궁할 생각인가?'

제닌은 더욱 긴장된 얼굴로 아스트 백작을 바라보았다. 진급을, 그것도 두 단계나 껑충 뛰어넘는 진급을 했음에도 그는 마냥 좋아할 수 없었다.

"독립적인 작전권도 주지."

"예?"

제닌은 다시금 되물을 수밖에 없었다.

독립작전권.

스스로 알아서 작전을 세우고 그것을 실행할 수 있는 권한이었다. 물론 큼직한 전략이나 목표는 상부에서 하달받겠지만, 그것을 어떻게 수행하느냐 하는 것은 오로지 독립작전권을 가진 지휘관의 판단이었다.

그와 더불어 작전에 필요한 물자나 필요한 인원에 대한 차출까지 요구할 수 있는 막강한 권한이었다.

이러한 이점 때문에 지휘관이라면 누구나 독립작전권을 가지길 원했다. 그러나 그러한 막강한 권한은 곧 사령관의 권한을 쪼개는 것과 다름없었기에 실제로 독립작전권을 받은 지휘관은 거의 없었다.

3군사령부 내에서는 기껏해야 쉐도우리스의 대장 정도에게만 주어진 권한이었다. 물론 드러나지 않은 것이 더 있을 수도 있겠으나, 중요한 것은 그 정도로 큰 권한이라는 점이었다.

그리고 더 중요한 점은 그 큰 권한을 고작 보급부대의 십인장에 불과했던 제닌에게 준다는 것이었다.

'마, 말도 안 돼!'

제닌은 속으로 소리쳤다.

"왜? 싫은가?"

아스트 백작이 굳은 얼굴로 되물었다.

제닌은 그 표정을 싫다고 하면 그대로 말을 거두려는 낌새로 받아들였다.

'이런 건 독이라도 받아먹어야 해!'

"조국을 위해 충성을 다하겠습니다."

제닌은 아스트 백작을 향해 고개를 숙였다.

"나한테는 안 하고?"

"아, 아니 그게……."

"농담일세."

"아, 옙!"

이 짧은 순간에도 몇 번이나 제닌을 당황스럽게 만들 정도로 아스트 백작은 노련했다.

물론 벼락 진급과 독립작전권이라는 커다란 미끼가 있었지만, 아무리 좋은 미끼를 사용해도 낚시꾼의 실력이 형편없다면 물고기는 낚이지 않는 법이었다.

'후……. 귀족들은 다 이런가?'

막사에 들어서기 전에 대비했다지만, 그럼에도 정신이 흔들릴 정도로 노련한 화법이었다.

'아르스 드 비엘 놈을 보면 다 그런 건 아닌 것 같기도 하고…….'

제닌은 부대에 있을 중대장을 떠올렸다. 아스트 백작과 비교하면 놈은 인간과 오크만큼이나 차이가 컸다.

"자네, 내가 그렇게 좋나?"

"예?"

"일이 끝났는데도 여기 남아있다는 것은, 나와 함께 밤을 지새울 생각이라고 받아들일 수밖에 없네만."

아스트 백작의 얼굴에 음흉한 미소가 떠올랐다.

"헙!"

제닌은 헛바람을 집어삼켰다.

"추, 충!"

그는 당황스러운 어조로 군례를 올린 후, 황급히 사령관 막사를 빠져나왔다.

"재미있는 친구야. 그렇지 않나?"

아스트 백작은 제닌의 뒷모습을 바라보며 중얼거렸다.

"하오나 각하, 저자의 전공 치고는 포상이 너무 과한 것 같습니다만."

막사 구석의 그림자가 일렁이며 사람 하나를 토해냈다. 쉐도우리스의 2전대장 카락스였다.

"무엇이 과한 것인지 모르겠군."

"전공을 세웠다 하나, 고작 잔머리를 쓴 것뿐이온데……."

"쯧!"

아스트 백작은 혀를 찼다.

"블러디 울프가 쉐도우리스보다 뛰어난가?"

"그럴 리가 있습니까? 그깟 잡놈들, 제 부하들 몇 명만으로도……."

카락스는 펄쩍 뛰었다.

아스트 백작은 그런 카락스를 지그시 바라보았다. 약간의 책망이 담긴 눈빛이었다.

사실 쉐도우리스의 전력에 대해 누구보다 잘 알고 있는 두 사람이었다. 객관적인 판단으로 블러디 울프와 쉐도우리스 개개인의 능력은 비슷했다.

하지만 숫자의 차이가 있었다. 카락스가 이끄는 전대는 열 명인 반면 블러디 울프는 오십 명에 가까웠다. 즉, 부하 몇 명으로 블러디 울프를 상대할 수 있다는 말은 다분히 과장된 말이었다.

"여하튼, 그는 그런 자네 부하들을 모두 제압했네."

아스트 백작도 자신의 부하인 쉐도우리스를 깎아내릴 생각은 없었다.

"아!"

카락스는 뭔가를 깨달은 듯한 표정을 지었다. 가장 중요한 사실을 깜빡했던 것이다.

"쯧! 건망증 하고는……."

"하, 하오나! 그렇다면 저자는 백작님께 거짓 보고를 올린 셈입니다!"

"쯧쯧!"

카락스의 변명에 아스트 백작은 두 번 혀를 차는 것으로
화답했다.

"음흉한 자야. 감히 일군의 사령관인 나를 이용할 생각
을 할 정도로 말이야."

"그런 자를 어찌 그냥 두시는 겁니까?"

"이 전쟁, 슬슬 끝낼 때도 됐지. 그렇지 않은가?"

"예?"

카락스는 어리둥절한 얼굴로 되물을 수밖에 없었다. 아
스트 백작의 말이 너무도 뜻밖이었기 때문이다.

"실력을 갖춘 음흉한 자. 저런 자들은 대게 사고를 치기
마련이지. 그것도 아주 커다란 사고를."

"그것이 무슨……."

"게다가 썩은 내 나는 놈들과는 이미 돌아오지 못할 만
큼 커다란 척을 진 상태."

카락스의 물음에도 아스트 백작은 자신의 할 말을 이어
나갔다. 마치 독백을 하는듯했다.

"이만하면 제법 잘 짜인 판이 아닌가?"

"저… 각하? 백작 각하?"

"어디 한 번 뒤집어 보게나!"

아스트 백작은 힘차게 고개를 끄덕였다.

"대체 누구랑 대화하시는 겁니까……."

카락스는 묘한 표정을 짓다가 고개를 푹 숙였다. 그는

백작의 대화 상대는커녕 말귀도 제대로 알아듣지 못하는
자신이 왠지 모르게 싫어졌다.

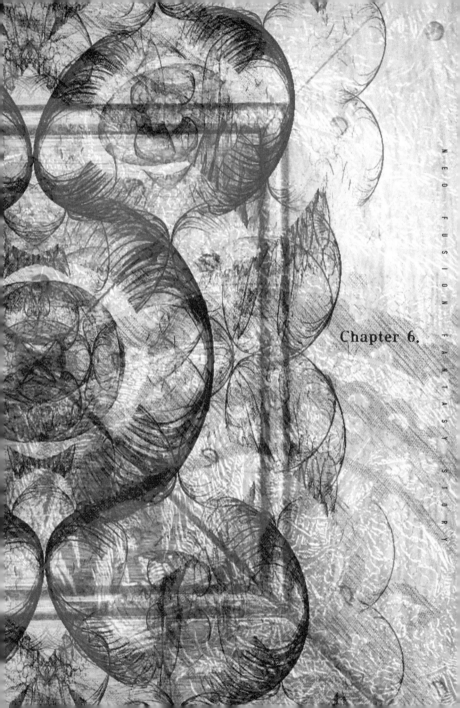

Chapter 6.

Chapter 6.

ROYAL ROADER

I

"대장… 아니. 제닌! 천인장님!"

'벡스 이 녀석, 그렇게 좋은가?'

벌써 몇 번째 자신을 부르는 건지 몰랐다. 물론, 이런 벡스의 행동에는 이유가 있었다.

'하긴… 늘 막내라 구박만 받던 녀석이 벼락진급을 했으니 그럴 만도 한가?'

"쯧! 왜? 백인장 벡스. 됐냐?"

"예! 백인장 벡스! 제닌 천인장님의 부르심을 받았습니다! 크흐흐흐! 음헤헤헤헤헤!"

입이 귀까지 벌어진 채, 헤벌쭉 웃음 짓는 벡스의 모습은 영락없는 산골 나무꾼을 연상시켰다.

"에휴! 본래 나이나 몰랐으면 뭐라고 나잇값 못한다고 한마디 했을 텐데……. 누가 저놈을 열일곱으로 보겠냐고!"

제닌은 고개를 흔들었다. 그러나 이내 다시 미소를 지을 수밖에 없었다. 티를 안 내서 그렇지, 제닌 역시 적잖이 기분이 좋은 상태였다.

천인장 진급.

이것은 십인장에서 두 단계의 진급이었지만 받아들이는 느낌은 사뭇 달랐다.

천인장은 기사와 동급이었고 지금과 같은 전시에 천인장에 임명되었다는 것은 기사 서임을 받은 것과 같은 효력을 지녔다.

한마디로 제닌은 평민에서 귀족으로 신분 상승을 이루었다는 뜻이었다.

물론 엄밀히 따지자면 기사는 준귀족에 해당했으나, 평민이었던 그에게는 준귀족이나 귀족이나 별다를 바가 없었다.

'게다가 독립작전권은 귀족들도 못 가진 거라고! 이 명령서를 보이면 귀족들도 함부로 못 할 거란 말이지.'

제닌은 품 안을 더듬었다.

짤그락.

금속성이 들려왔다.

그 소리에 제닌의 미소가 한층 더 진해졌다.

그의 품 안에는 독립작전권의 명령서도 있었지만 다른 것도 있었다.

제닌은 품 안에 있던 손을 뺐다. 그의 손에는 광택 나는 금속 명패가 들려 있었다.

백인장을 상징하는 무기명 명패였다.

즉, 그곳에 이름을 적고, 피를 묻혀 인증만 하면 누구든 곧바로 백인장으로 인정받을 수 있었다.

'그런데 녀석들, 자기 이름 쓸 줄은 아나?'

제닌은 부대에서 기다리고 있을 부하들을 떠올렸다. 그리고 이내 피식 웃었다.

'모르면 가르치면 되지. 아주 빡세게!'

그는 여러모로 기분이 좋았다.

힘을 얻었고, 함정을 무사히 벗어난데다가 어마어마한 돈도 얻었다.

거기에 더해 진급까지! 그야말로 제닌이 그렸던 모든 것이 최상으로 이루어진 상황이었다.

'아! 그리고 보니, 이걸 굳이 불편하게 품 안에 넣고 다닐 필요가 없었지?'

제닌은 몸을 일으켜 주변을 살펴보았다. 지그시 눈을 감고 기척을 느껴보았다.

간간이 들려오는 바람 소리뿐, 인위적인 기척은 전혀 느껴지지 않았다.

'하긴, 아침에 사령부를 벗어나서 벌써 한나절이 지났으니 쉐도우리스도 떨어져 나갔겠지.'

다시금 카락스의 얼굴을 떠올린 제닌은 피식 웃었다.

'제법 놀리는 재미가 있는 사람이었는데 말이야.'

물론 덕분에 카락스와의 관계는 그리 좋지 못했다.

'어차피 앞으로 만날 일도 거의 없을 테고.'

제닌은 품 안을 뒤적여 백인장 명패를 꺼냈다. 모두 9개의 명패, 하나는 이미 벡스의 가슴에 자랑스럽게 달려 있었다.

명패를 살짝 움켜쥐자 제닌의 눈앞에는 '백인장 임명패를 입고 하시겠습니까?' 하는 글귀가 떠올랐다.

"아! 말로 할 수도 있었지?"

제닌은 눈앞의 글귀에 손을 휘저어 그것을 사라지게 했다.

"입고, 백인장 임명패. 수량 9개."

손아귀가 허전해지자 제닌은 빙그레 웃었다. 물건의 이름을 정확히 말하면 그저 말을 하는 것만으로도 인벤토리에 물건을 넣거나 뺄 수 있었다. 이것은 손으로 하는 것보다 훨씬 이득이었다.

특히 전투 상황에서 사용하면 아주 유용할 터였다. 없던 물건이 갑자기 나타남으로 인해 상대방은 순간적으로 당황하거나 놀랄 것이기 때문이다.

시시각각 생명이 오가는 전투 상황에서는 그런 작은 빈 틈만으로도 충분했다.

"하아!"

제닌은 크게 숨을 내쉬며 방수포 위에 대자로 드러누웠다.

구름 한 점 없는 하늘이 눈에 들어왔다.

'거 참… 맑기도 하다!'

정말이지 시리도록 푸른 하늘이었다.

세상 부러울 것 없는 표정으로 하늘을 바라보던 제닌의 눈동자는 어느 순간 화들짝 커졌다. 시야 한구석에 보이는 작은 그림을 발견했기 때문이다.

'이게 언제 생겼지?'

그림은 작았고 흐릿했다. 전에 생겼더라도 발견하지 못했을 확률이 높아 보였다. 지금처럼 구름 한 점 없이 맑은 하늘이라는 배경이 없었다면 사물에 가려져 제대로 구분하지 못했을 터였다.

잠시 고민해보던 제닌은 이내 고개를 털었다.

'지금은 이게 언제 생겼는지가 중요한 게 아니야. 이게 무엇인가가 중요한 거지.'

마음을 다잡은 제닌이 손가락을 들었다. 그리고 작은 그림을 콕 찍었다.

파아앗!

환한 빛무리와 함께 제닌의 눈앞에 반투명한 창이 떠올랐다.

[이름 : 제닌, 종족 : 인간, 나이 : 21, 레벨 : 16(1390/1496), 근력 18, 순발력17, 지능14, 지혜14, 활력 16, 감각29, 보너스 포인트32]

'스테이터스?'

창의 한쪽 구석에 적힌 이름이었다.

'상태를 나타내는 건가?'

아무래도 인벤토리처럼 창마다 이름이 붙어 있는 것 같았다.

'그런데……. 이건……'

어디선가 본 적이 있는 것 같은 글귀였다.

'아! 벡스를 부하로 받아들였을 때!'

그때 벡스의 머리 위에 떠올랐던 것과 비슷했다. 다만 그때 보았던 것보다 항목이 더 많았다.

'내 짐작이 옳다면, 저 글자들은 나를 나타내는 것. 그러니까 내 능력인 것 같은데?'

항목 중에는 한눈에 알아볼 수 있는 게 있었고, 그렇지 못한 것도 있었다.

'그런데… 어떻게 이런 게 가능하지?'

사람의 능력은 매우 모호하다. 단순히 힘이 세고 약하다는 것을 말하기는 쉬웠지만, 그 세기가 정확히 어떻다고

정하기는 어려운 일이지 않은가!

'뭐, 그렇다 치고… 감각과 보너스 포인트는 무엇을 의미하는 걸까?'

툭툭.

제닌은 손가락으로 감각과 보너스 포인트라는 글자들을 두드렸다. 그러자 '띠링' 하는 경쾌한 소리와 함께 감각의 수치가 31로 2포인트 올라갔고, 반대로 보너스 포인트는 2가 줄어든 30으로 변했다.

그와 동시에 제닌은 온몸을 간질이는 듯한 느낌이 들었다. 또한, 온몸의 솜털이 곤두서는 느낌을 받았다.

이것은 마치 크나큰 위협이 다가왔을 때 그가 겪었던 느낌과 비슷했다.

"아! 감각이 이런 거였구나!"

"대, 대장! 무슨 일이라도 있으십니까!"

갑작스레 소리를 지른 제닌의 목소리에 마차를 몰던 벡스가 화들짝 놀라며 뒤를 돌아보았다.

"아, 아무것도… 넌 인마 마차나 좀 잘 몰아라! 어째 넌 진급을 하니까, 마차 모는 실력이 줄어 들었냐? 다시 하급병으로 강등시켜 줄까?"

"허, 허헉! 아, 아닙니다! 자, 잘 몰겠습니다!"

벡스가 두 눈을 부릅뜨며 전방을 주시했다. 튀어나온 돌멩이나 요철을 미리 피해 제닌에게 최고의 승차감을 제공

하기 위함이었다.

곧 죽어도 계급 강등은 싫은 벡스였다.

과도한 반응을 보이는 벡스의 모습에 제닌은 피식 웃었다. 그리고 그는 다시 글자와 숫자들에 시선을 집중했다.

'감각이 올라간 대신, 보너스 포인트가 줄어들었어. 만약 이대로라면, 보너스 포인트라는 것을 이용해 다른 항목의 숫자를 올릴 수도 있지 않을까?

제닌은 실험적으로 근력이란 글자를 손가락으로 찍었다.

띠링!

경쾌한 소리와 함께 온몸을 간질이는 기분이 들었다. 뒤이어 몸속 깊은 곳에서부터 알 수 없는 힘이 용솟음쳤다.

"오오오오! 좋아! 좋았어!"

"헤헤헤! 천인장님. 이제 좀 괜찮아지셨습니까?"

벡스의 곰살맞은 목소리가 들려왔다. 제닌이 제대로 들었다면 온몸에 소름이 돋았을 터였다.

하지만 제닌은 그 목소리를 제대로 듣지 못했다. 그의 관심은 '어떤 능력을 올려야 할까?'에 온통 집중되어 있었다.

'일단 전투에서 살아남기 위해 중요한 것을 올리는 편이 낫겠지?

우선 힘과 순발력 그리고 활력을 올려야겠다는 생각에

손가락을 들어 올릴 찰나였다.

'잠깐! 그러고 보니 전에 벡스를 보았을 때, 세부 능력 설정이라는 글귀가 있었는데? 혹시……'

문득 떠오른 제닌이 벡스의 뒤통수를 노려보았다. 그렇게 잠시 시간이 지나자, 벡스의 머리 위로 반투명한 글자가 떠올랐다.

[Lv.5 벡스(Follower)]

손가락으로 벡스의 이름이 적힌 부분을 찍으니 전에 보았던 벡스에 대한 설명이 떠올랐다.

[이름 : 벡스, 나이 : 17세, 레벨 : 5(134/55 레벨 업 가능), 충성도 : 92, {세부 능력치}]

"어? 이거 조금 바뀐 것 같은데?"

제닌은 미간을 찌푸리며 기억을 더듬었다. 그리고 얼마 지나지 않아 그때 벡스의 머리 위에 떠올랐던 수치들을 떠올릴 수 있었다.

'그때는……. 그래! 5라는 숫자 다음에 120/55였었어! 그런데 그게 134가 됐잖아?'

또한, 충성도도 89에서 92로 3이나 올랐다.

'충성도는… 진급 때문인가?'

아직 확신할 수 없었다. 제닌은 지금까지 그와 그 주변에서 벌어진 일에 대하여 무엇도 확신할 수 없었다. 그저 추측할 따름이었다.

제닌은 손가락을 들어 세부 능력치란 글자를 찍었다. 그러자 창이 커지며 제닌의 것과 비슷한 글자들이 떠올랐다.

[이름 : 벡스, 종족 : 인간, 나이 :17, 레벨 : 5(134/55 레벨 업 가능), 충성도 : 92, 근력 25, 순발력16, 지능6, 지혜 4, 활력20, 감각9]

"이런… 무식한 놈! 어떻게 보이는 것과 한 치도 다르지 않을까?"

그렇지 않아도 단순무식으로 생각했던 벡스였다. 그런데 능력치 또한 겉보기와 한결같았다.

'그런데 보너스 포인트라는 것이 없네?

"예?"

"아니야. 벡스 너 참… 착하다고."

"예? 제가 듣기로는 무식……."

벡스가 떨떠름한 표정을 지었다.

"하급병 될래?"

"헙! 아, 아닙니다!"

황급히 고개를 돌리는 벡스의 모습을 보며 제닌은 흐뭇한 미소를 지었다.

'그래도 걱정 하나는 덜었군. 적어도 저 녀석이 날 배신할 리는 없을 테니까. 설사 그렇게 마음먹었다 해도, 저런 지력으로는 오히려 제가 당하지. 게다가 틈틈이 충성도를

확인해 보면 미리 알아차릴 수도 있고.'

특히 마음에 든 것은 부하의 충성도를 확인할 수 있다는 점이었다.

이미 벡스는 웬만한 정예병 정도는 몰살시킬 수 있는 능력을 갖추고 있었다. 게다가 제닌이 허락만 하면 더욱 강해질 여지 또한 있었다.

이미 블러디 울프를 학살에 가까울 정도로 물리친 제닌이다. 그런데 육체적인 전투력만 따지자면 벡스가 오히려 제닌보다 뛰어났다.

'물론 믿지. 믿기는 하지만……. 사람이라는 게 또 언제 변할지 모르는 거잖아?'

제닌은 그런 생각으로 마음 한구석에 피어오른 찜찜한 감정을 추슬렀다. 레벨 업을 시킬 수 있음에도 그러지 않는 자신이 왠지 속 좁아 보였기 때문이다.

'그래. 특별히 위험한 상황만 닥치지 않으면 지금만으로도 차고 넘칠 거야. 게다가 위기의 상황이 오면 레벨 업 시켜주면 되는 거니까!'

제닌은 머리를 내저으며 벡스에 대한 생각을 지웠다. 대신 그보다 훨씬 중요한 일을 떠올렸다.

'그나저나 내 능력은 어떻게 올려야 하지?'

고민이었다.

그것도 무척이나 행복한 고민이었다.

그저 손가락 하나 쿡 찌르는 것만으로도 자신의 능력을 향상할 수 있다는 것은 거의 반칙이나 사기에 가까웠다.

생각해 보라!

온종일 구슬땀을 흘려가며 수련하는 기사의 노력을. 그리고 온종일 마탑에 틀어박혀 연구에 연구를 거듭하는 마법사의 고뇌를.

문제는 그렇게 수년간 최선을 다해도 실제 그들의 능력 향상이 눈에 띌 정도로 크지 않다는 점이었다. 그러나 제닌은 손가락 한 번 쿡 찌르는 것으로 그것이 가능했다.

그가 느껴본 근력 1포인트는 결코 적은 것이 아니었다. 제닌의 예상으로는 적어도 1, 2년 정도 미치도록 근력 수련을 해야 이 정도의 결과를 보일 수 있을 듯싶었다.

'문제는 이 보너스 포인트가 0이 되면 더 능력을 올릴 수가 없다는 점이야. 그런데……'

제닌은 손을 휘저어 벡스의 스테이터스 창을 흩어버렸다. 그리고 시야 한구석에 있는 작은 그림을 건드렸다.

[이름 : 제닌, 종족 : 인간, 나이 : 21, 레벨 : 16(1390/1496), 근력 19, 순발력17, 지능14, 지혜14, 활력 16, 감각31, 보너스 포인트29]

항목들을 자세히 살피던 제닌이 한 곳을 집중적으로 바라보았다. 그가 주목한 것은 레벨 옆의 숫자였다.

'저 1390이라는 숫자가 뒤의 1496이란 숫자를 넘어가

면 어떻게 될까? 아마 레벨 업이란 것을 다시 할 수 있지 않을까?'

제닌은 조금 전 보았던 벡스의 수치를 떠올렸다.

'분명 앞이 더 높았어. 그리고 레벨 업 가능이라는 글자가 적혀 있었지.'

자신의 것만이었다면 그저 추측에 불과했을 테지만, 벡스라는 비교 대상이 있으니 추측은 확신에 가까워졌다.

'게다가 내가 처음 레벨 업을 했을 때는 그게… 1000이 조금 못 됐던 것 같은데. 그것을……. 맞아! 정산 경험치라고 했었어!'

그가 처음 레벨 업을 경험할 때 들려온 목소리에는 그런 내용이 있었다.

'경험치……. 경험을 수치로 나타낸 것인가?'

아무래도 추측이 옳을 것 같았다.

'그럼, 지금까지 내가 한 경험은?'

제닌은 처음 레벨 업을 경험한 이후 그가 겪은 행동을 돌이켜 보았다. 답은 빤히 나와 있었다.

'전투!'

제닌은 자신의 추측이 옳다면 앞으로 경험치를 쌓는 방법이 얼마든지 있다고 생각했다.

"벡스으으! 스토오오옵!"

제닌이 소리쳤다.

"예?"

벡스는 되물으면서도 고삐를 힘껏 잡아당겼다.

굴러가던 마차가 멈추자 제닌은 마차 위에서 훌쩍 뛰어내렸다.

"우리, 간만에 대련이나 한번 해볼까?"

"예……. 에예?"

벡스는 휘둥그레진 눈으로 제닌을 바라보았다.

'만약 내 예상대로라면!'

제닌의 눈동자가 희망으로 반짝였다.

'난 얼마든지 강해질 수 있어!'

Ⅱ

"대, 대장! 아니, 천인장님! 대, 대련이라니요? 제, 제가 무슨 큰 잘못이라도……."

벡스는 거의 기어들어가는 목소리로 말했다.

벡스에게 대련은 곧 폭력이란 말과 일치했다. 그동안 그와 대련을 했던 선임들의 역할이 컸다.

사실 말이 대련이지, 선임들과의 대련은 늘 구타로 시작해서 구타로 끝나고는 했던 것이다.

'허……. 이것들이 군기를 너무 잡았나?'

제닌은 속으로 혀를 찼다.

잔뜩 겁먹은 벡스의 표정만 보아도 제닌은 그에게 무슨 일이 있었는지 유추할 수 있었다.

'뭐, 나도 많이 했던 거지만……. 그런데 그게 다 피가 되고 살이 되는 경험이거든? 쫄따구는 원래 맞으면서 크는 거야!'

제닌 역시 하급병이던 시절이 있었다. 그리고 무수한 대련 속에서 상등병이 되고, 십인장까지 올랐다. 물론 되돌아보면 제닌도 대련이란 말을 끔찍이 싫어하기는 마찬가지였다.

한숨을 내쉬던 제닌은 설득을 위해 입을 열었다.

"인마! 대련 그거, 다 너를 위한 거야."

'그거, 마틴 상등병님이 만날 하는 말이거든요?'

벡스는 입술을 삐죽거렸다.

"안 때려! 몸에 닿기 전에 멈출 거야!"

'그건 바이렌 상등병 말입니다!'

벡스의 입이 댓발이나 튀어나왔다.

"쓰읍! 이게! 벡스 너, 지금 상관한테 대드는 거지? 이게 어디서 하극상을! 다시 하급병 될래?"

"허업!"

튀어나왔던 벡스의 입술이 쏙 들어갔다. 그의 얼굴에 오만가지 표정이 스쳐 갔다.

'쯧! 생각하는 것 하고는……. 그렇게 얼굴에 다 드러나면 뭣 하러 생각을 해? 차라리 대놓고 말을 하지?'

이마에 땀까지 흘려가며 고민하던 벡스가 결국 표정을 굳혔다.

"하겠습니다. 대련."

벡스의 눈동자가 이글이글 타올랐다. 곧 죽어도 강등은 싫다는 의지의 발현이었다.

'어쭈? 저 눈빛 보소! 그나저나… 이거 이러다가 내가 맞는 거 아니야?'

레벨은 낮았으나, 근력과 활력은 벡스가 제닌보다 높은 수치였다.

'그나저나 나도 수치를 어떻게 해야 할 텐데……. 아깝다고 썩혀 두다가 한 방에 가버리면 죽어서도 억울할 거 아니야?'

제닌이 잠시 다른 생각을 하고 있을 때였다.

후아아앙!

맹렬한 소리에 제닌의 시선이 돌아갔다. 그곳에는 거무튀튀한 봉으로 보이는 것을 휘두르는 벡스가 있었다.

'저거 어쩐지…….'

제닌은 등줄기를 타고 흐르는 한기를 느꼈다.

벡스는 고개를 갸웃거리며 몇 번 더 봉을 휘둘렀다. 그리고 히죽 웃었다.

'저 자식, 왠지… 불안해…….'

"그럼 대장, 먼저 갑니다! 하아아압!"

기합을 내지른 벡스가 달려들었다.

후아아아앙!

바람을 찢어발기는 소리와 함께 봉이 날아왔다.

갑작스럽게 시작된 벡스의 공세. 그것도 제닌의 눈으로도 제대로 분간하기 힘들 정도로 빨랐다.

"헙!"

제닌은 헛바람을 삼킨 채 바닥을 굴렀다.

'저게 쿼럴보다 빠르단 말이야?'

쿼럴의 움직임을 읽어내는 눈으로도 분간하기 힘들다면, 그보다 빠르다는 결론을 내릴 수밖에 없었다.

제닌은 벡스 역시 자신과 비슷한 힘을 얻은 것을 알았다. 하지만 아직 스스로의 힘에도 제대로 적응하지 못한 상황. 그 때문에 벡스의 능력까지 간과하는 실수를 저질렀다.

"베, 벡스야! 자, 잠깐!"

제닌은 당황함이 담긴 목소리로 외쳤고, 벡스는 그런 그를 보며 씩 웃었다.

"선빵필승! 마틴 상등병님이 가르쳐주신 겁니다!"

'마틴 이 자식! 적당히 좀 할 것이지! 얼마나 애를 잡았으면 저래?'

제닌이 부대에 기다리고 있을 마틴을 떠올리며 이를 갈 때, 벡스는 하늘 높이 치켜든 봉을 그를 향해 내리치고 있었다.

후아아아앙! 콰앙!

폭발하는 소리와 함께 땅거죽이 뒤집혔다. 자욱하게 피어오른 흙먼지가 코로 들어가자 저절로 재채기가 나왔다.

"에, 에취! 흐에췌!"

후아아아앙!

제닌의 재채기 소리로 위치를 파악했는지, 또다시 봉이 바람을 가르는 소리가 들려왔다.

'이게 진짜! 아주 사람을 잡으려고 하네!'

제닌의 이마에 핏줄이 불거졌다.

'그래! 어디 한번 해 보자고!'

제닌은 바닥을 굴렀다. 그러면서 스테이터스 창을 열고 손가락을 움직였다.

'벡스 저놈 근력이 25였지? 나도 25로 맞춰봐? 아니야. 차라리 여유 있게 30으로! 그리고 순발력은 25! 어차피 맞지 않을 테니 활력은 보류. 어디 한번 해 보자고!'

온몸을 타고 근질근질한 기분이 느껴졌다. 뒤이어 제닌은 샘솟는 힘과 가벼워지는 몸을 체감했다.

후아아아앙!

봉이 날아왔다. 어찌나 세게 휘둘렀는지, 공기의 저항으로 봉이 부메랑처럼 휠 지경이었다.

전과 달라진 점이라면 제닌의 눈에 그것이 그대로 보인다는 점이었다. 그것도 상당히 느릿하게!

순발력을 25로 끌어올린 영향이었다.

'잠깐! 그리고 보니 저거 설마……'

제닌은 고개를 살짝 숙여 봉을 피했다. 그러자 공중을 돌아 방향을 바꾼 봉이 위에서 아래로 내리쳐왔다.

콰앙!

훌쩍 뒤로 물러난 제닌은 땅바닥에 박혀 있는 거무튀튀한 봉을 자세히 살펴보았다.

'저런 충격에도 부서지지 않는 재질. 그리고 결이 없다는 것은……'

"하아아아압!"

바닥에 박힌 봉을 빼 든 벡스가 고함과 함께 다시 달려들었다.

'철로 만들었다고? 어라?'

그리고 보니 조금 이상한 게 눈에 띄었다. 그들이 타고 온 마차였다.

'앞쪽이 폭삭 주저앉았다는 것은 저게……'

그것을 언제 분리했는지는 모르겠지만, 벡스가 지금 휘둘러대는 게 마차의 바퀴 축이라는 의미가 된다.

'저런 개념 없는 자식이!'

최소한 바퀴 축이 땅바닥에 부딪히는 것은 막아야 했다. 아무리 쇠로 만들었다고 해도, 정도 이상의 충격을 받으면 깨지거나 휠 수 있었기 때문이다. 그렇게 되면 그들이 이동하는 데 커다란 장애가 될 터였다.

후아아앙!

제닌의 머리를 노린 풀스윙.

빤히 보이는 공격이었으나, 제닌은 피하지 않았다. 대신 양 손바닥을 펼친 채 봉의 경로를 막아섰다.

'30의 근력을 믿어보자! 내가 저놈보다 무려 5포인트나 높다고!'

이를 악문 제닌의 결심과 동시에 벡스가 휘두른 봉과 제닌의 손바닥이 마주쳤다.

쩡!

마치 금속이 부딪치는 듯한 소리가 울려 퍼졌다.

"크윽!"

제닌은 신음을 삼켰다.

뼈가 저릴 정도의 통증이 손바닥에서 느껴졌다.

'근력은 분명 내가 앞서는데…….'

힘에서 밀리는 게 아니었다. 손바닥에서 전해지는 압력 자체는 충분히 버틸 수 있을 정도였다.

'그럼 뭐가 문제……. 아! 활력!'

제닌은 지금의 통증을 통해 활력의 역할을 짐작할 수 있었다.

'그래. 근력은 근육의 힘을 증가시킬 뿐, 신체의 내구력에는 영향을 주지 않는 거야. 그 내구력을 증가시키는 게 바로 활력 아닐까?'

그렇게 생각을 하면서도 제닌은 충격을 흡수하기 위해 손바닥을 뒤로 물리는 중이었다. 그렇게 팔꿈치를 접을 정도가 되었을 때, 봉의 움직임은 완전히 멈췄다.

"아주 신이 났었지?"

"헙!"

벡스는 놀란 얼굴로 헛바람을 삼켰다.

제닌은 쭉 째진 눈으로 벡스를 응시했다. 그의 눈동자 안에는 이글이글 타오르는 불꽃이 있었다.

벡스에게 그런 제닌의 모습은 지옥에서 막 소환된 악마의 그것과 다름없었다.

"대, 대, 대, 대장?"

제닌은 당황에 찬 벡스의 목소리를 무시한 채, 손에 든 봉을 비틀어 돌렸다. 그러면서 그는 벡스의 다리를 걷어찼다.

쿠당!

벡스의 거구가 바닥에 드러누웠다.

기다란 봉을 양어깨에 위에 걸친 제닌이 악귀 같은 얼굴로 그를 내려다보고 있었다.

'오호! 묵직한 게 제법 손맛이 있겠는데?'

제닌이 손을 움직이기 시작했다.

마차 바퀴 축으로 만든 봉이 아름다운 궤적을 그리며 춤추기 시작했다.

"으악! 대, 대장! 크악! 꺄울-!"

때아닌 늑대 울음소리가 거친 황야에 울려 퍼졌다.

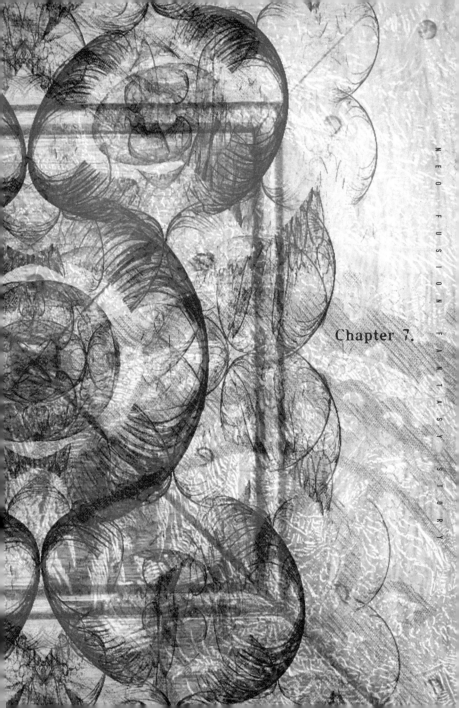

Chapter 7.

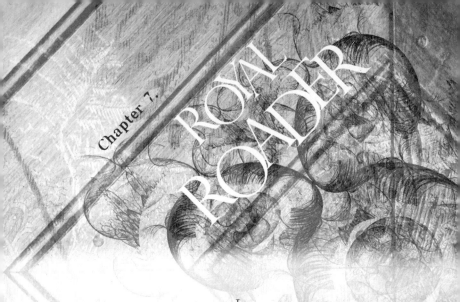

Chapter 7.

ROYAL
ROADER

I

"스테이터스."

눈앞에 반투명한 창이 떠올랐다.

제닌은 그 중 경험치를 나타내는 숫자에 주목했다. 그의 입꼬리가 비스듬히 올라갔다.

'1398! 8이나 올랐단 말이지? 효과가 있어!'

제닌은 바닥에 널브러진 벡스를 바라보았다. 잠시 시선을 집중하자 벡스의 스테이터스 창이 떠올랐다. 제닌은 익숙하게 손가락을 놀려 벡스의 세부 능력치를 확인했다. 물론 그중에서도 제닌이 주목한 것은 경험치를 표시하는 숫자였다.

'146? 뭐야? 난 8밖에 안 올랐는데, 왜 저놈은 12나 오

른 거야?'

왠지 모르게 기분 나빴다.

'쓉! 설마, 때리는 것보다 맞는 게 경험치를 더 얻는 거야?'

아직은 비교할 만한 다른 데이터가 없었기에 그렇게 추측할 수밖에 없었다.

제닌의 머릿속에 경험치를 얻기 위해 얻어맞는 자신의 모습이 그려졌다.

'아니지. 아니야!'

제닌은 맞으면서 희열을 느끼는 변태 성향이 절대로 아니었다.

'차라리 경험치를 조금 적게 받기는 해도 맞는 건 아니지. 어차피 이대로 열댓 번만 더 하면 또 한 번의 레벨 업이 가능하잖아?'

맞으면서 빠른 성장을 하기보다는 조금 느리기는 해도 패면서 성장하는 편이 제닌의 성향과 맞았다.

'그래. 벡스야! 우리 조금만 더 고생하자! 누가 내가 좋은 일만 하냐? 다 너를 위해 하는 일이란다!'

제닌의 입가에 차가운 미소가 걸렸다. 그의 시선을 받은 벡스는 이미 기절했음에도 푸들푸들 경련을 일으켰다.

"어차피 오늘은 더 움직이기 힘드니, 이쯤에서 쉬기로 할까?"

제닌은 벡스를 향한 시선을 거뒀다. 그러자 부들거리던 벡스의 몸도 점차 떨림이 잦아들었다.

제닌은 벡스의 몸을 질질 끌어 마차 옆으로 옮겼다. 그리고 마차 위로 훌쩍 뛰어올랐다.

"어어!"

늘어난 근력 탓인지 전과 비슷한 힘을 주었음에도 도약력은 월등히 올라갔다. 제닌의 발은 목표로 한 마차 지붕보다 그의 키만큼이나 더 높이 올라갔다가 지붕 위에 내려섰다.

"아무리 내 몸이지만……."

제닌은 기분 좋은 미소를 지었다.

"이건 좀 사기 같아."

물론 고위 기사 중에는 제닌보다 더 뛰어난 신체능력을 갖춘 자들도 분명 있을 것이다. 하지만 평범한 병사였던 제닌에게 지금의 능력은 그야말로 새로 태어난 듯한 기분을 선사했다.

지붕 위에 올라선 제닌은 주변을 한번 훑어보았다.

혹시 모를 위험에 대비하기 위함이었다.

허리까지 오는 수풀로 뒤덮인 평원은 간간이 불어오는 바람의 움직임 외에 다른 움직임은 없었다.

꼬르르륵.

뱃속에서 들려오는 소리에 제닌은 고개를 갸웃했다.

'그러고 보니 점심도 아직 안 먹었지?'

마차에 실린 건량을 떠올리던 제닌은 이내 고개를 가로
저었다. 포만감을 채울 수는 있었지만, 맛이 너무 형편없
었기 때문이다.

'사냥?'

제닌은 모닥불 위에서 익어가는 고기를 떠올렸다. 육즙
을 뚝뚝 흘리며 익어가는 고기를 떠올리자 저도 모르게 침
이 배어 나왔다.

츄읍!

새어나온 침을 빨아들인 제닌은 지붕 위에 선 채로 주변
을 둘러보기 시작했다.

눈에 힘을 주자 먼 거리의 사물들이 확대되었다. 제닌에
게 '이글아이'란 별명을 붙여준 기술이었다.

'역시 아프지 않아!'

예전에 이 기술을 사용하면 머리가 깨질 듯한 두통이 밀
려왔다. 그 때문에 매우 유용한 기술임에도 제닌은 사용을
꺼렸었다.

'혹시 여기서 더 자세히 볼 수도 있나?'

제닌은 조금 더 집중해서 눈에 힘을 주었다.

지이이잉!

그의 미간에 골이 팼다. 머리가 지끈거리는 듯한 느낌
때문이었다. 그렇지만 예전에 느끼던 통증과 비교하면 통
증이라 할 수도 없는 가벼운 증상이었다.

집중을 계속 유지하자 시야가 한 단계 더 확대되며 한층 더 먼 곳의 사물을 또렷하게 볼 수 있었다.

그때였다.

띠링!

경쾌한 소리와 함께 제닌의 눈앞에 반투명한 창이 떠올랐다.

[정신력 집중으로 인한 시력강화. 스킬(Skill)을 등록할 수 있습니다.]

경쾌한 소리와 함께 눈앞에 떠오른 메시지.

"스킬? 기술? 이건 또 무슨 말이야?"

모르면 일단 해보면 될 일이다.

"스킬을 등록한다."

'이렇게 말하면 되나?'

잠시 기다리자 메시지의 내용이 변했다.

[스킬의 이름을 설정할 수 있습니다. 설정하지 않을 시 '정신력 집중으로 인한 시력강화'가 스킬 이름으로 등록됩니다.]

너무 길었다. 게다가 제닌은 스킬 이름이라는 말을 듣는 순간 떠올린 단어가 있었다.

"이름은 이미 정해졌지. 이글아이!"

['이름은 이미 정해졌지. 이글아이'로 스킬을 등록하시 겠습니까?]

제닌의 얼굴이 살며시 일그러졌다.

"이글아이!"

['이글아이' 로 스킬을 등록하시겠습니까?]

"등록한다."

[스킬명 '이글아이' 가 스킬로 등록되었습니다. 스킬명 '이글아이' 가 명령어로 등록되었습니다.]

메시지와 함께 눈앞에 반투명한 창이 떠올랐다. 여태까지와는 다른 새로운 창이었다.

'스킬, 그러니까 기술을 나타내는 창이란 거지?'

창의 왼쪽 위에 적힌 글자를 본 제닌은 고개를 끄덕였다.

[이글아이(Lv.1) 숙련도 1/100]

"아래의 빈 곳에는 내가 뭔가 새로운 기술을 개발하면 등록할 수 있는 건가? 이거 왠지, 알면 알아갈수록 더 궁금한 점이 많아지는 데?"

말을 이렇게 했지만, 제닌은 즐거웠다. 하나씩 알아가는 것도 즐거움이었고, 그로 인해 발전 가능성 또한 계속해서 늘어갔기 때문이다.

'이렇게 계속 가다가 나중에 대륙을 구할 영웅이 되는 것 아니야? 흐흐흐! 물론, 이 힘이 악마로 인해 비롯된 것만 아니라면 말이지.'

제닌은 고개를 흔들며 생각을 멈췄다. 스스로 판단하기에도 시답잖은 소리였다.

그가 스킬 창을 향해 손을 휘젓자 스킬 창은 연기처럼 사라졌다. 하지만 곧이어 경쾌한 소리와 함께 다시금 반투명한 창이 떠올랐다.

띠링!

[탐색 스킬의 개발로 인해 미니맵이 활성화됩니다. 미니맵은 인터페이스의 오른쪽 위에 위치하며 사용자와 감각을 공유합니다.]

"인터페이스? 미니맵?"

제닌이 눈앞에 나타난 글귀를 따라 읽은 순간, 갑자기 눈앞이 번쩍였다.

시야가 회복되었을 때, 제닌의 눈앞에는 지금까지와는 다른 세상이 펼쳐져 있었다.

"알 수 없는 나무. 이름 모를 원석. 잡초……."

사물에 이름표가 붙어 있었다. 그와 더불어 제닌이 지금껏 알아낸 스테이터스, 인벤토리, 스킬을 나타낸 창들이 그의 시야 주변에 빙 둘러 있었다.

시야의 왼쪽 위에는 제닌 자신과 벡스의 얼굴이 작게 그려진 그림이 들어 있었고, 그 옆에 붉고 푸른 막대들이 보였다.

'이 막대들은 또 뭘까?'

제닌은 고개를 가로저었다. 지금은 몰라도 어차피 이것저것 시도하다 보면 알아낼 수 있을 터였다.

또한, 시야의 오른쪽 위에는 둥그런 원이 있었는데, 한 가운데에는 녹색 점이, 그리고 바로 옆에 연한 푸른색 점이 찍혀 있었다.

"미니맵. 작은 지도라는 뜻인가? 그리고 가운데 있는 녹색 점은… 나?"

그렇다면 바로 옆의 연한 푸른색 점은 벡스를 뜻하는 점일 것이다.

"그런데 이 회색 점들은 뭐지?"

회색 점들은 사방에 널려 있었다.

제닌은 그중 가장 가까운 곳에 있는 방향으로 시선을 집중했다.

"이글아이."

작게 중얼거리자 순식간에 시야가 확대되었다.

코를 벌름거리는 토끼의 모습이 제닌의 시야에 잡혔다. 토끼는 제닌과 눈이 마주쳤지만 먼 거리 탓인지 그를 인식하지 못했다.

주변의 풀을 야금거리던 토끼는 귀를 쫑긋 세우더니 폴짝폴짝 뛰어 어딘가로 사라졌다.

제닌은 미니맵에서 토끼를 상징하는 회색 점으로 빠르게 다가가는 또 다른 회색 점을 발견했다.

토끼가 사라진 자리에 나타난 것은 여우였다.

"호오! 그럼, 이 수많은 점이 죄다 동물이란 말이야?"

미니맵을 잘만 이용하면 앞으로 고기는 실컷 먹을 수 있을 듯싶었다.

"가볍게 한 마리만 잡아볼까?"

제닌은 웃음 띤 얼굴로 마차 지붕 위에서 훌쩍 뛰어내렸다.

Ⅱ

사냥은 제닌의 생각만큼 쉽지 않았다.

분명 회색 점과 겹치는 위치로 이동했음에도 동물이 보이지 않았기 때문이다.

"대체 어디 있는 거야?"

사방을 샅샅이 훑어보던 제닌은 자그마한 구멍을 발견할 수 있었다.

'아! 땅속!'

제닌은 한발 늦게 동물들이 굴을 파고 들어가 산다는 것을 깨달았다.

"쯧! 신기한 것에만 정신이 팔려 이런 기본적인 것을 놓치다니!"

신기한 것도 신기한 것이지만, 위기를 벗어났다는 안도감 때문이기도 했다.

"어쨌든 위치를 알아냈으니……."

제닌은 발을 들어 올렸다가 힘껏 내리찍었다.

쿵!

땅이 들썩이며 흙먼지가 자욱하게 피어올랐다. 그와 동시에 제닌과 겹쳐 있던 회색 점이 흔들렸다. 갑작스러운 지진에 어쩔 줄 몰라 하는 모습으로 추측되었다.

'이제 곧!'

제닌은 땅굴의 입구를 노려보았다. 그리고 회갈색의 토끼가 튀어나오자 손을 휘둘러 잡아챘다.

"잡았다!"

제닌은 하얀 이를 드러내며 활짝 웃었다.

'이제 앞으로 어딜 가도 먹을 것 걱정은 없겠어!'

그는 새삼스러운 눈으로 미니맵을 들여다보았다. 그러다가 이상한 점을 발견했다.

'바깥 부분은 왜 이렇게 까맣지?'

찬찬히 살펴보다 보니 감이 왔다.

'내 시선이 닿은 곳만 환해졌다?'

환해진 것뿐만 아니라 자세히 살펴보니 아주 작지만 실제로 그가 보았던 지형이 그대로 옮겨져 있었다.

'이건 너무… 대단한데?'

지도의 유용함을 모르는 사람은 없었다. 하지만 문제는 그 지도의 정확도였다. 축척은 말할 것도 없거니와 비율이나 지형 자체도 엉망으로 표기된 지도가 많았다.

제닌은 그러한 지도의 오류 때문에 몇 번이나 위기에 처한 적이 있었다. 그 때문에 정확도의 중요성을 더욱 잘 알고 있었다.

"아주 좋아!"

제닌은 환호했다.

엄청나게 정확도가 높은 지도의 존재. 이것은 제닌과 그의 부하들의 생존율과 임무 성공률이 엄청나게 상승했다는 것과 같은 의미였다.

"그런데 이건 또 뭐지?"

미니맵을 살펴보던 제닌은 벡스를 의미하는 연한 푸른색 점에 붉은색 점 하나가 가까이 다가가는 것을 발견했다. 그는 사냥을 위해 상당히 먼 거리로 나온 상태였다.

붉은색으로 빛나는 점을 보는 순간 제닌은 그것이 적의를 가진 존재임을 직감했다.

"이런! 벡스!"

쿵!

강한 진동과 함께 땅거죽이 뒤로 밀려나며 제닌은 쏜살같이 앞으로 쏘아졌다.

중간쯤 달려왔을 때, 제닌의 달리는 속도가 살짝 줄어들었다. 미니맵에 떠올랐던 붉은색 점이 어느 순간 까맣게 변하더니 사라져버렸기 때문이다.

"이건 또 뭐야?"

어차피 지금은 확인할 길이 없었다. 다행한 점은 벡스를 상징하는 연한 푸른색 점이 아직 그대로 있다는 것이었다.

Ⅲ

드르렁! 쿠울. 드르렁!

기절한 벡스에게서 어느 순간 우렁찬 소리가 흘러나오기 시작했다. 그의 상태가 기절에서 수면으로 바뀐 탓이었다.

이전에도 말발굽 소리를 능가하던 벡스의 코 고는 소리는 제닌의 부하(Follower)가 되어 능력을 얻으면서 한층 더 발전했다.

그 우렁찬 소리는 넓은 평원에 퍼져 나갔고, 한가로이 낮잠을 즐기던 포식자의 단잠을 깨우기에 이르렀다.

크르릉!

붉은 갈기를 가진 네발짐승이 기지개를 켰다. 사자의 머리에 표범의 날렵해 보이는 몸체, 그러면서 곰의 덩치를 가진 짐승이었다.

크림슨 비스트.

이곳 평원에 군림하는 최상위 포식자였다. 또한, 포악한

성미 때문에 그 어떤 짐승도 그의 영역 근처에서는 감히
큰소리를 내지 못했다.

크르르릉!

크림슨 비스트는 소리가 들려온 쪽을 바라보며 으르렁
거렸다. 감히 자신의 권위에 도전하는 소리로 받아들인 것
이다.

크허어엉!

크림슨 비스트는 소리가 나는 쪽으로 포효를 터뜨렸다.
달려들기 전에 도전자의 기를 꺾어 놓기 위함이었다.

사실 상대가 알아서 물러나길 바라는 마음도 약간은 있
었다. 들소 한 마리로 배부르게 배를 채운 상태였고, 잠기
운이 아직 남아 몸을 움직이기 귀찮기도 했다.

하지만 아량까지 베풀었음에도 도전자의 의욕은 전혀
꺾이지 않았다.

드르렁!

화답하듯 마주 들려온 소리에 크림슨 비스트는 포효를
터뜨리며 땅을 박찼다.

크허어어엉!

쉬이이익.

바람을 가르고 수풀은 뛰어넘으며 크림슨 비스트는 역
동적으로 달려갔다.

속도 또한 화살에 비견될 만큼 빨랐다.

그럼에도 소리는 거의 들려오지 않았다. 부드럽고 두툼한 발바닥이 땅바닥의 충격을 흡수했고, 스쳐서 소리가 날 만한 수풀은 아예 뛰어넘었기 때문이다. 게다가 날렵하게 생긴 몸체는 공기의 저항을 최소화하며 공기를 가르는 소리를 줄였다.

드르렁! 쿠우우웅! 드르렁!

크림슨 비스트는 얼마 지나지 않아 자신에게 도전장을 내민 간 큰 짐승의 근처에 도달할 수 있었다.

크르르릉.

놀랍게도 인간이었다. 그것도 특이하게도 땅바닥에 누워 격렬한 울음을 터뜨리고 있었다.

크림슨 비스트가 그동안 지켜보았던 인간은 보통 두 다리로 서 있었다. 그리고 대부분 날카로운 무기를 들이대며 자신을 위협하고는 했다.

잠시 경계동작을 취하던 크림슨 비스트의 머릿속에 야들야들한 인간의 육질이 떠올랐다. 들소 같은 동물이나 오크 같은 몬스터 고기와는 비교할 수 없는 맛이었다.

뚝. 뚝. 뚜욱.

걸쭉한 타액이 송곳니를 타고 흘러내리기 시작했다.

크아아앙!

한바탕 포효와 함께 크림슨 비스트가 도약했다. 그리고 놈은 벡스의 목덜미에 송곳니를 박아 넣을 생각으로 아가리를 들이밀었다.

우직!

크림슨 비스트는 노련한 사냥꾼답게 목표했던 벡스의 목덜미를 정확히 물었다. 이대로 송곳니를 깊이 박으면 상대는 피를 흘리며 숨이 끊어질 터였다.

드르렁! 큽!

벡스의 코 고는 소리가 일순 멎었다.

크르르릉!

크림슨 비스트는 거칠게 으르렁거리며 턱에 힘을 더했다.

크르릉?

이상했다.

당연한 일이 일어나지 않았던 것이다.

크림슨 비스트는 자신의 날카로운 송곳니에 자신 있었다. 사슴 따위의 목이야 단번에 꿰뚫을 수 있었고, 들소의 두껍고 질긴 목도 크게 힘들이지 않고 파고들었다. 인간의 목쯤이야 벌써 꿰뚫고 그곳에서 샘솟는 뜨끈한 피 맛을 보아야 했건만, 쉽게 입이 다물어지지 않았다. 마치 알 수 없는 뭔가가 주둥이를 잡고 있는 것 같은 기분이었다.

크릉! 크릉! 크르르릉!

크림슨 비스트의 으르렁 소리가 점차 커졌다. 그러나 아무리 용을 써도 송곳니는 인간의 목을 뚫을 수 없었고, 주둥이는 다물어지지 않았다.

순간 벡스의 입이 열렸다.

"아우… 시끄러……."

벡스는 그와 동시에 한쪽 팔을 들어 자신의 크림슨 비스트의 목을 감았다. 원래는 돌아누울 생각이었는데, 몸을 누르고 있는 크림슨 비스트의 무게 때문에 몸은 움직이지 않고 팔만 돌아갔던 것이다.

"흐암……. 잠 좀… 자자……."

벡스의 팔뚝에 힘줄이 불거졌다. 당연한 말이지만 팔이 휘감았던 크림슨 비스트의 목은 조여졌다.

우두둑.

뼈 부러지는 소리와 함께 크림슨 비스트이 몸이 축 늘어졌다.

"흠냐, 흠냐……. 쩝. 쩝……."

벡스는 입맛을 다시며 평온한 꿀잠을 이어나갔다. 축 늘어진 크림슨 비스트의 몸을 인형 마냥 품에 안은 채.

Ⅳ

"이건 또 뭐야?"

제닌의 얼굴은 놀라움과 황당함으로 물들어 있었다.

자신의 몸보다 몇 배는 커다란 붉은 짐승을 품에 안고 태평하게 코를 고는 벡스의 모습 때문이었다. 게다가 붉은 짐승은 전혀 움직임이 없었다.

'죽였다고? 저걸? 잠결에?'

이것은 요즘 황당한 일을 상당히 많이 겪은 제닌에게도 충격적일 정도로 황당한 일이었다.

'저 자식 잠버릇, 언젠가 사고 한 번 칠 줄은 알았는데, 이런 식이라니⋯⋯.'

부대에서도 벡스의 잠버릇은 유명했다.

말발굽 소리처럼 들리는 코 고는 소리야 익숙해지면 자장가로 생각할 수도 있었으나, 사방을 굴러다니며 손발을 휘두르는 잠버릇은 고이 잠든 부대원들에게는 재앙에 가까웠다.

덕분에 벡스는 선임들의 어마어마한 갈굼을 받았으나, 잠버릇은 어디까지나 무의식중에 벌어지는 일이었다. 벡스가 자기 전에 아무리 다짐해도 고쳐질 만한 성질의 것이 아니었던 것이다.

특히나 임무를 수행하는 도중에는 모두의 안전을 위협할 정도로 커다란 문제였다. 결국, 벡스의 입에 재갈을 물리고 온몸을 꽁꽁 묶어 재우는 수밖에 없었다.

'아주 튼튼한 줄이 필요하겠어.'

이런 식이라면 밤중에 사람 하나 잡는 것은 일도 아닐 터였다.

'그런데 이거 정말⋯⋯.'

살며시 다가간 제닌은 붉은 짐승의 몸을 발로 툭툭 건드
려 보았다.

'죽은 건가?'

반응은 없었다.

가슴의 기복도 전혀 없었다.

커다란 붉은 짐승은 완벽하게 죽어 있었다.

제닌의 시선이 문득 자신의 손에 들린 토끼에 닿았다.
그리고 토끼와 붉은 짐승 사이를 쉴 새 없이 번갈아 보았
다.

그의 눈썹이 잘게 경련했다.

벡스는 잠결에도 저런 커다란 짐승을 잡았는데, 자신은
발바닥에 땀 나도록 뛰어다닌 끝에 겨우 토끼 한 마리를
잡은 것이다.

벡스를 잠시 내려다보던 제닌의 입꼬리가 살짝 비틀려
올라갔다.

조용히 벡스의 다리 쪽으로 이동한 제닌은 붉은 짐승의
꼬리를 말아쥐었다. 그리고 슬금슬금 잡아당겼다.

낚시하듯 강약을 조절하며 잡아당기자 벡스의 품에
안겨 있던 붉은 짐승은 어느새 그의 품을 벗어나고 있었
다.

"흐음! 음냐……."

허전함에 양팔을 허우적거리는 벡스의 품에는 토끼가

안겨졌다.

'이래야 제대로지. 훗!'

제닌의 얼굴에는 이제야 만족한 표정이 떠올랐다.

V

화르르르르르.

커다란 모닥불이었다. 모닥불이라고 하기보다는 차라리 작은 화재현장이라고 하는 편이 나을 듯싶었다.

치익! 치이익!

기름이 끓는 소리가 쉴 새 없이 들려왔는데, 이는 그 위에서 통째로 구워지고 있는 거대한 바비큐에서 흘러나온 육즙이었다.

"아! 쓰불! 이건 대체 얼마나 익혀야 하는 거야?"

제닌은 구슬땀을 뻘뻘 흘려가며 바비큐를 돌리는 중이었다. 이른 오후부터 시작해 벌써 뉘엿뉘엿 해가 넘어가고 있었으니 짜증이 날 법도 했다.

크림슨 비스트는 크기가 커다란 곰 만했기에 제닌은 처리를 놓고 한 참을 고민했다. 그대로 두면 얼마 지나지 않아 상할 것이 빤했기 때문이다.

오래 보관하려면 훈제를 하거나 염장을 해야 했으나 지금은 그럴 만한 도구가 없었다.

고민하던 제닌은 벡스가 휘두르던 마차의 바퀴 축을 발견하고는 바비큐를 떠올렸다. 바싹 익히면 제법 오래 보관할 수 있을 것 같았기 때문이다.

제닌은 단검을 들어 크림슨 비스트의 엉덩이 부분을 찔러 보았다.

육즙과 더불어 붉은 핏물이 배어 나왔다. 아직 덜 익었기 때문이기도 했고, 죽은 직후에 충분히 피를 빼지 않았기 때문이기도 했다.

"아우! 쌍!"

제닌은 비명 같은 욕을 내질렀다. 그리고 바비큐를 내팽개치고 자리에 주저앉아버렸다.

'내가 왜 이런 고생을 사서 하고 있지?'

제닌은 문득 그런 생각이 들었다.

이유는 확실했다. 그냥 버리기에는 아까운 고기 때문이었다.

'하필이면 그런 큰놈을 잡아서는…….'

제닌의 생각이 흐려졌다. 그리고 그의 고개가 어딘가로 돌아갔다. 시선이 고정된 것은 벡스였다.

'그런데 저거, 저놈이 잡은 거잖아!'

어찌 된 영문인지는 몰라도, 저 커다란 짐승은 벡스가 잡은 게 확실했다.

하지만 제닌은 자신이 잡은 토끼가 너무 초라해 보여 슬쩍 바꿔치기를 따름이었다.

'저놈이 잡았으니, 저놈이 책임져야 하는 게 당연하잖아?'

자고로 대장은 굵직굵직한 일만 처리하면 됐다. 나머지 잡다한 일들은 부하들의 몫이었다.

'쓰불! 삽질했네. 그냥 깨워서 시켰으면……. 가만!'

제닌은 시선이 고정된 벡스를 자세히 살폈다. 뭔가 다른 점이 느껴졌다. 사방을 울리던 코 고는 소리가 언젠가부터 들려오지 않았다.

'저것이!'

제닌의 눈썹이 격렬하게 꿈틀거렸다.

"벡스 일어나."

"……."

반응은 없었다.

"일 분, 이 분, 삼 분……."

"……."

여전히 반응은 없었다.

"한 시간, 두 시간, 세 시간……."

"저, 대장… 질문 있는데요……."

모기만 한 목소리가 들려왔다.

여전히 눈을 감은 벡스가 입술을 달싹이는 중이었다. 제닌의 입꼬리가 무섭게 솟구쳤다.

"그 시간의 의미가⋯⋯."

"대련."

제닌은 짧고 간단하게 답했다. 하지만 그의 대답이 일으
킨 효과는 격렬했다.

"으아아아! 안 됩니다!"

비명과 함께 벡스가 벌떡 일어섰다.

"뭐, 뭐부터 하면 됩니까? 이야! 역시 대장님이십니다!
이 커다란 놈을 어떻게 잡으셨답니까? 우와! 맛있는 냄새!
역시 고기는 바비큐가 최고죠! 걱정 마십쇼! 대장님의 충
성스러운 벡스, 이 바비큐가 무사히 완성될 때까지 최선을
다해 한번 익혀 보겠습니다!"

벡스는 생각나는 모든 말을 그대로 내뱉으며 상황을 수
습하려 했다. 그에게 있어 제닌과의 대련이란 곧 지옥체험
과 같은 의미였기 때문이다.

"아주 즐거운 세 시간이 되겠군!"

제닌은 시원한 웃음으로 대꾸했다. 벡스의 하찮은 노력
따위는 씨알도 먹히지 않았다.

그날 밤, 울부짖는 늑대의 소리가 거친 황야를 흔들었
다.

"이게 다 널 위해서거든?"

제닌은 기절한 벡스를 바라보며 중얼거렸다.

세 시간의 대련 끝에 제닌은 20의 경험치를 획득했고,

벡스는 무려 35의 경험치를 획득했다. 게다가 이유는 알 수 없었지만, 대련을 시작하기 전 벡스는 이미 9의 경험치가 올라가 있었다.

'그런데 대체 왜 저놈이 나보다 많이 받는 거냐고?'

곰곰이 생각해본 결과 단순히 때린다고 적게 받고, 맞는 다고 많이 받는 것은 아닌 듯싶었다.

"하아……."

고민해봤자 나오는 것은 없었다.

벡스를 슬쩍 바라보았다. 온몸을 꽁꽁 동여맨 것은 물론, 재갈까지 단단하게 물렸다. 이 정도면 안심하고 자도 될 듯했다.

제닌은 벌겋게 달아오른 숯불을 몇 번 뒤적인 다음, 마차 짐칸의 방수포 위로 뛰어올랐다. 그곳에는 크림슨 비스트의 몸에서 벗겨 낸 털가죽이 그를 기다리고 있었다.

물론 털가죽을 제대로 사용하려면 이런저런 처리를 해야 했다. 하지만 늦가을 추운 밤의 한기 속에서 숙면을 취하기 위해서는 이거라도 뒤집어써야 했다.

'그런데 이건 무슨 짐승이지? 처음 보는 것 같은데.'

동물에 대해 많이 아는 것은 아니었다. 그러나 사자의 얼굴에 표범의 몸을 가지면서 곰 만큼이나 커다란 짐승이 있다는 말은 여태껏 들어본 적이 없었다.

잠시 가죽에 시선을 집중하자 '띠링!' 하는 소리와 함께 반투명한 글귀가 떠올랐다.

[XX의 가죽]

간단하기 이를 데 없는 설명에 제닌의 천천히 고개를 내저었다.

'만능은 아니라는 건가?'

의문을 남기며 제닌은 털가죽 속에 몸을 묻었다. 쌀쌀한 한기는 전혀 느껴지지 않았고, 대신 포근함이 밀려왔다. 그리고 포근함은 수마와 함께 서서히 제닌의 의식을 빼앗아 갔다.

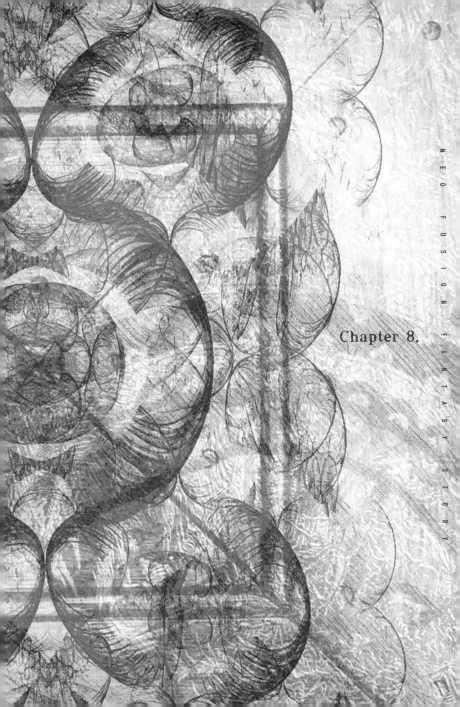

Chapter 8.

Chapter 8.

ROYAL
ROADER

I

달그락!

닫혀 있던 제닌의 눈꺼풀이 조용히 밀려 올라갔다.

'적?'

제닌은 조용히 상체를 일으켜 마차 아래를 살펴보았다.

작은 그림자가 조심스럽게 움직이고 있었다. 시력을 돋
워 보았으나 달이 구름 뒤에 숨은 탓에 제대로 구분할 수
없었다.

제닌은 이글아이를 사용할까 하다가 생각을 접었다. 이
글아이는 먼 곳에 있는 물체를 확대해서 보여줄 뿐, 어둠
을 밝히는 능력은 없었기 때문이다.

쩝! 쩝! 까드득!

이윽고 들려오는 소리가 그림자의 주인공이 무엇을 하는지를 설명해 주었다.

'짐승인가? 몬스터? 그런데 뭘 저렇게 먹지?'

붉은 짐승의 고기는 알뜰하게 발라낸 후 제닌의 인벤토리 안에 보관되어 있었다. 따로 보관하기 귀찮기도 했고, 그냥 밖에 두는 것보다는 아무래도 상할 위험이 적어 보였기 때문이기도 했다.

'아! 그러고 보니 뼈를 그대로 뒀었지!'

짐승의 사체나 뼈 따위는 다른 짐승이나 몬스터를 불러모을 수 있었다. 그러나 먹이사슬의 상위에 군림하는 것들의 체취나 시체는 오히려 짐승이나 몬스터의 접근을 막는 역할을 하기도 했다.

강자를 사냥했다는 것은 상대가 그보다 더 강한 존재라는 것을 증명했기 때문이다.

'그 붉은 짐승이 생각보다 강한 놈이 아니었나? 생긴 걸로 봐서는 제법 강할 것 같았는데.'

뼈를 밖에다 두었음에도 뭔가가 다가왔다는 것은 그가 생각했던 것만큼 붉은 짐승이 강하지는 않다는 의미가 되었다.

'하긴. 그렇게 강한 놈이라면 벡스 녀석이 잠결에 잡을 수도 없었겠지.'

제닌이 생각을 마칠 때쯤 구름이 걷히며 달이 모습을 드러냈다. 사방이 일순 환해지는 기분이 들었다.

갑자기 밝아진 주변의 모습에 검은 그림자는 한껏 몸을 움츠렸다. 제닌의 눈에 누르스름한 갈기가 들어왔다.

잠시 시간이 지나자 움츠렸던 그림자가 슬그머니 고개를 들었다.

길쭉하게 튀어나온 주둥이가 유독 눈에 띄었다.

'개? 하이에나인가?'

개나 하이에나를 연상시키는 머리였다.

그림자는 주변을 두리번거리더니 귀를 세워 쫑긋거렸다. 움직이는 것도, 들려오는 소리도 없자 다시 몸을 일으켰다.

뿌연 달빛 아래 검은 그림자의 정체가 드러났다.

'놀이로군.'

놀은 개과 동물을 닮은 머리에 인간형 몸체를 가진 몬스터였다.

'작군. 아직 새끼인 모양인데…….'

제닌은 조용히 인벤토리를 열고 단검을 꺼냈다.

수면을 방해한 탓도 있었지만, 애초에 몬스터란 존재는 인간에게 해만 끼치는 존재였다. 아무리 새끼더라도 보이는 족족 없애버리는 게 좋았다.

막 단검을 던지려는 찰나, 제닌의 머릿속에 문득 떠오른 생각이 있었다.

놀은 동족애가 유난히 강한 몬스터였다.

특히, 새끼를 건드리면 부족 전체가 몰려가 복수를 하는 것으로 유명했다.

'새끼 놀이라…….'

제닌은 턱을 쓰다듬으며 생각에 잠겼다.

약간의 시간이 지난 후, 제닌은 조용히 인벤토리를 열었다. 들고 있던 단검을 집어넣고, 대신 붉은 짐승의 고기 한 조각을 꺼내 들었다.

'대련은 경험치를 그리 많이 주지 않았어. 그런데 실전이라면 어떨까?'

생각해본 결과 가능성은 충분해 보였다.

'놀의 부족은 보통 수십 마리 단위. 규모가 큰 부족도 백 마리 정도.'

제닌의 입꼬리가 슬쩍 올라갔다.

'굳이 찾아갈 필요는 없잖아?'

제닌은 레벨 업으로 얻은 힘으로 자신감이 충천한 상태였다. 놀 정도야 수백 마리가 몰려와도 충분히 상대할 자신이 있었다.

또한, 실제로 그렇기도 했다.

'찾아오게 만들면 되지!'

제닌은 히죽 웃으며 들고 있던 고기를 던졌다.

툭.

붉은 짐승의 고기가 떨어지자 새끼 놀은 깜짝 놀라 몸을 움츠렸다. 하지만 고기가 풍기는 냄새에 금세 코를 벌름거리며 다가왔다.

주변을 몇 번 두리번거리던 새끼 놀은 조심스럽게 고기의 맛을 보더니 정신없이 뜯어 먹기 시작했다.

그런 새끼 놀의 뒤에 검은 그림자가 드리워졌다.

Ⅱ

"우읍! 읍! 우읍!"

답답한 신음이 들려왔다. 잠에서 깨어난 벡스가 몸부림치고 있었다.

"푸핫! 대장? 왜 저를……."

제닌이 다가가 재갈을 풀어주자 벡스가 영문을 모르는 눈으로 바라보았다.

"넌 민폐니까."

"예?"

"앞으로 잘 때는 늘 그렇게 자야 한다고."

"아니, 제가 무슨 잘못을 했다고……."

제닌의 눈초리가 살짝 가늘어졌다. 위험신호를 느낀 벡스는 입을 굳게 다물었다. 제닌은 벡스를 묶었던 줄을 마저 풀어내며 말했다.

"불이나 피워라."

"옙!"

대답과 함께 모닥불을 피웠던 자리로 달려가던 벡스가 문득 걸음을 멈췄다.

"으잉? 이건 뭐지?"

왕!

마차 바퀴에 묶여 있던 새끼 놀이 벡스를 보며 짖었다.

"강아지인가?"

벡스가 다가가 새끼 놀을 찬찬히 뜯어봤다.

왕! 왕!

"귀, 귀여운데?"

벡스가 헤벌쭉 웃었다.

"대장! 이건 뭡니까? 어디서 주워온 강아집니까?"

"미끼. 그리고 그거 강아지 아니다. 새끼 놀이야."

벡스는 멍청한 눈으로 제닌을 바라보았다.

"조금 있다 힘써야 할지도 모르니까, 오늘 아침은 든든히 먹어둬라."

"옙!"

앞으로도 벡스에게 설명하는 것은 그리 큰 의미가 없을 듯했다.

붉은 짐승의 고기를 든든히 먹은 뒤, 제닌은 마차를 출발시켰다.

왕! 왕!

벡스의 요청으로 새끼 놀은 그의 품 안에서 밖으로 고개를 내밀고 있었다.

'별로 좋지는 않을 텐데.'

제닌은 벡스를 내려다보며 살짝 미간을 찌푸렸다.

새끼 놀은 어디까지나 미끼였다. 어차피 쓰임새가 다하면 처리해야 할 몬스터에 불과했다. 비록 지금은 귀여워 보일지 모르지만, 성장하면 인간에게 해악을 끼치는 흉악한 존재로 변모하는 것이다.

'뭐, 그건 나중 일이고……. 드디어 미끼를 물었군!'

제닌은 눈을 반짝였다. 그의 시선은 점차 멀어져가는 붉은 점에 고정되어있었다.

붉은 점이 멀어져가는 방향을 바라보는 제닌의 얼굴에는 기대감이 어려 있었다.

'레벨 업이 머지않았어.'

그로부터 한 시간도 채 되지 않은 시점이었다.

드드드드드드.

지면이 미약하게 울리기 시작했다.

'드디어 왔나?'

마차 위에 앉아 이런저런 생각을 하고 있던 제닌이 벌떡 일어났다.

지평선 너머로부터 싯누런 먼지 구름이 밀려오고 있었다.

"저, 저건!"

싸늘한 한기가 제닌의 등줄기를 스쳐 갔다.

Ⅲ

미니맵의 경계부터 붉은 물결이 밀려오고 있었다. 수많은 점이 겹쳐 만들어진 물결이었다.

"뭐, 뭐가 이리 많아?"

수천? 수만?

이 정도면 숫자를 헤아리는 게 무의미할 정도였다.

"썩을!"

욕설이 절로 나왔다.

"대, 대장……. 무슨 일이라도……."

비록 직접 놀 떼를 볼 수는 없었으나, 벡스 역시 땅이 흔들리는 것을 느끼고 있었다.

궁금한 것이 많았지만, 분위기 흉흉한 제닌에게 물어볼 수는 없었다. 이런 경우의 제닌을 잘못 건드리면 그 화가 자신에게 쏟아진다는 것을 벡스는 잘 알았다.

"왜 이렇게 꼬이는 거야?"

놀 무리가 몰려올 것은 이미 예상하고 있었다. 오히려 제닌이 바라던 일이기도 했다.

힘을 얻은 뒤로는 항상 자신감이 넘쳤다. 놀은 고블린과

함께 먹이사슬 최하위의 몬스터. 그런 놈쯤이야 수백 마리
가 몰려와도 상대할 자신이 있었다.

그런데 이렇듯 숫자의 단위 자체가 달라져 버리면 제닌
도 어떻게 할 방도가 없었다.

"이글아이!"

지이이잉.

시야가 쭉 늘어나는 느낌과 함께 먼지 구름을 뚫고 다가
오는 적의 모습이 눈에 들어왔다. 거품을 물며 달려오는
놈의 모습이었다.

"젠장."

괜히 봤다는 생각이 들었다.

"벡스! 마차 돌려!"

"예? 갑자기 마차를 왜……."

되묻던 벡스는 뒤통수가 서늘해졌다. 등줄기를 타고 식
은땀이 흘러내렸다. 따끔따끔하게 내리꽂히는 제닌의 싸
늘한 눈빛 때문이었다.

"다, 당장 돌리겠습니다!"

벡스는 허겁지겁 마부석에서 뛰어내려 말을 옆으로 끌
었다.

드르르르르.

"그놈의 레벨 업이 뭐라고……."

제닌은 마차가 옆으로 돌아가는 것을 느끼며 투덜거렸다.

물론 속마음은 그렇지 않았다. 그저 성급했던 자신의 잘못을 인정하기 싫었기 때문이다.

제닌에게 레벨 업은 거의 마약과 같은 의미였다. 만약 그로 인해 얻은 힘이 사라진다면 삶의 의욕을 잃을 수도 있을 정도였다.

이미 강력한 힘을 얻었다. 또한, 알 수 없는 능력들이 하나, 하나 나타날 때마다 제닌은 희열에 가까운 느낌을 받았다.

제닌은 보다 강한 힘, 더 좋은 능력을 얻는 것에 매진할 수밖에 없는 상황이었다.

'이런 걸 두고 힘에 취했다고 하는 건가?'

"후후……."

자조 섞인 웃음이 흘러나왔다.

'이래서야 쥐뿔만 한 실력만 믿고 날뛰다가 죽는 초짜 기사랑 다를 바가 없잖아?'

"이랴!"

벡스가 고삐를 내려치자 마차가 다시금 움직이기 시작했다.

'그래. 조심해서 나쁠 건 없지.'

서서히 가속하는 마차의 지붕 위에 앉아 제닌은 마음을 다잡았다.

IV

'대체 정체가 뭘까?'

제닌은 벡스의 품 안에 있는 새끼 놀을 떠올렸다.

뭔가 이상하다는 느낌이 계속해서 그의 신경을 건드렸다.

'놀에 대한 정보가 잘못된 건가?'

수십에서 기껏 해봐야 백 마리 남짓이 한 부족을 이룬다는 정보는 경험 많은 용병 출신 병사에게서 들었다. 그런 말을 한 게 그 병사 하나라면 문제였으나, 제닌은 그 뒤로도 많은 병사에게서 비슷한 말을 들었다.

여러 명의 의견.

물론 무턱대고 믿는 것은 미련한 짓이지만, 어느 정도 참고할 수준은 되었다.

제닌은 슬쩍 생각의 방향을 바꿔 보았다. 정보가 아닌 상식적인 측면을 고려했다.

'뭔가가 있어. 그렇지 않고서야. 놀들이 저런 비정상적인 행동을 할 리가 없어.'

동족애, 좋았다. 새끼, 물론 중요할 것이다.

그렇지만 그것도 정도라는 게 있었다.

'아무리 새끼가 중요하다고 해도, 고작 한 마리를 되찾기 위해 수천, 수만에 달하는 무리가 모두 움직일 필요가 있을까?'

이것은 반대로도 해석할 수 있었다.

'만약 이 새끼 놀이 수천, 수만 마리의 놀이 한꺼번에 움직일 정도로 중요한 존재라면?'

인간의 예로 든다면 왕이나 황제의 자녀. 그중에서도 가장 중요한 후계자가 납치된 상황을 떠올릴 수 있었다.

'그 정도라면⋯⋯.'

물론 인간이라면 저렇게 떼로 몰려들기보다는 강력한 힘을 가진 소수정예를 파견할 테지만, 가능성은 충분해 보였다.

'지능 낮은 몬스터가 과연 소수 정예를 파견할까? 그 정도까지 생각할 수 있을까?'

아마 지금처럼 떼로 몰려올 확률이 높아 보였다.

제닌은 고개를 끄덕이며 슬쩍 미니맵을 바라보았다. 쫓기는 상황인 만큼 계속해서 확인할 필요가 있었다.

"응?"

제닌은 의문 어린 목소리와 함께 조금 더 자세히 미니맵을 살폈다.

마차가 달려가는 방향 쪽으로 드문드문 붉은 점이 찍혀 있었다. 그리고 붉은 점은 미니맵의 경계 쪽으로 갈수록 많아졌다.

"벡스! 멈춰!"

벡스가 힘껏 고삐를 잡아당기자 몸이 앞으로 쏠리는 느

낌과 함께 마차의 속도가 줄어들었다.

"대장? 무슨 일이라도……."

벡스는 조심스러웠다. 아까부터 제닌의 심기가 아까부터 별로 좋지 않음을 느꼈기 때문이다.

'이런…….'

마차가 달려가는 방향에 붉은 색 띠가 형성되어 있었다. 마차가 지나온 쪽으로는 여전히 붉은 물결이 밀려드는 상태였다.

'포위됐어!'

제닌은 오싹한 한기를 느꼈다.

'설마 이 황무지에 퍼져 있던 놈들이 전부 모여든 건가?'

말도 안 되는 생각이었으나, 그게 아니고서야 헤아릴 수조차 없는 숫자를 설명할 방법이 없었다.

'대체 정체가…….'

새끼 놀의 정체가 무척 궁금해졌지만, 지금은 그런 고민을 하고 있을 때가 아니었다.

'포위를 피할 방법!'

지금의 제닌에게 가장 중요한 일은 그것을 찾아내는 것이었다.

주변은 널따란 황무지뿐이었다.

제닌은 머릿속에 기억된 지도를 떠올렸다.

가장 가까운 부대라고 해도 최소한 하루는 달려야 하는 거리에 있었다. 더군다나 웬만한 규모의 부대는 순식간에 휩쓸려 나갈 수도 있었다.

성이나 요새를 둘러싼 벽이 있으면 어떻게 그것에 기대 싸울 수 있었을 터였다. 그러나 안타깝게도 그런 곳은 최소한 며칠 단위의 거리였다.

'뭐라도 있으면 좋으련만……'

제닌은 마차 지붕을 박차며 뛰어올랐다. 그와 동시에 이 글아이 스킬을 발동해 주변을 살폈다. 지도가 답을 주지 않으면, 눈으로라도 찾아봐야 했다.

제닌이 방향을 바꿔가며 같은 행동을 몇 번 반복했을 때였다.

'저기다!'

제닌은 눈을 반짝였다.

산이 보였다.

거리도 상당했고, 그리 큰 산도 아니었다. 하지만 뻥 뚫린 황무지보다는 적을 상대하기 훨씬 수월한 곳이 바로 산이었다.

여차하면 지형지물을 이용해 싸울 수도 있었고, 운 좋게 동굴이라도 하나 발견하면 어떻게든 해결책을 낼 수 있을 것 같았다.

"벡스! 내려!"

제닌은 지시를 내린 후 마차에 실려 있던 짐을 인벤토리에 집어넣기 시작했다.

벡스도 눈치는 있었는지, 마차에 묶여 있던 말들을 풀어냈다.

'허! 기특한 짓도 할 줄 아네?'

한없이 가볍기만 했던 벡스의 모습이 지금은 제법 묵직하게 느껴졌다.

'문제는 이게 정말 어쩌다 한 번이라는 점이지만.'

마차는 빠르게 정리되었다. 이 과정에서 커다란 마차가 인벤토리에 들어갈 수 있다는 사실을 발견했으나, 지금 같은 상황에서 놀라거나 신기해하는 것은 시간의 낭비일 뿐이었다.

"벡스! 잘 따라와라!"

말에 오른 제닌의 말에 벡스는 굳은 얼굴로 고개를 끄덕였다.

"끼랴!"

고삐를 내려치자 말이 길을 벗어나 달리기 시작했다.

붉은색 포위망은 점차 좁혀지고 있었다. 온통 빨갛게 변해 버린 미니맵의 모습에 제닌은 기가 질릴 정도였다.

왕! 왕!

등 뒤에서 짖는 소리가 들려왔다.

슬쩍 등 뒤를 바라보자 벡스가 화들짝 놀라 품 밖으로

내민 새끼 놀의 머리를 안으로 밀어 넣고 있었다.

"대, 대장 애, 애는……."

벡스는 제닌의 호통이 떨어질 것 같아 움츠러든 모습이었다. 그러면서도 굳이 새끼 놀을 감싸려 드는 이유가 궁금할 지경이었다.

"그거 잘 간수해라. 어쩌면 그게 우리의 마지막 목숨 줄이 될 수도 있으니까."

"예? 아, 예!"

벡스는 황급히 고개를 끄덕였다.

산이 가까워지기 시작했다. 멀리서는 하나로 보였으나, 쌍둥이처럼 비슷한 높이와 모양의 산 두 개가 나란히 서 있는 모양이었다.

"이글아이."

제닌은 스킬을 사용해 산을 살펴보기 시작했다.

'동굴 같은 것을 발견하면 최상. 없다면 동굴이 있을 법한 장소라도 찾아야 한다.'

무작정 산으로 들어간다고 능사는 아니었다. 은신하거나 수비에 용이한 지형을 찾아내야만 비로소 살아날 확률을 높일 수 있었다.

제닌은 눈이 아프도록 산을 살펴본 후, 몇 군데 포인트를 찾아냈다. 절벽이나 커다란 바위 아래 등, 동굴이 있을 확률이 높거나 방어하기 쉬운 지점들이었다.

"어?"

포위망을 확인하려 미니맵을 바라본 제닌은 의문 어린 목소리를 냈다.

'이게 언제 생겼지?'

산의 중턱에 찍혀 있는 흐릿한 노란색 점이었다. 위치는 절벽 아래. 공교롭게도 제닌이 찍어 둔 포인트 중 하나였다.

'이건 또 뭘까?'

의미 없는 물음이었다. 어차피 노란색 점은 그들이 목표로 하는 곳은 산속에 있었다. 가서 확인하면 될 일이었다.

'왠지 느낌이 좋아.'

온몸의 감각이 그렇게 외치고 있었다. 여기에는 지금까지 일어난 영문 모를 일들이 모두 그에게 도움이 되었다는 점이 크게 작용하기도 했다.

'별것 아니더라도 그냥 지나치고 다른 곳을 찾으면 될 일!'

그러나 제닌의 감각은 그 생각을 정면으로 부정했다.

'분명 무언가 있어! 그것도 큰 도움이 될 만한 무엇!'

제닌의 예측은 빗나가지 않았다.

V

띠링!

귓가를 울리는 경쾌한 소리. 그와 동시에 반짝이는 글귀가 제닌의 눈앞에 떠올랐다.

[D급 던전, 음산한 폐광에 입장하셨습니다.]

노란색 점은 동굴이었다. 제닌은 거의 환호에 가까운 표정을 지으며 동굴로 다가갔다.

동굴 주변은 깨끗했다. 별다른 냄새도 나지 않았다. 이것은 안쪽에 귀찮은 존재가 없다는 의미였다. 맹수나 몬스터는 필연적으로 냄새를 동반하기 때문이다.

제닌은 조심스럽게 동굴 안으로 발을 들여 놓았다. 그 순간, 기이한 일렁거림과 함께 시야가 이지러졌다.

[D급 던전, 음산한 폐광에 입장하셨습니다.]

제닌은 당황스러웠다.

'던전? 음산한 폐광? 이건 또 무슨?'

하지만 글귀는 금세 사라져 버렸고, 눈앞이 반짝이며 또 다른 글귀가 떠올랐다.

[클리어 조건 : 스켈레톤 킹 처치 / 클리어 보상 : 스켈레톤 킹의 반지 / 실패 조건 : 캐릭터의 사망.]

'클리어? 스켈레톤 킹? 캐릭터?'

제닌은 혼란스러운 표정을 지었다. 알아들을 수 없는 말이 너무 많았기 때문이다.

'일단은 상황 파악부터!'

제닌은 머리를 흔들어 복잡한 생각을 털어냈다.

'입구는 최대한 좁혀 놓는 편이 좋을 거야. 놈들이 아예 발견하지 못하는 게 최선이겠지만, 그 많은 숫자로 샅샅이 뒤지다 보면 동굴을 발견할 수밖에 없어. 막다가 안 되겠으면 인벤토리에서 마차를 꺼내버리는 수도 있지.'

제닌은 그렇게 생각하며 몸을 돌렸다. 단단한 암벽이 그를 맞이했다.

'어?'

다시 몸을 돌렸다. 그리고 사방을 둘러보았다. 삼면이 막힌 공간이었다.

'난 분명히 동굴 안쪽을 바라보며 들어왔는데?'

아무리 기억을 되짚어 봐도 확실했다. 불과 몇 분 전의 일이었기에 잊어버리고 싶어도 그럴 수 없었다.

'대체 뭐가 어떻게 된 거지?'

한참을 고민한 끝에 제닌은 자신이 들어온 입구가 막혀버렸다는 결론을 내릴 수밖에 없었다.

'이걸 어떻게 받아들여야 하지?'

단단한 암벽으로 막혀버린 입구. 그 덕분에 쫓아오던 놀 떼는 설사 입구를 찾아낸다 해도 그들을 추격할 수 없을 것이다. 한마디로 정리하자면 놀 떼의 추격에서 벗어났다는 의미였다.

'이거 좋아해야 하는 게 맞는 것 같은데……'

왠지 모를 허탈함이 밀려왔다.

어떻게든 살아 보겠다고 도망치고, 필사적으로 생각을 짜내던 노력이 모두 허사가 된 것 같은 느낌이었다. 팽팽했던 긴장감이 갑자기 풀려버린 탓도 있었다.

"하아……."

제닌은 긴 한숨을 흘리며 벽에 등을 기댔다. 그러다 문득 처음 동굴에 들어섰을 때 나타났던 글귀를 떠올렸다.

'그래. 아직 완전히 끝난 건 아니지.'

제닌은 글귀의 내용을 되짚어 보았다.

'던전이라고 했어.'

던전은 원래 지하감옥을 뜻하는 말이었다. 하지만 마법사들이 땅굴이나 동굴 같은 곳에 지어놓은 비밀 연구실을 뜻하기도 했다.

'물론 일반적으로 알려진 던전과는 다르겠지.'

제닌은 두 번째 글귀도 되짚어 보았다.

'클리어는 대충 성공이란 뜻으로 생각하면 될 거야. 즉, 스켈레톤 킹이란 몬스터를 처치하면 성공이라는 뜻이겠군.'

제닌은 지그시 눈을 감은 채 생각을 정리했다.

무작정 움직이는 것보다는 침착하게 따져본 다음 움직이는 편이 좋았다. 게다가 던전의 클리어 조건에 나와 있듯이 앞으로 전투가 벌어질 확률이 높았다.

'어차피 죽으면 끝이니 당연히 실패하는 거겠고. 스켈레톤 킹의 반지? 이건… 느낌이 꽤 좋은데?'

제닝은 생각을 정리하는 동안 각각의 단어가 주는 느낌에도 주목했다. 감각이라는 능력치가 어떤 역할을 하는지 조금은 알 것 같았다.

'반면 스켈레톤 킹은 오싹한 느낌이었어.'

제닝은 그것을 지금의 능력으로 쉽게 상대할 수 있는 적이 아니라는 의미로 받아들였다.

'딱, 그놈 하나만 나오는 것은 아닐 테니.'

강해질 방법은 얼마든지 있었다.

'일단은 천천히 가보는 거야.'

제닝이 그렇게 생각을 정리할 때였다.

"으아아아아악!"

우렁찬 소리가 동굴을 쩌렁쩌렁 울렸다.

'벡스?'

눈을 뜬 제닝은 오른쪽 위의 미니맵을 살폈다. 그리 멀지 않은 곳에 연한 푸른색 점이 빛나고 있었다.

'저 자식은 또 언제 움직인 거야?'

슬그머니 짜증이 치밀어 올랐다.

'이게 죽을 위기에서 벗어난 지 얼마나 됐다고 저렇게 멋대로 돌아다니는 건데? 여기에 뭐가 있을 줄 알고?'

제닝은 신경질적인 표정을 지으면서도 벡스가 있는 쪽으로 달려갔다. 미우나 고우나 벡스는 부하였다. 책임을 져야 할 존재라는 뜻이었다.

241

"요즘 좀 풀어줬더니 이제 막 나가는 것 같은데……."

제닌은 주먹을 말아 쥐었다.

"교육은 해야지. 아주 제대로. 다시는 이런 일이 벌어지지 않을 만큼!"

VI

'이게 스켈레톤이라는 놈이군.'

오로지 뼈로만 이루어진 놈이었다. 살점 하나 붙어있지 않았고 무기나 방어구 역시 없었다. 놈의 머리 위에는 친절하게 [스켈레톤]이란 이름표까지 붙어 있었다.

'뼈의 형태로 보면 인간이었나?'

따닥. 딱딱딱!

제닌이 다가가자 스켈레톤들은 턱뼈를 마주쳐 소리를 내기 시작했다. 그리고 근처에 다다랐을 때, 앙상한 팔뼈를 휘둘렀다.

속도는 평범한 사람보다 오히려 느렸다. 특히 석궁의 쿼럴도 꿰뚫어보는 제닌의 눈에는 하품이 나올 정도의 속도였다.

팔을 피해낸 제닌은 인벤토리에서 검을 소환해 휘둘렀다. 노리는 곳은 스켈레톤의 허리.

스걱. 파사삭.

그리 큰 힘을 주지 않았음에도 스켈레톤의 허리는 깔끔하게 잘려나갔다.

'고작 이런 걸 무서워했단 말이야?'

제닌은 슬쩍 벡스가 있는 쪽을 바라보았다. 벡스는 바닥에 머리를 박은 채 끙끙거리고 있었다.

'하긴, 전투력이 문제가 아니었나?'

덩치와 인상만으로는 마왕도 때려잡을 듯 보이는 벡스였지만, 그는 유독 유령과 같은 것들을 무서워했다.

그럴 수도 있었다. 덩치만 컸지 나이는 열일곱에 불과했기 때문이다.

그러나 이해와 용납은 별개의 문제, 두려움에 질려 도망온 벡스를 제닌은 그냥 둘 수 없었다.

'그나저나 빛 한점 없는 것치고는 꽤 잘 보이는데?'

스켈레톤이 그리 위협이 되지 않음을 느끼자 문득 궁금함이 들었다.

제닌은 주변을 둘러보았다.

광원은 없었다. 그럼에도 동굴 안은 초저녁 정도의 어스름한 밝기를 유지했다.

'알 수 없는 일이 한둘이 아니니 원……'

근래에는 온통 원인 모를 일들의 연속이었다.

처음에는 어떻게든 이유를 찾아보려 노력했으나, 도무지 찾아낼 수 없었다. 그런 일이 반복되다 보니 제닌은 언젠가부터 원인을 찾는 것을 포기하게 되었다.

차라리 그렇게 넘기고 받아들이는 편이 차라리 나았던 것이다.

딸깍.

발아래 쪽에서 뼈 부딪치는 소리가 들려왔다.

"흐음…….. 반으로 나뉘어도 움직이는군."

아래를 내려다본 제닌은 상체만 남은 채 팔을 휘두르는 스켈레톤을 바라보았다. 신기하다는 표정이 그의 얼굴에 어려 있었다.

딸깍. 딸깍. 딸깍.

잠시 생각하는 사이 나머지 스켈레톤들이 제닌을 향해 모여들고 있었다.

"내가 아직 궁금한 게 좀 많으니, 설명 좀 해줬으면 좋겠어."

카각. 뽀각. 빠각!

하얀 뼈들이 허무하게 부서져 내렸다.

스켈레톤은 약했다. 전투력만 따져보면 일반인들도 충분히 상대할 수 있을 듯 보였다.

물론 제닌은 한 가지 방식으로만 공격하지 않았다. 스켈레톤의 약점을 찾아내기 위해 실험하듯 이곳저곳을 두드렸다.

던전 클리어 조건을 위한 대비였다.

'뼈 자체는 단단하지만, 연결부위가 약해. 날붙이보다 는 둔기가 효과적이겠고, 한 방에 처치할 수 있는 약점은 두개골.'

제닌이 스켈레톤에 대한 간단한 분석을 마쳤을 때였 다.

사아아악.

흩어진 스켈레톤들의 뼈에서 하얀 빛가루가 피어오르더 니 제닌의 몸을 향해 날아왔다.

"뭐, 뭐야?"

제닌은 황급히 뒤로 몸을 뺐으나, 하얀 빛가루의 속도는 그보다 훨씬 빨랐다.

제닌은 몸에 힘을 주며 대비했다. 하지만 충격이나 통증 같은 것은 느껴지지 않았다.

띠링!

제닌은 귓가를 울리는 소리에 흠칫 놀라며 말을 멈췄 다.

[전투 종료. 누적 경험치 22를 획득했습니다.]

눈앞에 떠오른 글귀. 제닌은 눈을 동그랗게 떴다.

"스테이터스!"

제닌은 황급히 스테이터스 창을 소환했다.

[이름 : 제닌, 종족 : 인간, 나이 : 21, 레벨 : 16(1440/1496), 근력 30, 순발력25, 지능14, 지혜14, 활력

16, 감각31, 보너스 포인트10]

'정말 올랐어! 경험치가!'

제닌은 뛸 듯이 기뻤다.

몬스터와의 전투로 인한 경험치 획득 여부.

이것은 원래는 놀 부족을 유인해 실험해보려고 했던 가정이었다. 그러나 어마어마하게 몰려온 놀 떼 덕분에 생명의 위협만 느끼고 실험은 할 수 없었다.

우연히 발견한 던전은 제닌에게는 그야말로 행운이라고 할 수밖에 없었다. 목숨을 보전해주는 것은 물론이거니와 더욱 강한 힘을 얻을 기회이기도 했다.

'그 빛무리가 경험치를 나타내는 거였나?'

단순히 그렇게 생각하기에는 아직 정보가 모자랐다. 벡스와 대련을 할 때에는 빛무리가 없었다.

'중요한 것은 경험치가 올랐다는 거지!'

경험치는 곧 레벨 업을 뜻했고 또한, 이것은 그가 강해지는 것을 의미했다.

왕!

새끼 놀의 소리가 들려왔다.

던전을 무사히 클리어하고 밖에 나갔을 때, 놀 떼가 기다리고 있을 수도 있었다. 그때를 대비한 보험용으로 살려두었는데, 하는 짓이 제법 귀여웠다.

시선을 내려다보니 새끼 놀은 꼬리를 살랑거리며 제닌

의 다리에 몸을 비비고 있었다. 겉모습은 약간 다르지만 하는 짓은 영락없는 강아지였다.

또랑또랑한 눈망울로 제닌을 올려다보는 새끼 놀의 입에는 둥그런 물체가 물려 있었다.

"그건 또 뭐냐?"

제닌이 손을 내밀자 새끼 놀이 물었던 물체를 그 위에 떨어뜨렸다.

"브론즈?"

익숙한 동전이었다. 주변을 살펴보니 백여 개 정도 돼 보였다.

'스켈레톤을 처치하면 돈을 준다?'

이제 더는 이유를 찾기 위해 고민하지 않았다. 그저 자신에게 벌어지는 현상을 있는 그대로 받아들일 따름이었다.

그편이 마음도 편했고, 심력의 낭비도 없었다.

게다가 그 심력을 가지고 자신에게 벌어지는 현상을 더 유리한 쪽으로 활용할 것에 사용하는 게 훨씬 유리했다.

'이거 갈수록 흥미진진해지는데?'

몬스터를 처치하고 돈을 받는다. 마치 용병 같지 않은가?

게다가 몬스터 사냥처럼 가죽을 벗기고 중요한 부위를

도려내는 등의 귀찮은 일이 없었다.

'이왕이면 간편하게 실버로 줄 것이지. 아니지, 조금 더 강한 놈을 잡으면 실버를 줄지도 모르잖아?'

제닌의 눈동자가 초롱초롱 빛나기 시작했다.

왕! 왕!

새끼 놀이 제닌의 근처를 돌며 방방 뛰었다. 왠지 칭찬을 바라는 것 같은 행동이었다.

"그래! 잘했다. 벡스보다 차라리 네가 더 낫다!"

왕! 왕!

새끼 놀이 더욱 신나게 뛰어다녔다.

"끄응!"

한쪽 구석에서 머리를 박고 있던 벡스의 입에서 신음이 새어 나왔다.

제닌의 입가에 미소가 스쳤다.

"말 잘 듣지. 말썽 안 부리지. 눈치 빠르지. 가끔 애교도 부리지. 뭐, 만날 사고만 치는 누구랑 다르게 예뻐할 수밖에 없잖아?"

"끄으으응!"

벡스의 신음이 커졌다.

그런 벡스를 향해 새끼 놀이 쪼르르 달려갔다. 그리고 벡스의 다리를 타고 올라가 허리 부분에 철퍼덕 주저앉았다.

248

왕! 왕! 왕!
왠지 모를 승자의 여유 같은 게 느껴졌다.

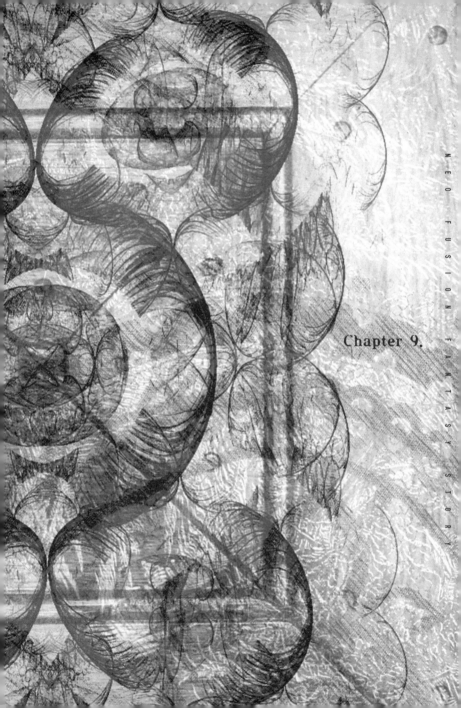

Chapter 9.

Chapter 9.

ROYAL
ROADER

I

스컹.

하얀 두개골이 둥실 떠올랐다. 두개골에는 [스켈레톤 아
처]라는 이름표가 붙어 있었다.

딱. 딱. 따닥!

떠오른 두개골은 뭔가를 깨물려는 듯 쉴 새 없이 이빨을
마주쳤다. 그러나 제닌은 그 노력에 호응해줄 정도로 아량
이 넓지 않았다.

그 대신 제닌은 빠르게 상체를 돌렸다.

차앗!

짧은 기합과 함께 하체가 마저 돌아갔다. 한 바퀴를 다
돌아갈 때쯤 다리가 펼쳐졌다. 솟아오른 제닌의 발등은 그

대로 스켈레톤 아처의 두개골을 후려쳤다.

쏜살같이 날아간 두개골이 동굴 벽에 부딪혔다.

빠각!

일반인이 들었다면 소름이 돋아날 만한 소리가 울려 퍼졌다. 반면, 제닌의 입가에는 진한 미소가 그려지고 있었다.

바로 경험치가 올라가는 소리였기 때문이다.

풀썩.

낡은 활을 든 스켈레톤 아처가 무너져 내렸다. 주변에는 그것과 같은 꼴을 겪은 스켈레톤들의 뼈가 즐비했다.

뼈들은 얼마 지나지 않아 빛으로 변해 제닌의 몸으로 흡수되었다.

[전투 종료. 누적 경험치 36을 획득했습니다.]

"됐다! 스테이터스!"

제닌은 재빨리 상태창을 소환했다.

[이름 : 제닌, 종족 : 인간, 나이 : 21, 레벨 : 16(1502/1496 레벨 업 가능), 근력 30, 순발력25, 지능14, 지혜14, 활력16, 감각31, 보너스 포인트10]

'레벨 업 가능!'

제닌은 오로지 글귀에 주목했다. 그와 동시에 그의 얼굴에 환한 미소가 떠올랐다.

"됐어! 예상한 그대로야!"

제닌은 움켜쥔 주먹을 부르르 떨었다. 그리고 떨리는 손가락을 움직여 레벨 업 가능이란 글귀를 건드렸다.

[레벨 업을 진행하시겠습니까?]

"당……."

허락하려던 제닌이 입을 다물었다.

"이걸 꼭 지금 할 필요가 있나?"

제닌은 레벨 업을 했을 때의 결과를 떠올려 보았다.

"샘솟는 힘, 극도의 쾌감, 그리고… 상처의 회복!"

가장 중요한 것은 상처의 회복이었다.

'치열한 전장, 위기에 몰린 상황에서 갑자기 모든 상처가 치료된다면? 거기에 샘솟는 힘까지 더해진다면?'

거기까지 생각이 미친 제닌은 저도 모르게 소리쳤다.

"이건 여분의 생명이야!"

"예? 무슨 생명 말입니까?"

한참 떨어진 뒤쪽에서 벡스의 목소리가 들려왔다. 흥분한 제닌의 외침을 들은 모양이었다.

"흐흠! 생명은 무슨? 죽기 싫으면 뼈다귀들 다시 나오기 전에 얼른 이것들이나 주우라고!"

제닌은 헛기침을 터뜨리며 주변에 떨어진 동전을 가리켰다.

'그러고 보니 저 녀석은 이미 여분의 생명을 가지고 있잖아?'

제닌은 열심히 동전을 줍는 벡스를 바라보았다. 그런 벡스의 머리 위에서는 새끼 놀이 짖어대고 있었다.

마치 빨리 움직이라고 채근하는 듯했다.

'경쟁을 시키는 게 생각보다 효과가 있단 말이지. 물론 경쟁 대상이 새끼 놀이라는 게 문제겠지만.'

제닌은 징계의 의미에서 벡스의 서열을 새끼 놀보다 아래로 내렸다. 물론 앞으로 잘하면 다시 올려준다는 조건이었다.

그 뒤로 벡스는 전처럼 제닌의 말에 토를 달지도 않았고, 시킨 일을 최대한 빨리해내기 위해 노력했다.

'당분간은 저대로 두는 편이 낫겠지. 확실히 몸에 밸 때까지는.'

벡스는 무식했다. 그래서 단순했다.

마음에 와 닿는 목표를 정해주면 무식할 정도로 추진력 있게 행동했다. 다만, 목표가 사라지면 다시 예전처럼 풀어질 거라는 점이 문제였다.

'레벨 업도 위험한 상황이 오지 않으면 굳이 시켜줄 필요가 없겠고. 더 강해졌다가 괜히 대들기라도 하면 곤란하니까.'

물론 높은 충성도 때문에 그럴 가능성은 희박했지만, 자칫 뒤통수라도 맞으면 골치 아파진다.

"벡스! 다 줍고 천천히 따라와라!"

생각을 정리한 제닌은 가벼운 걸음으로 전진했다.

Ⅱ

던전의 형태는 개미굴을 연상시켰다.

구불구불한 좁은 통로를 나아가다 보면 원형의 공터가 나타났고, 그 안에는 한 무리의 스켈레톤들이 기다리고 있었다.

'이대로 가면 스켈레톤 킹쯤이야!'

너무 쉬웠다.

아무런 장비도 갖추지 않은 스켈레톤은 적당한 무기를 든 일반인들도 충분히 상대할 수 있을 정도였고, 무기를 들고 있는 놈들 역시도 훈련된 병사라면 충분히 상대할 수준이었다.

나름대로 조합을 맞췄는지 창, 칼, 방패, 활을 든 놈들이 나왔지만 무기술은 엉망이었고 호흡조차 전혀 맞지 않았다.

전형적인 오합지졸의 모습. 이에 반해 제닌은 훈련된 정예 블러디 울프를 쓸어버린 전적이 있는 몸이었다.

게다가 전투를 끝낼 때마다 경험치는 꼬박꼬박 들어와 어느덧 1600에 육박하고 있었다.

또한, 놈들을 쓰러뜨리면서 떨어뜨린 브론즈 동전도 상

당했다. 물론 이미 20만 골드가 넘는 돈을 가진 제닌에게는 별것 아니었으나 벡스는 눈이 벌게지도록 동전을 줍고 있었다.

"자! 다시 가볼까?"

제닌은 시야의 왼쪽 위에 있는 붉은 막대가 끝까지 채워진 것을 확인한 후 몸을 일으켰다.

붉은 막대가 상징하는 것은 다름 아닌 체력. 던전에서의 전투를 통해 알아낸 성과 중 하나였다.

처음에 가득 차 있던 붉은 막대는 전투가 끝난 뒤에는 항상 약간 줄어들어 있었다. 그리고 휴식을 취하거나 물이나 음식을 섭취하면 천천히 차올랐다.

혹시나 하는 마음에 칼을 들어 몸에 살짝 생채기를 내보았다. 그러자 붉은 막대가 약간 줄어드는 것이 눈에 들어왔다.

놀라운 것은 휴식과 함께 음식물을 섭취하자 붉은 막대가 차올랐고, 그와 동시에 생채기 역시 사라졌다는 점이었다.

사지가 잘리고, 장기가 상하는 큰 상처도 회복되는지는 아직 실험할 수 없었다. 그야말로 목숨을 걸어야 했기 때문이다.

그렇지만 제닌은 자신의 체력 상황을 객관적으로 파악할 수 있다는 점과 휴식과 음식물의 섭취로 놀라운 회복력을 기대할 수 있다는 사실만으로도 충분히 만족스러웠다.

오른쪽 위의 미니맵에 원형의 공터가 나타났다. 그 안에는 붉은 점 몇 개가 찍혀 있었다.

'오너라! 나의 경험치들아!'

제닌은 발끝에 힘을 더했다.

"엇!"

제닌은 고개를 갸웃했다.

무언가 달랐기 때문이다.

"저것들은 죽기 전에 뭘 처먹었기에 색깔이 저래?"

뼈의 색깔이 푸르스름했다.

어스름한 빛에서도 구별이 가능할 정도였으니, 밝은 곳에서 보면 완연한 파란색일 터였다. 두개골 위에 붙은 이름표에는 [스켈레톤 워리어]라는 글자가 적혀 있었다.

"색깔이 파래도 뼈다귀는 뼈다귀지. 제까짓 게."

제닌은 땅을 박차며 뛰어올랐다. 그리고 힘껏 검을 내리쳤다.

깡!

'막혀?'

쉬익.

공격이 막힘과 동시에 옆쪽으로부터 바람 소리가 들려왔다.

'연계공격이라니!'

그것도 보통의 연계공격이 아니었다. 옆에서 공격해 오는 놈은 제닌이 뛰어오르는 것을 보고 미리 공격을 준비했던 것이다. 그렇지 않고서야 제닌의 공격이 막힘과 동시에 공격해 들어올 수는 없었다.

제닌은 살짝 당황했다.

지금까지 그가 상대해 왔던 스켈레톤 시리즈는 오합지졸 수준이었다. 반면 지금 상대하는 스켈레톤 워리어는 거의 숙련된 기사 수준의 연계공격을 보여주고 있었다.

제닌은 팔에 힘을 주어 검을 밀었다. 반동을 이용해 물러설 생각이었다.

그러나 맞대고 있던 검에서 밀어내는 힘이 느껴지지 않았다. 그의 검을 막았던 스켈레톤 워리어가 순간적으로 검에 힘을 뺐기 때문이다.

부웅!

제닌의 검은 휘둘러졌다. 밀어낼 생각으로 과도하게 힘을 실었던 탓에 몸의 균형은 흐트러졌다.

'이, 이런!'

쉬익!

날카로운 물체가 바람을 가르는 소리는 섬뜩했다.

등줄기를 타고 소름이 돋아났다.

당혹스러웠다.

머릿속이 온통 하얗게 물들 지경이었다.

"대, 대장!"

다급한 벡스의 목소리가 제닌의 정신을 일깨웠다.

"출고! 마적단의 핼버트!"

손아귀에서 묵직함이 느껴짐과 동시에 제닌은 그것의 자루로 바닥을 찍었다. 그 순간 옆에서 날아오던 공격이 핼버트의 자루를 때렸다.

깡!

마적단의 핼버트가 휘청거리며 힘이 실린 방향으로 기울어졌다.

이번에는 제닌이 예상한 결과 그대로였다.

그 사이 바닥에 발이 닿았다. 제닌은 자세를 낮추며 기울어지는 힘을 그대로 이용해 핼버트를 휘둘렀다.

핼버트는 정면과 옆에서 공격했던 스켈레톤 워리어들의 다리를 동시에 휩쓸었다.

스것!

네 개의 다리가 정강이 부분에서 깔끔하게 잘려나갔다.

제닌은 곧바로 뒤로 물러났다.

스스슷!

쓰러지면서도 검을 휘두르는 스켈레톤 워리어의 공격이 그의 눈앞을 스쳐 지나갔다.

'제닌! 이 자식아! 정신 차려라! 뒈지기 싫으면!'

제닌은 스스로에게 욕설을 퍼부었다.

머릿속에 '방심은 죽음의 길잡이'라는 말이 떠올랐다.

방심했다.

솔직히 그럴 수밖에 없기도 했다. 워낙 손쉬운 적을 상대하다 보니 어느새 생각의 수준이 그것에 맞춰진 것이다. 그런 상태에서 갑자기 월등히 수준이 상승한 적을 맞이했으니 곤란을 겪은 것은 당연했다.

'이 병신 같은 자식아!'

제닌은 손마디가 하얗게 되도록 헬버트를 움켜쥐었다.

'벡스랑 같이 다니더니, 지능이 그놈 수준으로 맞춰진 거냐?'

예전보다 강해지기는 했다. 그러나 그것은 단순한 육체적인 능력의 향상으로 인한 강함이었다.

'그저 남들보다 힘이 조금 세고, 조금 더 빠를 뿐이다. 만약 제대로 된 고급 검술을 익힌 고위 기사를 만나도 이길 수 있을 것 같냐?'

쉽사리 확신할 수 없었다. 솔직히 말하자면 제닌은 패배를 확신했다.

다다다다다닥.

스켈레톤 워리어들이 모여들고 있었다.

총 숫자는 다섯. 다리가 멀쩡한 세 놈은 웬만한 기사와 비등한 속도로 달려드는 중이었고, 다리를 잘린 두 놈은 상체만 남은 채 바닥을 기어왔다.

제닌은 다가오는 놈들을 보며 입술을 짓씹었다.

한 가지만큼은 확실해 보였다.

"정신 똑바로 차려라!"

어느샌가 잊어버리고 있던 것이 문득 떠올랐다.

치열함.

생사를 오가는 전장에서 지금껏 제닌의 목숨을 부지시켜준 것은 바로 그 치열함이었다. 그는 항상 긴장했고, 항상 고민했다. 그리고 치열하게 행동했다.

'나태했었다. 그러니 병신같이 되지도 않는 음모 따위에 빠졌겠지.'

바짝 긴장한 상태였다면 명령서를 받은 즉시 의문을 품었을 것이다. 그리고 부대를 나서기 전 만반의 준비를 했을 것이다.

만약 레벨 업을 경험하지 못했다면, 제닌은 블러디 울프의 고문 속에 신음하며 죽어갔을 터였다.

이만하면 정신이 번쩍 들만도 했을 텐데, 힘을 얻음으로써 다시 긴장이 풀어져 버렸다. 블러디 울프를 도륙하고 쉐도우리스마저도 꼼짝 못 하게 만들었던 힘에 취해버린 탓이었다.

'여분의 생명? 그따위 안일한 생각을 하니까 뒈지는 거다.'

제닌은 시야 구석의 '+' 표시를 눌렀다.

[레벨 업을 진행하시겠습니까?]

"진행한다."

환한 빛무리가 제닌의 몸을 감싸 안았다. 그와 동시에 제닌은 땅을 박차며 스켈레톤 워리어에게 달려들었다.

"크흐흐흐!"

샘솟는 힘, 몸속을 치닫는 쾌감 속에서 제닌은 음침하게 웃었다.

"차근차근 갈아주마!"

부우우웅!

핼버트가 공중을 갈랐다.

정면에 있던 스켈레톤 워리어가 검을 들어 막았다. 하지만 이번 공격은 전과 달랐다.

쩽강!

검은 부러졌고, 핼버트는 여세를 몰아 계속 나아갔다. 푸르스름한 두개골이 둥실 떠올랐다.

쉬이이익!

양옆에서 날카로운 바람 소리가 들려왔다.

처음 그를 곤란하게 했던 것과 같은 패턴.

"이것들이! 내가 뇌 없는 벡스로 보이나!"

제닌은 그대로 허리를 숙이며 회전력을 더해 한 바퀴 휘돌았다. 손에 들린 핼버트도 덩달아 돌았다.

스컹! 스컹!

깔끔한 소리.

양옆에 있던 스켈레톤 워리어들의 상체가 동시에 공중으로 떠올랐다.

콰득!

핼버트를 바닥에 박으며 양손을 뻗었다. 스켈레톤 워리어 두 마리의 두개골이 손아귀에 들어왔다. 제닌은 양손을 힘껏 부딪쳤다.

빠각!

푸르스름한 뼛조각이 사방으로 튀었다.

제닌은 양손을 탈탈 털며 발을 들었다. 그의 발아래에는 정면에 섰던 스켈레톤 워리어의 두개골이 턱을 딱딱거리고 있었다.

콰직!

가볍게 밟아준 후 그 뒤쪽을 바라보았다.

따그락. 따그락.

상체만 남은 채 기어오는 두 구의 스켈레톤 워리어가 눈에 들어왔다.

"스테이터스."

스테이터스 창을 소환한 제닌은 총 15의 보너스 포인트 중 순발력에 5, 활력에 10 포인트를 투자했다.

제닌은 일단 전투력에 관련된 수치들의 균형을 맞추려했다. 일단 고르게 만든 다음, 가장 효율적인 분배를 연구해서 능력치를 개발할 생각이었다.

[이름 : 제닌, 종족 : 인간, 나이 : 21, 레벨 : 17(1622/1785), 근력 30, 순발력 30, 지능 14, 지혜 14, 활력 26, 감각 31, 보너스 포인트 0]

온몸이 간질거리며 변화가 느껴졌다. 몸이 가벼워지고 피부가 단단해지는 느낌은 제닌의 마음을 흡족하게 했다.

콰득.

제닌은 바닥에 박힌 마적단의 핼버트를 뽑아들고 뒤를 돌아보았다.

"벡스."

제닌은 나직한 목소리로 벡스를 부르며 손가락을 까딱거렸다.

"예, 옙!"

벡스가 황급히 달려왔다. 군기가 바짝 든 모습에 제닌의 표정은 살짝 부드러워졌다.

"처리해."

제닌은 엄지로 자신의 등 뒤쪽을 가리켰다.

따닥! 딱딱딱!

상체만 남은 스켈레톤 워리어 두 구가 턱을 딱딱거리며 다가오는 중이었다.

"대, 대장……."

제닌의 입매가 비틀렸다.

"놈들을 처리하면 아주 좋은 걸 주지."

"조, 좋은 거요?"

"그래. 좋은 거."

왕! 왕!

벡스의 머리 위에 올라가 있던 새끼 놀이 짖어댔다.

마치 자신에게도 좋은 걸 달라는 듯했다.

"뭐, 네가 처리하면 줄 수도 있고."

왕! 왕! 왕!

새끼 놀이 벡스의 머리 위에서 뛰어내렸다. 그리고 바닥을 박차며 스켈레톤 워리어를 향해 달려갔다.

"어! 어? 어!"

벡스는 안타까운 얼굴로 발을 동동 굴렀다.

좋은 걸 받고 싶기는 한데, 아직 스켈레톤에 대한 두려움이 남아 있었다.

"저러다 쟤, 죽을 수도 있어."

제닌은 은근한 목소리로 말했다.

상대는 대장인 제닌마저도 살짝 곤란하게 했던 몬스터였다. 비록 상체만 남았다지만 아직 날카로운 검을 들고 있었고, 그것을 휘두를 힘이 있었다. 반면, 새끼 놀은 그저 새끼 놀일 따름이었다.

벡스는 처음 봤을 때부터 새끼 놀을 예뻐했고, 서열이

역전된 상황에서도 머리 위에 올라가 있는 새끼 놀이 떨어질까 조심스럽게 움직이고는 했다.

이대로 두면 새끼 놀이 죽을 게 빤했다.

"으아아아! 나도 모르겠다!"

벡스는 눈을 질끈 감고 앞으로 내달렸다. 그리고 스켈레톤 워리어 앞에서 세차게 도약했다.

쿵!

체중을 실은 벡스의 발은 스켈레톤 워리어의 두개골을 뭉개 버렸다.

푸르스름한 가루가 피어올랐다.

'거봐? 별거 아니잖아?'

제닌이 피식 웃었다.

아직 던전은 끝나지 않았다. 얼마만큼 진행이 되었는지도 몰랐고, 얼마나 더 남아있는지도 몰랐다.

또한, 던전 클리어를 위해 최종적으로 처리해야 할 보스는 스켈레톤 킹이었다. 명색이 스켈레톤의 왕이니 그 아래에는 기사나 마법사 같은 고급 전력이 있는 게 당연했다.

홀로 강해지는 데에는 한계가 있었다. 하지만 제닌은 혼자가 아니었다. 둔하고, 멍청하고, 가끔 사고를 좀 치긴 해도, 전투력만큼은 모자라지 않는 벡스가 있었다.

'실수지. 매일같이 구박받는 게 안쓰러워 보여 이 녀석

을 데려온 것 자체가 실수였어. 지금 당장 다른 대책이 없으니, 쓸만하게라도 만들 수밖에.'

제닌에게는 어쩔 수 없는 선택이었다.

Ⅲ

"대장은?"

"시, 신이다?"

제닌은 천천히 고개를 가로저었다. 원하는 대답이 나오기는 했으나 목소리가 마음에 들지 않았다.

"다시! 대장은?"

"신입니다!"

벡스의 목소리가 동굴 안을 쩌렁쩌렁하게 울렸다. 그제야 만족한 듯 제닌이 히죽 웃었다.

"신의 축복을 내려주지."

벡스를 지그시 바라보자 스테이터스 창이 떠올랐다.

[이름 : 벡스, 종족 : 인간 나이 : 17세, 레벨 : 5(207/55 레벨 업 가능), 충성도 : 94, {세부 능력치}]

제닌은 그중에서 레벨 업 가능이란 글귀를 건드렸다.

[부하 벡스의 레벨 업을 진행하시겠습니까?]

"허락한다."

벡스의 몸 주위에 환한 빛무리가 피어올랐다.

"이, 이게! 대, 대장! 흐어어어어어!"

벡스는 갑작스러운 빛에 당황하다가 이내 묘한 신음을 내지르기 시작했다. 힘이 샘솟는 듯한 느낌. 그와 더불어 몸속을 치닫는 극도의 쾌감은 생전 처음 경험하는 것이었다. 제닌이 그를 부하로 받아들이면서 겪었던 것과는 느낌 자체가 전혀 달랐다.

쾌감은 강렬했지만 강렬한 만큼 짧기도 했다.

"허억! 허억! 대, 대장 이게 대체 무슨 일입니까?"

겨우 정신을 차린 벡스가 물었다.

"신의 축복."

"저, 정말 대장이 시, 신이십니까?"

띠링!

[부하 벡스의 충성도가 MAX에 도달했습니다.]

"허어……."

좋은 일이기는 한데, 어쩐지 머리가 지끈거렸다.

왕! 왕! 왕!

아래에서 새끼 놀이 짖어댔다. 벡스가 상을 받은 것 같으니 자기도 상을 달라는 것 같았다.

"옜다."

제닌은 인벤토리에서 붉은 짐승의 고기를 꺼내 내밀었다. 새끼 놀은 허겁지겁 먹어 치우더니 다시금 또랑또랑한 눈으로 제닌을 바라보았다.

'귀엽긴 하네.'

제닌은 피식 웃으며 고기 하나를 더 꺼내 내밀었다. 그
마저도 순식간에 먹어 치운 새끼 놀이 제닌의 다리에 몸을
비비적거렸다.

띠링!

[대상의 호감도가 기준치를 넘어섰습니다. 대상을 펫으
로 받아들이겠습니까?]

'허…… . 애완동물까지?'

정말 이제는 어떤 것까지 가능할지 추측하기도 힘들었
다. 또한, 제닌은 이 펫이란 말이 일반적으로 알려진 애완
동물과는 분명 다를 거라는 느낌이 들었다.

'이건 좋은 거야!'

그의 감각이 그렇게 외쳐댔다.

"승낙한다."

[펫의 이름을 정해 주십시오.]

"이름? 뭘로 한다?"

"엇! 대, 대장! 이름 있습니다!"

제닌의 중얼거림을 들었는지, 옆에 있던 벡스가 황급히
끼어들었다.

"뭔데?"

"제니요. 처음 딱 봤을 때, 어찌나 귀여워 보이던지. 이
름도 딱 어울리지 않습니까?"

제닌의 눈썹이 격렬하게 꿈틀거렸다.

자신의 이름에서 그저 받침 하나 뺀 것에 불과하지 않은가!

"벡스."

"옙! 대장도 좋죠?"

벡스는 아주 자신감 넘치는 목소리로 대답했다.

"대가리 박아."

"왜……."

벡스는 억울함이 가득한 표정을 지으면서도 순순히 바닥에 머리를 심었다.

'이 자식… 일부러 한 게 아닌가?'

일부러 한 것이든 아니든, 제닌은 펫에게 제니란 이름을 붙일 생각이 전혀 없었다.

"흐음……. 무엇으로 하지?"

"제니요! 제니! 제니라니까요!"

"벡스, 다리 하나 들어."

"허업! 제니가 좋은데……."

벡스는 울상을 지으며 바닥에 머리를 박은 상태에서 다리 하나를 들어 올렸다.

'저 자식은 정말 모르는 거야. 자기가 뭘 잘못했고, 왜 그게 잘못인지를!'

머리가 다시 지끈거려왔다.

'후……. 그냥 신경을 끄자. 신경을 꺼!'

정신건강과 심력의 보전을 위해서는 차라리 그편이 나아 보였다.

펫의 이름에 대해 고민하던 제닌은 갑자기 새끼 놀의 목덜미를 잡고 들어 올렸다. 그리고 유심히 어딘가를 바라보았다.

"없군."

다시 턱을 만지작거리며 생각하던 제닌이 마침내 입술을 뗐다.

"좋아. 마리. 펫의 이름은 마리로 한다."

제닌의 말이 끝난 순간 새끼 놀의 몸에서 환한 빛무리가 피어났다.

"어, 엇! 제, 제니!"

갑자기 뿜어진 빛무리에 벡스가 놀란 목소리를 토했다. 어떻게든 살펴보려 몸을 움찔움찔했지만, 바닥에서 머리를 떼지는 않았다. 예전 같았으면 벌떡 일어났겠지만, 그나마 명령을 지키는 모습이었다.

잠시 후, 빛무리가 사그라지며 새끼 놀의 모습이 다시 드러났다.

'변했군.'

제닌은 손아귀가 묵직해졌음을 느꼈다. 무릎 정도의 키였던 것이 이제는 허리에 다다를 정도로 자라났다. 그뿐만 아니라 생김새 역시 묘하게 달라졌다.

온몸 가득했던 털이 일부분만 남기고 사라졌다. 그 사이로 살구색 피부가 드러났다. 머리 위에는 개와 비슷한 귀가 있었고, 코와 입 주변은 살짝 튀어나왔다.

마치 인간과 늘을 적당히 섞어 놓은 듯한 느낌의 소녀. 머리 위에는 [lv 1. 마리(Pet)]이라는 이름표가 붙어 있었다.

"벡스. 일어나."

벌떡 일어난 벡스는 주변을 두리번거렸다.

"제, 제니? 대, 대장! 제니가 사라졌습니다!"

'후……. 이것이 지능 6과 지혜 4의 한계인가? 아쉬운 대로 10 정도만 맞춰도 말귀는 잘 알아들을 것 같은데 말이야.'

할 수만 있다면 좀 올려주고 싶었다.

문제는 보너스 포인트를 사용해서 올리고 싶은 능력치를 올릴 수 있는 제닌과 달리, 벡스는 레벨 업을 하면서 저절로 수치가 올라간다는 사실이었다.

'그렇다고 공부를 시킬 수도 없고…….'

벡스가 공부하는 모습은 아예 떠올리는 것조차 힘들었다. 제닌은 한숨을 내쉬며 손가락으로 마리를 가리켰다.

"얘가 아까 그 새끼 놀이었거든. 지금은 마리."

"마, 말도 안 됩니다. 제니가 어떻게……."

마리는 자신을 향해 손가락질하는 벡스를 바라보더니 몸을 비틀었다. 제닌이 바닥에 내려주자 벡스를 향해 아장 아장 걷기 시작했다.

처음에는 다소 불안한 걸음이었는데 몇 걸음 걸으면서 익숙해졌다. 벡스에게 다가간 마리는 자신을 향해 뻗어 있는 벡스의 검지를 덥석 물어버렸다.

"으아아악!"

펄쩍 뛰는 벡스를 향해 마리가 입을 달싹였다.

"베스! 머리! 바가!"

순간 제닌과 벡스는 동시에 멍한 표정을 지었다.

웬만한 일에는 놀라지 않을 거로 생각했었으나, 놀이었던 마리가 갑자기 사람 말을 한 것은 '웬만한 일'을 벗어난 충격이었다.

벡스는 계속해서 그 표정을 유지했고, 제닌은 금세 멍한 표정을 풀고 웃기 시작했다. 혀 짧은소리긴 했으나 어감으로 보면 '벡스 머리 박아'가 맞을 터.

생각해보니 마리의 서열은 아직 벡스보다 높았다. 비록 징계의 의미로 그렇게 했지만, 제닌이 아직 그 명령을 철회하지 않았기 때문이다.

"큭! 푸흐흐! 야, 벡스. 뭐하냐?"

"예?"

퍼뜩 정신을 차린 벡스가 제닌을 바라보았다.

"너보다 윗서열이 까라면 까야지. 어서 대가리 박아!"

"아, 아니……. 어, 어떻게……."

"바가! 바가! 바가!"

마리가 앙증맞은 검지로 바닥을 가리키며 벡스를 채근했다. 벡스는 잔뜩 얼굴을 구기면서도 바닥에 머리를 심었다. 마리는 그런 벡스의 허리에 걸터앉아 다리를 흔들어댔다.

배시시 웃는 마리의 얼굴은 제닌마저도 순간 표정을 잃을 정도로 귀여웠다.

[이름 : 마리, 종족 : 엘더??(미각성), 나이 : 1, 레벨 : 1(0/1), 성장치 : 14/100, {세부능력치}]

'엘더? 물음표는 또 뭐야? 그리고 성장치?'

처음 보는 항목에 의문이 피어올랐으나 잠시 미뤄둔 채 세부능력치를 손가락으로 건드렸다.

[이름 : 마리, 종족 : 엘더??(미각성), 나이 : 1, 레벨 : 1(0/1), 성장치 : 14/100, 근력 2, 순발력 5, 지능 7, 지혜 6, 활력 3, 감각 7]

진지한 표정으로 각 항목을 살피던 제닌의 얼굴은 어느 순간을 기점으로 급격히 무너졌다.

"크, 크큭! 푸핫! 푸하하하하하!"

급작스럽게 튀어나온 폭소.

마리에게 다가간 제닌이 그녀의 머리를 쓰다듬었다.

"정말 낫네. 네가 이 무식한 놈보다는 훨씬 낫다! 훠-
월-씬!"

"대, 대장?"

벡스가 어리둥절한 목소리를 냈으나, 제닌은 그저 웃을
따름이었다.

마리의 지능은 7, 지혜는 6. 반면 벡스는 지능 6, 지혜 4
였다. 그것도 아직 1레벨에서 이 정도이니 앞으로 레벨을
올리면 얼마나 더 성장할지 몰랐다.

'그런데 이 물음표는 무슨 의미일까?'

사람이나 사물의 정보를 나타내는 스테이터스 창은 만
능이 아니었다.

'내가 알고 있는 것을 보다 객관적으로 나타내는 것 같
긴 한데⋯⋯. 그러면 이 음산한 폐광이라는 던전은? 그리
고 스켈레톤은?'

그것들은 제닌이 전에 알지 못하던 것들이었다. 또다시
의문이 생겼다.

'차라리 일정한 규칙이라도 있었으면 방법을 찾을 텐
데. 이건 너무 두서가 없단 말이지.'

제닌은 고개를 살짝 가로저어 잡념을 털어냈다.

답이 안 나오는 고민은 심력의 낭비일 뿐이었다.

"성장치. 이건 아무래도 미각성이란 말이 관련 있을 것
같은데 말이야. 각성을 시키면 물음표도 자연스럽게 알 수

있을 테고."

문제는 성장치를 어떻게 올리느냐 하는 점이었다.

'레벨일까? 아니면 나이?'

슬쩍 가정해보던 제닌은 슬쩍 고개를 갸웃거렸다.

'그러고 보니 이건 1이 아니잖아?

레벨은 1이었고 나이 역시 1이었다. 이에 반해 성장치는 14. 만약 레벨과 나이가 관련 있었다면 성장치 역시 1에 근접한 낮은 수치였어야 옳았다.

'하아! 모르겠네. 정말……'

제닌은 고개를 내저었다. 가정과 추측만으로는 어느 것 하나 확정할 수 없었다. 정보가 필요했다.

"빠리! 빠리! 띠어!"

벡스는 마리를 목마 태운 채 열심히 주변을 뛰어다니고 있었다. 그러면서 바닥에 떨어진 것들을 열심히 주워담고 있었다.

"허억! 헉! 대, 대장. 다 주워왔습니다."

벡스의 목소리가 들려왔다. 숨소리가 거칠어진 것을 보니 그가 얼마나 급하게 뛰어다녔는지를 알 수 있었다.

'다른 걸 떠나, 벡스를 제대로 다룰 줄 안다는 점만 해도 훌륭해.'

제닌은 마리를 바라보며 흐뭇한 미소를 지었다. 마리는 벡스의 머리카락을 휘어잡고 있었는데, 그 모습이 마치 고

뼈를 쥔 것처럼 보였다.

"그건 웬 칼이냐?"

"아! 이거요? 저기 떨어져 있던데요?"

'이거, 돈만 떨어뜨리는 게 아니었어?'

제닌은 눈을 반짝이며 검을 주시했다.

[스켈레톤 소드, 공격력 : 16-18, 무게 : 3kg, 내구도 : 7/12, 착용제한 : 레벨 10]

정보를 살펴본 제닌은 마적단의 핼버트 쪽으로 시선을 돌렸다.

[마적단의 핼버트, 공격력 : 14-22, 무게 : 12kg, 내구도 : 12/16, 착용제한 : 근력 15, 레벨 7]

아이템의 이름은 둘 다 녹색이었다. 평균 공격력은 마적단의 핼버트가 약간 높았지만, 무게는 스켈레톤 소드가 훨씬 가벼웠다.

쉭! 쉬익!

스켈레톤 소드를 착용하고 몇 번 휘둘러본 제닌이 만족스러운 웃음을 지었다.

손에 착 달라붙는 느낌. 역시 거의 접해보지 못한 핼버트보다는 오랫동안 휘둘러온 검이 더 좋았다.

'이건 내가 쓰는 게 좋겠고, 이건……'

제닌은 마적단의 핼버트를 잠시 바라보다가 불쑥 벡스에게 내밀었다.

'오크 목에 에메랄드 목걸이 같지만 어쩔 수 없지.'

조금 아깝기는 해도 지금 당장은 전력의 강화가 우선이
었다.

"옜다."

"예? 대장 저 이거……."

"오! 벡스! 장족의 발전인데? 그것도 기억하고?"

예전의 벡스는 마적단의 핼버트를 휘두를 수 없었다. 착
용제한 때문이었다. 하지만 지금은 달랐다.

"휘둘러 봐."

후우우웅!

파공성과 함께 핼버트의 날이 호선을 그렸다.

[이름 : 벡스, 종족 : 인간, 나이 : 17, 레벨 : 9(217/285),
충성도 : 100(MAX), 근력 33, 순발력20, 지능6, 지혜4,
활력28, 감각9]

제닌은 벡스의 능력치를 살펴보다 시선을 거뒀다. 눈
앞에 떠올랐던 벡스의 스테이터스 창은 연기처럼 사라졌
다.

'스켈레톤들이 돈만 흘리는 게 아니라는 말이지.'

돈과 경험치, 그와 더불어 무구까지.

그것도 그가 보급부대에서 다뤘던 것들을 쓰레기로 만
들 정도로 월등한 성능의 무구였다. 비록 지금 나온 것은
무기지만 나중에 방어구를 착용한 놈들이 나온다면 그것

도 노려볼 수 있었다.

　'아주 걸어 다니는 보물 상잔데? 중요한 건, 이런 것들이 앞으로도 계속 나올 거라는 말이지!'

　제닌은 갈수록 이 던전이라는 곳이 마음에 들었다.

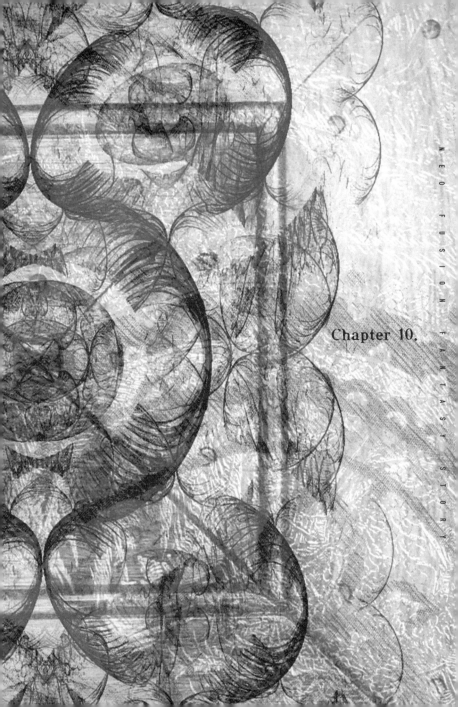

Chapter 10.

Chapter 10.

ROYAL ROADER

I

"벡스! 막고 있어! 방어가 최선이야. 굳이 공격하려 하지
말고 버티기만 해! 못 막겠다 싶으면 도망쳐. 마리가 하던
것처럼 빙빙 돌면서 시간만 끌어도 돼!"

제닌은 벡스에게 지시를 내림과 동시에 빠르게 내달렸다.

시커먼 핼버트들이 떨어져 내렸다. 마치 여러 대의 단두
대가 동시에 떨어지는 모습을 보는 듯했다.

쉬익! 철컹! 철컹!

제닌은 이미 그 자리를 통과한 후였다.

[스켈레톤 로열가드]

시커먼 중갑옷을 걸치고 핼버트를 내리찍는 스켈레톤의
머리 위에는 그런 이름표가 붙어 있었다.

'이제 얼마 남지 않았어!'

로열가드는 왕을 호위하는 근위병을 뜻했다.

제닌은 던전 클리어가 얼마 남지 않았음을 상기하며 다리에 힘을 더했다. 그의 달려가는 방향에는 누더기를 걸친 스켈레톤이 있었다.

[스켈레톤 워락]

딱! 따닥! 딱!

말을 하듯 턱을 딱딱거리며 손에 든 지팡이로 공중을 휘저었다. 지팡이의 궤적을 따라 암녹색의 안개가 뭉클뭉클 피어올랐다.

공중에 그려지는 암녹색의 궤적. 처음에는 뿌옇던 그것은 점차 선명해지며 기이한 문양을 형성했다. 선명해진 문양이 번쩍이기 시작했다. 불길한 암녹색의 빛이 사방을 물들였다.

거리를 가늠해 보던 제닌은 강하게 땅을 박찼다. 발밑이 움푹 패며 그는 새처럼 도약했다.

"하앗!"

정점에 다다른 순간, 제닌은 짧은 기합과 함께 스켈레톤 소드를 수직으로 그어 내렸다. 그러나 제닌의 공격은 문양에 다다른 순간 보이지 않는 막에 가로막힌 듯 더는 나아가지 못했다.

파지직! 파직!

검과 문양 사이의 공간에 암녹색 뇌전이 피어올랐다. 제닌의 스켈레톤 소드와 암녹색 문양이 힘겨루기하는 모양새였다.

"마리!"

이를 악물고 힘을 주던 제닌이 소리쳤다. 그와 동시에 황갈색 그림자가 나타나 스켈레톤 워락을 향해 달려갔다.

"물어!"

쏜살같이 달려간 마리는 제닌의 구령과 함께 도약했다. 그리고 스켈레톤 워락의 손에 들린 지팡이를 덥석 물었다.

비록 마리가 이족보행을 하고 언어까지 사용할 줄 알았지만, 개를 닮은 몬스터의 특성상 역시 가장 효율적인 공격은 물고 흔들기였다.

따닥! 딱딱딱! 딱!

스켈레톤 워락이 급하게 턱뼈를 딱딱거렸다. 놈에게 성대가 있었다면 분명 당장 놓으라는 호통이 들려왔을 것이다.

하지만 놈에게는 성대가 없었다. 설령 호통을 들었다 해도 놈은 어디까지나 적. 마리는 아랑곳하지 않고 제닌에게 지시받은 대로 지팡이를 물고 흔들었다.

쨍!

유리가 깨지는 듯한 날카로운 소음이 일어났다.

"하앗!"

제닌의 힘찬 기합과 함께 가로막혀 있던 스켈레톤 소드가 수직의 선을 그려냈다.

쩌적.

문양을 양단하는 금이 자라났다. 그 금은 거미줄처럼 번져가더니 문양 전체를 암녹색 연기로 흩어 버렸다.

푸스스스.

바닥으로 쏟아져 내리는 연기와 함께 제닌 역시 바닥에 내려섰다. 상대의 마법을 저지했지만, 쉴 틈은 없었다. 제닌은 다시금 다리를 움직여 스켈레톤 워락을 향해 달려갔다.

"마리! 피해!"

마리가 지팡이를 놓고 물러났다. 그와 동시에 제닌의 스켈레톤 소드가 스켈레톤 워락의 목을 갈랐다.

"잘했어. 마리!"

제닌은 마리를 향해 빙긋 웃으며 발을 들었다. 그리고 힘껏 바닥을 찍었다.

빠작!

불그스름한 두개골이 제닌의 발아래 뭉개졌다.

"후……."

제닌은 가벼운 한숨을 내쉬었다.

'이젠 별로 어렵지도 않네.'

스켈레톤 워락과 처음 맞닥뜨렸을 때에는 거의 기겁할 정도였다.

스켈레톤 로열가드와 사투를 벌이고 있을 때 갑자기 등 뒤에서 날아든 검붉은 불덩이.

만약 직전에 오싹함을 느끼고 몸을 빼지 않았다면 제닌은 그대로 타올랐을 터였다. 30이 넘는 감각이 빛을 발한 순간이었다.

제닌은 일단 멀찌감치 물러난 다음 고민했다.

스켈레톤 로열가드는 강력한 힘을 발휘했다. 중갑옷의 방어력 또한 막강했다. 다만 한 가지 단점이 존재했다. 튼실한 무장 덕분에 속도가 떨어졌던 것이다.

덕분에 스켈레톤 로열가드에 대한 공략법은 쉽사리 찾아낼 수 있었다. 일단 공격을 회피한 후에 차근차근 피해를 누적시키는 방법이었다.

문제는 스켈레톤 워락이었다.

제닌 일행에게는 마법에 대한 대비책이 전혀 없었다. 게다가 스켈레톤 워락의 불덩이는 범위마저 넓었다. 한번 폭발하면 검붉은 화염이 원형의 공터를 거의 가득 채울 정도였다.

일단 발동되면 방법이 없었으니 작전의 핵심은 스켈레톤 워락의 마법 봉쇄가 될 수밖에 없었다.

몇 번의 시행착오를 거쳤다. 크고 작은 상처를 입기도 했다. 그런 끝에 결국 성공적인 작전을 수립했고, 앞서 두 개의 공터를 무사히 클리어할 수 있었다.

지금은 세 번째 공터. 이미 스켈레톤 워락을 처리했으니 로열가드의 정리는 시간문제였다.

"으아아아아아! 대장! 좀 도와주십시오!"

"하여간 저놈의 엄살은……."

비명을 내지르며 뛰어다니는 벡스를 바라보며 제닌은 혀를 찼다. 엄살이라 표현한 것은 벡스와 스켈레톤 로열가드 사이의 거리가 5미터 가량이나 벌어져 있었기 때문이다.

"미리 짜인 대로 움직이는 놈들인 것을 다행으로 생각해야 하나?"

스켈레톤들을 상대하면서 제닌은 문득 의아함을 느꼈다. 그가 처음 곤란을 겪었던 스켈레톤 워리어처럼 날카로운 연계공격을 하는 놈들도 있었고, 각 병종을 조합해 짜임새 있는 공격을 펼치는 놈들도 있었다.

하지만 왠지 모르게 어설퍼 보였다.

특히 조금만 변칙적으로 움직여도 놈들의 연계는 깨지기 일쑤였다.

제닌은 몇 번의 실험을 통해 그들이 누군가가 정해 놓은 명령대로 움직인다는 사실을 알아낼 수 있었다. 또한, 그 명령에 일종의 우선순위가 존재한다는 것도 알아냈다.

"하긴, 놈들이 생각이라는 걸 했다면 공략할 방법을 찾아내기가 무지하게 힘들었겠지."

제닌은 머리를 휘휘 저었다.

지금 상황에서 부정적인 생각은 심력의 낭비일 뿐이었다. 어려운 상황이 닥쳤을 때, 기민하게 판단하기 위해서는 여유가 있을 때 머리를 쉬게 할 필요가 있었다.

"대, 대장! 대자아아아앙!"

호들갑스러운 벡스의 목소리에 제닌은 피식 웃으며 대답했다.

"그래. 간다! 가!"

II

타닥. 타닥. 치이이익.

활활 타오르는 모닥불 위에는 크림슨 비스트의 고기가 육즙을 뚝뚝 흘려대고 있었다.

이미 한번 통구이를 했기에 그냥 먹어도 됐지만, 식은 것보다는 아무래도 이렇게 한 번 데워 먹는 게 맛이 더 좋았다.

"자! 마리! 고기는 얼마든지 있으니까 많이 먹어? 체하지 않게 꼭꼭 잘 씹어서?"

벡스는 마리에게 고기를 먹이며 아양을 떠는 중이었다.

'쯧! 저러고 싶을까?'

제닌은 혀를 찼다.

어떻게 해서든 친해지려고 노력하는 벡스의 노력은 이해할 수 있었으나, 그 모양새 자체가 그리 좋아 보이지 않았던 까닭이다.

야수와 소녀.

일행 중에서 가장 빠르고 큰 변화를 보인 것은 마리였다. 레벨이 오르면서 부쩍부쩍 자라났다. 체감상으로는 레벨 3-4당 1년 정도는 성장하는 것 같았다.

그 결과 마리는 열 살가량의 소녀와 비슷할 정도로 자랐다. 털이 난 부분은 점차 사라지는 추세였고, 얼굴 역시 귀를 제외하고는 거의 인간과 흡사할 정도로 변했다.

그뿐만 아니라 귀여웠다. 인간과 다름에도 앞으로의 성장한 모습이 기대될 정도로 뛰어난 미모였다.

거의 알몸에 가까운 소녀의 모습.

그 민망함을 감추기 위해 제닌은 대충 천 쪼가리라도 둘러 마리의 몸을 가려줘야 했다.

'그 각성이라는 것을 보고는 싶은데, 성장치가 더 오르지 않으니 그게 문제란 말이야.'

제닌은 고기를 질겅거리며 눈앞의 스테이터스 창을 바라보는 중이었다.

[이름 : 마리, 종족 : 엘더??(미각성), 나이 : 1, 레벨 : 9(196/204), 성장치 : 40/100, 근력 15, 순발력 18, 지능8, 지혜 7, 활력12, 감각10]

성장치의 비밀은 크림슨 비스트의 고기였다.

식사할 때 유독 붉은 짐승의 고기에 집착하는 마리의 모습에 제닌은 이상함을 느꼈다. 그리고 스테이터스 창을 띄워놓고 고기를 먹여 보았다.

예상한 대로 고기를 먹을수록 마리의 성장치는 올라갔다. 하지만 40에 오르자 더는 오르지 않았다.

'다른 몬스터의 고기를 먹여보면 어떻게 될 것도 같은데……'

하지만 이곳의 몬스터라고는 뼈만 남은 스켈레톤뿐이었다.

어느 정도 배가 차자 제닌은 몸을 일으켰다.

"대장? 어디 가십니까?"

"정찰."

제닌은 미간을 살짝 찌푸리며 대답했다. 히죽거리는 벡스의 표정이 마음에 들지 않아서였다. 벡스의 얼굴에는 마리와 단둘이 남는 게 좋다는 표정이 고스란히 드러나고 있었다.

'개념 없는 놈. 대장이 움직이면 죄송스러워해야지. 이런 건 원래 쫄따구가 해야 하는 거라고!'

몇 걸음 앞으로 떼던 제닌은 갑자기 돌아섰다.

"벡스, 마리가 네 친구냐? 쫄따구 주제에 어디서 상관한테 반말을! 마리님이라고 불러!"

제닌의 말에 찔끔했는지 벡스가 어깨를 움츠렸다.

"대, 대장……. 인제 그만 풀어주실 때도……."

"아직 멀었어!"

제닌은 벡스의 항변을 일축했다.

"벡스. 마리 부하!"

마리는 말과 함께 팔을 쭉 뻗었다. 벡스의 머리 쪽을 향한 것으로 보아 제닌이 자신에게 하듯 한번 쓰다듬고 싶은 모양이었다.

그러나 벡스가 앉아 있음에도 컸다. 마리가 까치발을 딛고 발을 동동 굴러도 잘 닿지 않았다. 보다 못한 제닌이 겨드랑이를 잡아 올려주자 마리가 배시시 웃으며 벡스의 머리를 쓰다듬었다.

"착하지. 착하지."

"쿠쿡!"

제닌은 어린 소녀가 삼촌뻘 되는 아저씨를 칭찬하는 듯한 모습 웃음을 터뜨릴 수밖에 없었다.

'그런데 이 녀석 표정은 또……'

제닌은 웃으면서도 벡스의 얼굴을 살펴 보았다.

당연히 기분 나빠해야 하건만, 실실 웃음을 흘리는 것이 여간 음흉해 보이는 게 아니었다.

'이 녀석, 대체 무슨 생각을 하는 거지?'

제닌은 왠지 벡스의 그 웃음이 눈에 거슬렸다.

모락모락 솟아오르는 불신감. 어쩐지 둘 만 남으면 무슨 일이 벌어질 것만 같았다.

"마리. 벡스가 손대려고 하면 그냥 콱! 물어버려!"

"응! 물어버려!"

마리가 환하게 웃으며 대답했다. 뾰족한 송곳니가 유난히 도드라졌다. 벡스의 표정이 어쩐지 썩어들어가는 것 같았다.

Ⅲ

제닌은 좁은 통로를 조심스럽게 나아갔다.

발소리를 최대한 줄이며 되도록 지형지물에 의해 그림자가 드리워진 곳을 찾아 움직였다.

통로에도 간간이 스켈레톤이 있는 경우가 있었다. 일종의 순찰대였다.

다만 공터에 있는 것보다 급은 하나 낮았다. 공터에 있는 것이 스켈레톤 로열가드와 워락이라면 통로를 순찰하는 것은 스켈레톤 워리어 급이었다.

따각. 따각. 따각.

한 무리의 순찰대가 다가오고 있었다. 숫자는 셋. 놈들을 발견하는 순간 제닌은 눈을 반짝였다.

'로열가드와 워락!'

가슴이 두근거리기 시작했다.

저들이 순찰대로 나왔다는 것은 통로 끝의 공터에는 저들보다 한 단계 위인 놈들이 있다는 의미였다.

'킹일까? 아니면 또 다른 놈들일까?'

궁금함은 차후의 문제였다. 중요한 것은 로열가드 둘과 워락으로 이루어진 순찰대를 처치하는 일이었다.

'워락부터 해치우면 어떻게든 처리할 수 있긴 한데…… 문제는 그렇게 하면 남은 두 놈으로 인해 시끄러워진다는 점이야.'

이미 패턴을 파악했기에 세 마리쯤은 혼자서도 처리할 수 있었다. 하지만 전투로 인한 소음은 문제였다. 자칫 잘못하면 공터에 있던 놈들이 몰려온다.

제닌이 통로에 들어오면서부터 조심조심 움직였던 것도 바로 그런 이유였다. 무작정 때려잡았다가 공터에서 몰려나온 스켈레톤들 때문에 한 번 곤욕을 치른 적이 있었기 때문이다.

'어떻게 한다? 후! 이럴 때 벡스라도 있었으면 좀 나으련만…… 이 자식은 꼭 필요할 때면 없어요. 필요할 때면!'

제닌은 투덜거리면서도 불룩 솟은 바위 뒤에 몸을 숨겼다.

따각. 따각. 따각.

스켈레톤들의 느릿한 걸음 소리가 바로 옆에서 들려왔

다. 제닌은 놈들이 완전히 지나가면 뒤에서 덮쳐 워락부터 처치할 생각이었다. 그리고 로열가드를 피해 벡스가 있는 공터까지 도망치는 것이 그의 계획이었다.

만약 공터에 있던 놈들이 몰려나오면 뒤도 돌아보지 않고 도망치면 된다. 놈들은 원래 있던 곳에서부터 대략 통로 두 개 정도의 거리가 되면 원래 있던 자리로 되돌아가는 습성이 있었다.

만약 놈들에게 회귀 습성이 없었다면 제닌 일행은 이미 전멸을 면치 못했을 것이다.

따각. 따각.

뒤처진 발소리가 바로 옆에서 들려왔다. 먼저 지나간 것보다 작은 발소리는 워락의 것이었다.

'지금!'

검을 꼬나쥔 제닌이 바위 뒤에서 뛰쳐나가려는 찰나였다. 하지만 그 순간 통로의 입구에서 커다란 그림자가 나타났다.

"대장! 조금 전에 혹시 저 부르셨……."

벡스는 말을 채 잇지 못했다. 그리 멀지 않은 곳에서 다가오는 스켈레톤 로열가드의 모습 때문이었다.

딱딱딱! 딱딱딱딱!

턱뼈를 다급하게 마주친 두 마리의 로열가드가 일제히 벡스가 있는 곳으로 달려가기 시작했다. 살짝 처져 있던 스켈레톤 워락 역시 턱뼈를 마주치며 지팡이를 휘젓기 시작했다.

'오오! 벡스! 오크 똥도 때로는 쓸 데가 있다더니!'

어떻게 된 일인지는 모르겠지만, 타이밍 한 번 기가 막혔다. 딱, 공격할 시점에 나타나 적의 시선을 끌어 주었기 때문이다.

지팡이의 궤적을 따라 암녹색 안개가 뭉클뭉클 피어올랐다. 제닌은 기척을 죽인 채 스켈레톤 워락의 뒤로 다가갔다.

조용히 허공으로 솟구치는 검. 정점에 오르자 제닌은 벼락같이 내리쳤다.

빠각!

붉은 뼛조각이 튀어 올랐다.

원래는 한 번에 잘려야 했으나, 안개의 저항 때문에 그럴 수 없었다. 결국, 손을 한 번 더 써서 해결한 제닌이 가벼운 한숨을 내쉬었다.

"후!"

스켈레톤 워락이 와르르 무너져 내리는 순간이었다.

– 띠링!

경쾌한 소리와 함께 제닌의 눈앞에 떠오르는 반투명한 창.

[반복, 숙달된 행동으로 인해 스킬의 생성이 가능하니

다. 비열한 그림자의 뒤통수 후리기. 스킬을 등록할 수 있습니다.]

'스, 스킬이라고?'

제닌의 눈이 휘둥그레졌다.

'좋은 거다. 이건 좋은 거야!'

그의 감각이 격렬하게 외치고 있었다.

먼저 등록된 '이글아이'만 해도 머리가 깨질 듯한 통증이 사라졌다. 그와 더불어 위력 역시 증가했다.

"등록한다."

제닌은 세차게 고개를 끄덕였다.

[스킬의 이름을 설정할 수 있습니다. 설정하지 않을 시 '비열한 그림자의 뒤통수 후리기'가 스킬 이름으로 등록됩니다.]

"무슨 이름이… 이따위야? 전장에서는 당연한 일을 가지고."

제닌은 얼굴을 구긴 채 잠시 고민했다.

"이건 전투 중에 사용하는 거야. 일단 짧은 이름이 좋겠지. 그런데 이게 정확히 어떤 기술이지? 동작이 어떻게 되는지 알면 좋으련만."

제닌이 중얼거릴 때였다.

[스킬을 미리 보기 하시겠습니까?]

"이런 것도 돼?"

어쨌든 제닌으로서는 바라던 바였다.

승낙하자 제닌의 눈앞에 그림자 두 개가 떠올랐다. 파란색과 빨간색이었는데 둘 다 손에 검을 들고 있었다. 이어 파란 그림자가 흐릿한 잔상을 남기며 붉은 그림자의 뒤로 이동했다. 그리고 손에 든 검으로 붉은 그림자를 베었다.

"오호! 그래서 비열한 그림자의 뒤통수 후리기라는 말을 했군!"

그저 글로 설명한 것보다는 그림으로 설명해주는 것이 확실히 더 이해하기 편했다.

"아무리 봐도 '정면', 이나 '앞' 같은 이름이 좋을 것 같은데……. 그게 적을 속이기도 편할 테고……."

곰곰이 생각하던 제닌이 눈을 빛냈다.

"스킬 이름으로 '1'을 등록한다."

적은 속이는 것도 좋지만, 적이 아예 알아듣지 못하는 건 더 좋다는 생각이었다.

띠링!

[스킬명 '1'이 스킬로 등록되었습니다. 스킬명 '1'이 명령어로 등록되었습니다.]

'앞으로 전투에 쓸만한 스킬은 계속 번호를 붙이는 편이 좋겠군.'

고개를 끄덕이는 제닌의 눈앞에 스킬 창이 떠올랐다.

[이글아이(Lv.1) 숙련도 46/100]

[1(Lv.1) 숙련도 1/100]

제닌은 그 중 '1' 항목을 손가락으로 건드렸다.

– 근거리 적의 후방으로 고속이동하여 기본 피해의 130%에 해당하는 피해를 줍니다.

– 사용자를 인식하지 못한 상대를 타격했을 경우 160%의 피해를 줍니다. 또한, 일정 확률로 스턴을 유발합니다.

"오호!"

제닌은 눈을 반짝였다.

아직 제대로 이해할 수는 없었고, 모르는 단어도 있었다. 하지만 그보다 훨씬 더 중요한 것이 있었다.

'반복, 그리고 숙달이란 말이지?'

제닌은 스킬이 생성되었을 때 떠오른 문구를 기억했다. 계속해서 반복적으로 훈련하면 스킬을 만들 수 있다는 의미였다.

"우와아아! 우와아아아! 대장! 대에자아아앙!"

호들갑스러운 벡스의 목소리가 들려왔다. 그는 지금까지 해온 대로 스켈레톤 로열가드를 공터 쪽으로 유인해 빙글빙글 도는 중이었다.

제닌은 통로의 입구에서 팔짱을 끼고 선 채로 그 모습을 지켜보았다.

"대장! 대장! 대자아아아앙!"

"시끄러! 생각할 게 있으니까, 조금만 더 기다려봐! 이쪽으로 오면 죽는다!"

제닌은 거친 말투로 벡스의 입을 막고는 계속 지켜보았다.

'내 예상이 옳다면⋯⋯.'

1분, 2분, 3분⋯⋯.

10분, 20분, 30분⋯⋯.

시간은 계속해서 흘러갔다. 입을 다물었던 벡스는 다시금 구원을 요청하기 시작했고 그 목소리는 동굴을 쩌렁쩌렁 울릴 정도로 커졌다.

"대자아아아앙!"

툭. 툭. 툭툭.

팔짱을 낀 채 검지로 팔을 두드리는 제닌 역시 표정이 그리 좋지는 않았다. 그가 예상한 대로 결과가 나오지 않아서였다.

'벡스는 안 되는 건가? 이러다 괜히 충성도만 깎아 먹는 거 아니야?'

"후우⋯⋯."

초조함을 긴 한숨으로 내보낸 제닌이 입술을 뗐다. 그가 막 목소리를 내는 순간이었다.

- 띠링!

[부하(Follower)의 반복적인 행동으로 스킬을 생성할 수

있습니다. '도움을 구걸하는 간절한 외침.' 스킬을 부하 벡스에게 등록할 수 있습니다.]

"좋았어!"

제닌은 저도 모르게 소리쳤다.

[스킬 이름을 설정할 수 있습니다. 설정하지 않을 시 '도움을 구걸하는 간절한 외침'이 스킬 이름으로 등록됩니다.]

'흐음……'

제닌은 턱을 만지작거리며 공터를 뛰어다니는 벡스를 바라보았다. 문득 떠오른 생각에 그의 입꼬리가 비스듬하게 올라갔다.

"술래잡기."

[스킬명 '술래잡기'가 부하 벡스의 스킬로 등록되었습니다. 스킬명 '술래잡기'가 명령어로 등록되었습니다.]

제닌은 벡스의 스테이터스 창을 열어 보았다. 세부능력치 옆에 {스킬}이라는 항목이 생겨 있었다.

제닌은 스킬 창을 열어 술래잡기 스킬이 가진 효과를 확인했다.

[술래잡기(Lv.1) 숙련도(1/100)]

– 신경 거슬리는 괴성을 질러 적을 도발합니다.

– 뒤따르는 적에게 받는 피해가 누적될수록 방어력이 향상되나, 이동속도는 감소합니다.

- 적용대상이 명령어를 듣는 순간, 스킬이 발동됩니다.

"그렇단 말이지?"

제닌은 히죽 웃으며 벡스를 향해 손짓했다.

"벡스! 이리 와봐!"

벡스가 헐레벌떡 달려왔다.

"으윽! 대, 대장. 너무 하십니다!"

제닌은 오만상을 찌푸리며 불평하는 벡스의 귓가에 속삭이듯 말했다.

"술래잡기."

"네? 어, 어엇! 으앗!"

벡스는 기묘한 소리를 내며 온몸을 떨었다.

"모, 몸이! 내 몸이! 내 다리가! 으어어어!"

벡스가 달리기 시작했다.

"대자아아아앙!"

제닌 쪽으로 잠깐 방향을 바꿨던 스켈레톤 로열가드들은 벡스의 목소리를 들은 직후 다시 벡스를 향해 방향을 틀었다.

'도발은 확실하군. 그런데 인간에게도 통하려나? 나중에 한 번 확인해 봐야겠군.'

이어 멀어져가는 스켈레톤 로열가드의 뒤를 바라보던 제닌이 나직하게 말했다.

"1."

제닌은 눈을 반짝였다. 앞으로 자신의 몸에 벌어질 일을 기대하는 표정이었다.

그런데 아무 일도 일어나지 않았다.

'뭐지? 왜 아무 일도……. 아! 근거리에 있는 적이라고 했었지!'

제닌은 한발 늦게 스킬의 설명을 떠올렸다.

"우어어어어어! 대장! 대자아앙!"

제닌은 공터를 한 바퀴 돌아오는 벡스를 향해 싱긋 웃었다. 그리고 스켈레톤 로열가드가 가까워지자 다시 한 번 명령어를 외쳤다.

"1."

슈욱!

시야가 이지러지는 느낌이었다. 순간 머리가 아찔할 정도의 어지러움이 밀려왔다.

시야가 정상으로 돌아온 순간, 그의 눈앞에는 스켈레톤 로열가드의 등이 보였고, 손에 들린 검을 내리치는 중이었다.

빠각!

불그스름한 두개골이 깊숙이 함몰되었다. 그러나 스켈레톤의 끈질긴 생명력은 두개골을 완전히 부숴야만 끝이 났다.

속이 뒤집힐 정도의 어지럼증이 밀려왔으나 제닌은 이를 악물고 재차 검을 휘둘렀다.

퍼석!

두개골이 산산이 부서진 스켈레톤 로열가드가 무너져 내렸다. 제닌은 고개를 숙인 채 숨을 몰아쉬었다.

"하악! 하악! 젠장! 이런 부작용이 있으면 미리 좀 알려 달란 말이다!"

힘을 얻은 것은 좋았다. 하지만 불친절하고 두서없는 설명은 영 마음에 들지 않았다. 계속해서 궁금할 뿐, 어느 것 하나 속 시원하게 알 수 없었기 때문이다.

"대장! 대자앙!"

남은 한 마리마저 처리해 달라고 보채는 벡스의 목소리에 제닌은 울컥 짜증이 치밀었다.

"시끄러! 언제까지 도망만 다닐 건데? 너도 한 놈 정도는 충분히 잡을 수 있잖아! 덩치는 산만한 놈이 어린애도 아니고! 뭘 그렇게 징징거려?"

소리를 지르고 나니 다시금 어지럼증이 밀려왔다. 머릿속이 핑 도는 느낌에 제닌은 입을 닫고 호흡을 가다듬어야 했다.

제닌이 짜증을 토해낸 뒤로 벡스의 목소리는 더 들려오지 않았다. 그저 인간과 스켈레톤의 발소리만 부산스럽게 들려올 따름이었다.

그러던 어느 순간, 앞서 가던 발소리가 뚝 멎었다.

"이런 씨부럴! 이 빌어먹을 자식아!"

벡스의 목소리가 공터 전체를 들썩이게 했다. 정신을 추스르던 제닌마저 깜짝 놀라 쳐다볼 정도로 커다란 소리였다.

'저게 미쳤나?'

제닌이 눈을 부릅뜰 때, 다시금 벡스의 목소리가 터져 나왔다.

"죽어! 뒈져! 이 빌어먹을 자식아! 대체 언제까지 쫓아다닐 건데! 썩어 문드러진 뼈다귀 주제에!"

퍼석. 퍽! 빠각!

불그스름한 뼛조각이 사방으로 튀었다. 벡스의 뒤를 따르던 스켈레톤 로열가드는 거의 가루가 될 정도로 다져지는 중이었다.

'무식한 자식. 중간이 없는 자식……'

벡스는 눈이 하얗게 뒤집혀 있었다. 그런 상태로 무식한 핼버트로 뼛조각을 다지는 모습은 박력이 넘쳤다. 지켜보던 제닌마저 약간이지만 긴장할 정도였다.

[부하 벡스(Follower)가 고유스킬 '울분의 폭주'를 각성했습니다.]

'스킬이 또 생겨?'

제닌은 황급히 시선을 벡스 쪽으로 옮겼다.

[Lv.14 벡스(Follower)]

계속 집중해서 바라보자 창이 길게 확장되었다.

[이름 : 벡스, 종족 : 인간, 나이 : 17, 레벨 : 14(952/1015), 충성도 : 100(MAX), {세부 능력치} {스킬}]

제닌은 눈을 반짝이며 스킬을 건드렸다.

[술래잡기(Lv.1) 숙련도(3/100)]

[울분의 폭주(Lv.1) 숙련도 11/100](고유)

– 쌓인 울분을 한꺼번에 폭발시킵니다. 이때, 이성이 없는 폭주 상태에 돌입하게 되며, 중첩된 울분에 비례하여 공격력 및 공격속도가 큰 폭으로 상승합니다.

– 중첩되었던 울분은 시간에 따라 차감되며 울분이 모두 소진된 후 탈진합니다. 울분이 모두 소진되기 전에는 스킬을 해제할 수 없습니다. 잔여 울분(8/50)

– 적용대상이 명령어를 듣는 순간, 스킬이 발동되나, 울분이 50% 이상 중첩되면 무작위로 발동할 수 있습니다.

제닌은 스킬 창의 내용을 읽으며 모호한 표정을 지었다.

'좋은데……. 위급한 상황에 써먹기 참 좋은데…….'

마냥 좋다고 보기에는 마지막 문구가 묘하게 눈에 거슬렸다. 울분이 50% 이상이 되면 무작위로 발동할 수 있다는 것은 웬만하면 그 선을 넘지 말라는 의미였기 때문이다.

'이건 아무래도 심리적인 요인이 작용한 것 같은데?'

돌이켜 보면 벡스가 참 많이 시달리기도 했다.

시도 때도 없는 타박과 대련을 빙자한 구타. 무언가를

할 때마다 쏟아지는 온갖 무시와 구박.

문제는 막내라는 점 때문에 선임들 모두에게 그것을 받아야 했다는 점이었다. 하는 사람은 한 번만 구박한다 해도 선임이 모두 9명이니 벡스는 9번의 구박을 받아야 했다.

'각성이라고 했어. 그동안 쌓였던 것 중에 가장 절실히 필요한 것을 깨달은 건가? 더는 괴롭히지 말라는 일종의 자기방어라고 보아야 하나? 쯧! 이걸 반겨야 할지, 말아야 할지 고민이군!'

정확히 단정 지을 수는 없었다. 다만, 제닌이 나름대로 추론한 결과일 따름이었다.

퍼걱! 퍼걱! 파삭! 쾅! 쾅! 쾅! 쾅!

제닌이 생각하는 사이 벡스는 바닥을 난장판으로 만들고 있었다.

잔여 울분(4/50)

울분은 아직 남았는데 스켈레톤 로열가드의 뼈는 이미 고운 가루가 되어 있었으니 애꿎은 바닥에 화풀이할 수밖에 없었던 것이다.

벡스는 간혹 제닌이 있는 쪽을 바라보았으나, 몸을 움찔할 뿐 달려들지는 않았다.

그 모습에 제닌은 피식 웃었다.

'무식한 모습 때문에 내가 너무 긴장한 건가?'

물론 벡스의 쌓인 울분 중 일정 부분은 제닌의 몫이었다. 하지만 제닌은 그와 동시에 거의 세뇌에 가까울 정도로 정신교육을 해 두었다.

벡스의 충성도 또한 더는 올라가지 않을 정도로 높은 상태. 그 결과, 벡스는 불만을 품을지언정 감히 제닌에게 덤벼들 생각을 하지는 못했다.

'후후후! 다른 녀석들에게는 어떤 스킬이 생길지 궁금하군!'

비록 약간의 부작용이 있기는 했지만, 벡스가 얻은 고유 스킬은 무척이나 훌륭했다. 그야말로 위기 상황에서 일발 역전을 노릴 만한 필살기였기 때문이다.

"벡스. 무셔……."

제닌은 속삭이듯 작은 목소리와 함께 허리춤을 잡는 손길을 느꼈다. 마리였다.

벡스를 곁눈질하며 오들거리는 모습이 귀여워 제닌은 마리의 머리를 쓰다듬어 주었다.

"괜찮아. 괜찮아. 우리 편은 안 물어."

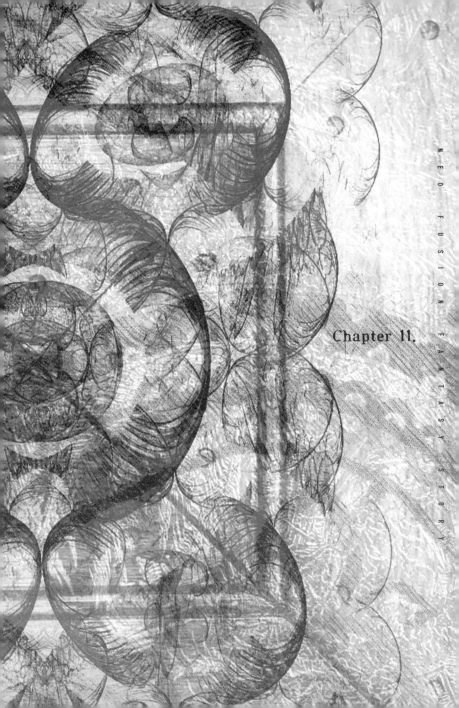

Chapter 11.

Chapter 11.

ROYAL
ROADER

I

"크윽! 내가 어쩌자고 그런 짓을!"

카락스는 머리카락을 쥐어뜯었다.

"이럴 의도가 아니었는데……."

그는 놀 떼가 내려다보이는 야산 중턱의 나뭇가지 위에
서 있었다. 제닌이 입장한 던전의 맞은편 산이었다.

카락스는 착잡한 표정으로 평원에 몰린 놀 떼를 살펴보
았다. 그리고 슬금슬금 시선을 올려 맞은 편 야산의 중턱
을 바라보았다.

"하아……."

한숨이 절로 흘러나왔다.

"이제 어떻게 한단 말인가?"

카락스는 암담함에 물든 얼굴로 사건의 발단을 떠올렸다.

그는 제닌이 마음에 들지 않았다. 여러 사람을 만나다 보면 이유 없이 싫은 사람이 한 명쯤은 꼭 있었다. 카락스에게는 제닌이 그러했다.

아스트 백작은 제닌이 떠난 직후, 카락스에게 임무를 주었다. 제닌이 앞으로 나아가야 할 전략을 전해주는 것이었다.

그냥 따라가서 전해주면 끝나는 아주 간단한 임무였다. 하지만 제닌을 생각하자 쉽게 전해주고 싶은 생각이 사라졌다.

카락스는 멀리서도 기척을 잡아내는 제닌의 감각을 알았기에 멀찌감치 뒤따랐다. 그리고 날이 저물고 제닌 일행이 노숙을 시작할 때 즈음, 그는 한 무리의 놀을 발견할 수 있었다.

이것저것 기웃거리다가 무리에서 벗어난 새끼 놀 한 마리. 그것을 본 순간 카락스는 눈을 반짝였다. 제닌을 골탕먹여줄 생각이 떠올랐기 때문이다.

물론 큰 악의를 가지고 시작한 것은 아니었다. 한 무리의 놀은 카락스 역시 홀로 상대할 수 있을 정도였고, 그런 그를 제압한 제닌도 충분히 처리할 수 있다는 판단이었다.

다만 놀 무리의 습격으로 인해 밤잠을 제대로 이루지 못하는 것. 카락스가 바란 골탕은 딱 그 정도였다.

그러나 그것이 꼬여 버렸다. 그것도 산비탈을 구르는 눈덩이처럼 순식간에 어마어마하게 큰 사건으로 커졌다.

놀 떼가 밀려왔다.

수천, 수만에 달하는 놀 떼는 황갈색 파도를 연상시킬 정도였다. 이유를 알 수는 없었지만, 황무지 전역에 흩어져 있던 놀 무리가 모조리 모여든 것 같았다.

'버려! 그냥 버리고 도망가라고!'

골탕먹이겠다는 생각은 쏙 들어갔다. 카락스는 오히려 쫓기는 제닌 일행을 응원하기 시작했다.

그의 입장에서 제닌은 반드시 살아야 했다.

상관살해.

제닌이 죽기라도 하면 카락스는 상관살해의 죄를 짓게 된다.

설령 보는 사람이 없더라도 그는 숨길 수 없었다. 아스트 백작의 눈은 분명 그가 무언가를 숨기거나 거짓을 말하는 것을 잡아낼 것이기 때문이다.

카락스는 제닌 일행이 동굴에 들어가는 것을 지켜본 후에야 비로소 한숨 돌릴 수 있었다.

문제는 그다음이었다.

일단 싸울만한 곳을 찾기는 했는데, 과연 제닌 일행이 모여든 놀 떼를 모두 처리할 수 있느냐 하는 점이었다.

'지켜봐야 하나? 원군을 요청해야 하나?'

해결책 마련에 고심하던 중 카락스의 눈에 정체불명의 인물들이 들어왔다.

'저것들은 또 뭐야?'

황무지와 비슷한 색깔의 망토를 걸치고 자세를 낮춘 채로 천천히 다가서는 무리가 있었다. 수백의 숫자는 척 보기에도 수상하기 짝이 없었다.

'첩자? 제국의?'

카락스는 숨죽인 채 놀 떼의 뒤쪽으로 접근하는 무리를 주시했다.

Ⅱ

"벡스, 정지!"

제닌은 작지만 단호한 목소리로 외쳤다.

'뭔가 있어.'

등줄기가 오싹했다. 그의 감각이 그에게 뭔가를 전하려는 듯했다.

일행의 위치는 통로가 거의 끝나가는 부분. 제닌은 어슴푸레한 빛 속에서도 시야의 끝 부분이 급격히 확장되는 것을 알아챌 수 있었다.

"벡스, 마리. 여기서 대기한다."

둘은 긴장된 얼굴로 고개를 끄덕였다. 제닌의 목소리가 심상치 않음을 느낀 까닭이다.

제닌은 둘은 남겨둔 채 천천히 앞으로 걸음을 옮겼다.

"이글아이."

중얼거림과 함께 시야가 확 당겨지는 느낌이 들었다.

지금까지 지나쳤던 공터보다 몇 배는 더 넓은 공간이었다. 공간의 정중앙에는 계단이 있었는데, 길고 높은 계단의 끝에는 거대한 뼈로 만들어진 왕좌가 있었다. 그리고 왕좌 위에는 제닌이 지금까지 상대해 왔던 스켈레톤보다 배는 더 큰 체구를 가진 스켈레톤이 앉아 있었다.

'스켈레톤 킹!'

스켈레톤 킹은 두개골 위에 자리 잡은 왕관과 그 위의 이름표가 아니더라도 충분히 알 수 있을 정도로 남다른 기세를 풍기고 있었다.

스켈레톤 킹은 한쪽 다리를 꼰 상태로 팔걸이에 팔꿈치를 대고 손등으로 턱을 괸 자세였다. 놈은 온몸을 이용해 무료하다는 감정을 표현하고 있었다.

제닌은 시선을 아래로 내려 공터 전체를 훑었다.

'혼자?'

예상했던 호위병은 없었다. 하지만 스켈레톤 킹은 명색이 이 던전의 최종 보스였다. 호위병이 없는 만큼 본신의 힘이 강력할 것으로 보였다.

'살짝 간만 보는 거야.'

꿀꺽!

제닌은 마른침을 삼켜가며 천천히 다가갔다. 그렇게 몇 걸음 다가섰을 때였다.

달칵!

작은 돌멩이가 발에 채는 소리. 그 순간 스켈레톤 킹의 고개가 번개같이 움직였다. 놈의 눈구멍은 정확히 제닌이 다가오는 방향을 향했다.

일렁거리는 시커먼 안개.

제닌은 스켈레톤 킹의 눈구멍 속의 그것을 보는 순간 덜컥 겁이 났다. 본능에 새겨진 공포였다.

심장이 멎을 것 같은 느낌.

하지만 스켈레톤 킹은 금세 시선을 거두고, 예의 무료한 듯한 자세로 돌아갔다.

제닌의 이마를 타고 식은땀이 흘러내렸다.

'눈치채지 못한 건가?'

공터는 넓었고, 왕좌의 위치는 높았다. 게다가 제닌은 아직 통로를 벗어나지도 않은 상태에서 이글아이를 사용하는 중이었다.

'그래. 눈치채지 못한 거야.'

제닌은 크고 느리게 호흡하며 세차게 두근거리는 심장을 진정시켰다. 심장 박동이 어느 정도 안정되자 제닌은 다시 걸음을 옮기기 시작했다.

그렇게 제닌이 공터에 발을 들인 순간이었다.

스켈레톤 킹이 턱을 괴지 않은 손을 천천히 들어 올렸다.

꿀꺽!

제닌은 마른 침을 삼켜가며 그것을 지켜보았다. 여차하면 곧바로 몸을 돌릴 준비를 한 상태였다.

획.

'뭐지?'

마치 한여름 귀찮게 달라붙는 파리를 쫓아내는 듯한 동작이었다.

획. 획.

이어지는 두 번의 손짓을 끝으로 스켈레톤 킹의 손은 제자리로 돌아갔다.

'설마 물러가라는 건가? 귀찮게 하지 말고?'

제닌을 완벽하게 무시하는 행동. 그러나 제닌은 함부로 달려들 수 없었다.

또 다른 오싹함이 엄습했기 때문이다.

시야가 일렁거리는 듯한 느낌이 들었다. 시선을 아래로 내려보니 계단 아래에서 검은 안개가 피어오르고 있었다.

뭉클뭉클 피어오른 검은 안개는 천천히 일정한 형태를 갖추기 시작했다. 점차 또렷해져 가는 형태 머리 위에 흐릿한 글귀가 떠올랐다.

[스켈레톤 다크나이트]

적이었다.

제닌은 몸을 돌렸다. 그와 동시에 형태가 거의 갖춰진 스켈레톤 다크나이트들이 제닌을 향해 빠르게 쇄도했다.

숫자는 모두 세 마리.

"벡스! 튀어!"

제닌은 통로로 몸을 던지며 소리쳤다.

성인이 팔을 벌리면 양쪽 손끝이 닿을 정도의 통로 안에서 쫓고 쫓기는 추격전이 벌어졌다.

속도는 제닌이 약간 위였다. 마음먹으면 언제든 거리를 벌릴 수 있는 상태였다. 하지만 제닌은 슬쩍슬쩍 뒤를 돌아보면서 스켈레톤 다크나이트와의 거리를 유지했다.

조금 달리자 벡스의 모습이 흐릿하게 보이기 시작하더니 점차 가까워졌다.

제닌은 벡스의 등 뒤에 바짝 붙었다.

"대, 대장?"

벡스가 의문 섞인 물음을 던질 때, 제닌은 나직이 스킬의 명령어를 말했다.

"술래잡기."

"예? 으, 으아아아아아! 대자아아아앙!"

벡스가 고래고래 소리치기 시작했다.

"벡스, 왼쪽으로 붙어서 달려봐."

제닌은 지시와 함께 오른쪽 벽 쪽에 붙었다. 그러면서 슬쩍 고개를 돌려 스켈레톤 다크나이트의 움직임을 살펴보았다.

'먹혔어!'

놈들의 뻥 뚫린 눈구멍은 오로지 벡스의 등을 향하고 있었다.

제닌은 슬쩍 속도를 늦췄다. 그리고 스켈레톤 다크나이트와의 거리가 서너 걸음 정도로 가까워졌을 때, 가장 뒤에서 따라오던 놈을 바라보며 소리쳤다.

"1!"

슈욱!

시야가 급격히 이지러지며 육중한 갑옷을 걸친 스켈레톤 다크나이트의 뒷모습이 눈앞에 나타났다. 동시에 휘둘러지는 검. 제닌은 어지러운 와중에도 필사적으로 정신을 집중했다.

노리는 곳은 시커먼 뒤통수.

카각!

노력이 빛을 발했는지 제닌의 검은 정확히 스켈레톤 다크나이트의 뒤통수를 때렸다. 중심을 잃은 놈이 요란하게 바닥을 굴렀다. 달려가던 관성 때문이었다.

바닥을 구른 것은 제닌 역시 마찬가지였다. 달려가던 도중 갑작스레 반대로 움직였으니 그에게도 앞으로 가려 하는 관성이 작용했던 것이다.

"크윽!"

가뜩이나 시야가 어지러운 상황에서 바닥을 구르고 나니 더더욱 정신이 없었다. 그러나 지금은 전투 중, 스켈레톤 다크나이트는 결코 쓰러진 제닌이 일어날 때까지 기다려주지 않을 터였다.

제닌은 힘겹게 몸을 일으켰다. 그리고 지척에 쓰러져 있는 스켈레톤 다크나이트를 발견하고는 황급히 뒤로 물러났다.

놈의 위치는 고작 팔을 뻗으면 닿을 거리였다. 만약 놈이 검을 휘둘렀다면 제닌은 그대로 당할 수밖에 없었다.

'그런데 왜?'

왜 공격하지 않았을까?

인간인 제닌과 달리 스켈레톤들은 이성이나 감정이 없었다. 그저 누군가가 미리 입력해 놓은 대로 움직이는 인형에 불과했다. 인형에게 어지러움 따위의 느낌 또한 있을리 없을 터였다.

'어찌 됐든!'

지금은 전투 중, 생각 따위를 하고 있을 여유는 없었다.

제닌은 검을 움켜쥐고 쓰러져 있는 스켈레톤 다크나이트에게 달려들었다. 순간적으로 놈의 눈구멍과 제닌의 눈이 마주쳤으나 놈은 몸을 부르르 떨 뿐, 움직이지 못했다.

퍼걱! 빠각! 카각!

제닌은 놈의 두개골을 집중적으로 내리쳤다. 하지만 놈의 시커먼 두개골은 단단했다. 가장 최근의 적인 스켈레톤 로열가드의 두개골도 단단했지만, 체감상 놈의 두개골은 그보다 몇 배는 더 단단한 것 같았다.

"제발! 좀! 부서져라!"

검을 든 스켈레톤 다크나이트의 팔이 서서히 위로 올라오기 시작했다. 검을 내려치느라 여력이 없던 제닌은 자신의 등 뒤로 다가오는 시퍼런 칼날을 인식할 수 없었다.

느릿한, 하지만 서서히 가속하기 시작하는 칼날. 그러나 그것이 제닌의 등에 꽂히기 직전, 스켈레톤 다크나이트의 시커먼 두개골이 먼저 굴복하고 말았다.

빠각! 파사삭!

"하아! 하아! 하아!"

제닌은 거친 숨을 몰아쉬었다. 짧았지만 격렬한 싸움이 그의 체력을 급격히 빼앗아 갔다.

"후우……. 웃!"

한숨을 내쉬며 허리를 펴던 제닌은 등 뒤가 따끔함을 느끼며 동작을 멈췄다. 고개만 살짝 돌려 바라보니 시퍼런 칼날이 등에 닿아 있었다.

'조금만 더 늦었더라면?'

순간적으로 등줄기가 싸늘할 정도의 한기가 밀려왔다.

만약 두개골을 부수는 게 조금만 늦었어도, 칼날은 제닌의 등줄기를 꿰뚫었을 것이다.

"으아아아아! 대자아아아앙!"

멀리서 처절함에 찬 벡스의 목소리가 들려왔다. 안도는 모든 게 정리된 후에나 할 수 있는 사치였다.

탓!

제닌은 바닥을 박차며 앞으로 달려가기 시작했다.

Ⅲ

벡스는 스켈레톤 로열가드들을 상대할 때처럼 공터를 빙글빙글 돌고 있었다. 그러나 속도는 느렸고, 체력은 절반 이하로 줄어든 상태였다.

스걱!

스켈레톤 다크나이트의 검이 벡스의 등을 가르고 지나갔다. 체력이 뭉텅 깎여나감과 동시에 벡스의 걸음이 조금 더 느려졌다.

"크윽!"

벡스는 치밀어오른 핏물을 삼키면서 손에 든 핼버트를 크게 휘둘렀다. 스켈레톤 다크나이트가 검을 들어 공격을 막아내는 사이 벡스는 다시금 앞으로 달려나가기 시작했다.

"으아아아아아! 대자아아아아앙!"

악을 바락바락 써가며 소리쳤다.

조금만 버티면 된다. 그러면 된다. 대장이 오면 어떻게든 될 테니까.

벡스가 믿는 것은 오로지 그뿐이었다.

얼마 지나지 않아 스켈레톤 다크나이트들이 벡스의 등 뒤로 따라붙었다.

공격을 당할수록 방어력이 상승하는 대신 이동속도가 느려진다. 바로 술래잡기 스킬이 가진 효과였다.

공터를 크게 한 바퀴 돌아 다시 원점을 지나쳤을 때, 벡스의 귓가에 반가운 목소리가 들려왔다.

"1!"

빠각!

벡스의 뒤를 따르던 두 마리 중 한 마리가 이탈했다.

"벡스 이 자식아! 햄버트는 엿 바꿔 먹었냐? 맞지 말고 때려! 피하고 버텨! 거기서 더 맞으면 너 죽어!"

제닌은 붉은색이 거의 사라져가는 벡스의 체력을 보며 소리쳤다.

슈웃!

갑자기 들려온 소리에 제닌은 황급히 고개를 틀었다.

싸늘한 칼날이 그의 볼을 스쳐 가며 핏방울을 튀겨냈다. 등골이 서늘했다.

'저게 왜?'

슈웃!

조금 전 뒤통수를 때렸던 스켈레톤 다크나이트가 그를 향해 재차 검을 휘두르고 있었다.

"1!"

짧게 외치자 시야가 이지러졌다. 제닌은 다시 회복된 시야에 들어온 시커먼 뒤통수를 향해 검을 내리쳤다.

빠각!

뼛조각 몇 개가 튀어 올랐다. 하지만 그뿐, 뒤통수를 맞은 스켈레톤 다크나이트는 곧바로 몸을 돌려 제닌을 향해 검을 휘둘렀다.

'이놈은 왜 안 쓰러지는 거야?'

그가 처음 처치했던 놈은 두개골이 부서질 때까지 바닥에 쓰러져 일어나지 못했다. 하지만 지금 상대하는 놈은 뒤통수를 맞아도 아랑곳하지 않았다.

'대체 뭐가…… 아!'

제닌은 뭔가가 떠오른 표정을 지었다.

'스턴이었어! 일정 확률로 스턴을 유발한다는 말!'

스킬 '1'에 붙은 설명 중에 그런 말이 있었다. 이것은 그가 처음 처리한 놈이 운이 없었다는 의미였다. 제닌이 운이 좋았다는 말도 됐다.

슈웃!

제닌은 침착하게 검을 피한 후, 스켈레톤 다크나이트의 두개골에 일격을 꽂아 넣었다.

빠각!

'어차피 나보다 느려. 그리고 공격 패턴은 정해져 있어. 침착하게. 침착하게!'

제닌의 입가에 희미한 미소가 피어올랐다.

IV

퍼석!

시커먼 뼛조각이 튀어 올랐다. 제닌은 한쪽이 완전히 함몰된 두개골을 바라보며 눈을 빛냈다.

"마지막!"

횡으로 휘두르는 스켈레톤 다크나이트의 검을 허리 숙여 피한 후, 그대로 몸을 돌렸다. 그리고 원심력을 이용해 놈의 두개골을 검으로 후려쳤다.

파사삭!

시커먼 뼛조각이 사방으로 흩날렸다.

"후우……"

한숨을 돌릴 찰나였다.

"끼악!"

찢어질 듯한 비명이 제닌의 귀를 찔렀다.

제닌의 고개가 번개같이 돌아갔다. 그의 얼굴이 악귀처럼 일그러졌다.

벡스는 바닥에 쓰러져 있었고, 마리는 하늘을 날고 있었다.

"이런 개!"

욕할 시간도 없었다.

바닥을 박찬 제닌은 마리가 떨어져 내릴 곳으로 몸을 던졌다.

바닥에 떨어지기 전 아슬아슬하게 잡아낸 그는 마리를 바닥에 내려놓음과 동시에 소리쳤다.

"1!"

시야가 이지러졌고, 스켈레톤 다크나이트의 시커먼 뒤통수가 눈앞에 들어왔다. 놈은 벡스를 향해 검을 내리치는 중이었다.

빠각!

뒤통수를 강타한 통렬한 일격에 벡스를 향해 떨어지던 검의 경로가 살짝 비틀렸다.

카각!

놈의 검은 벡스의 머리 옆 땅바닥에 박혀 들었다.

"뒈져! 뒈져! 뒈져!"

제닌은 정신없이 검을 내리쳤다.

빠각! 카각! 뻐걱!

시커먼 두개골에 가느다란 실금이 자라나기 시작했다.
그러나 제닌의 검에도 역시 실금이 자라났다.

검은 본래 찌르고 베는 용도로 만들어졌지, 단단한 물체
를 부수라고 만들어진 것이 아니었다.

쩌정!

결국, 내구가 다한 검이 산산이 부서졌다. 그와 동시에
땅에 박힌 검을 뽑아낸 스켈레톤 다크나이트가 제닌을 향
해 검을 휘둘렀다.

몸을 숙여 피한 제닌은 그대로 놈을 향해 달려들었다.
어깨로 놈의 몸통을 들이받아 바닥에 눕힌 다음 놈의 두개
골을 주먹으로 내려치기 시작했다.

"뒈져! 뒈져! 뒈져! 뒈지란 말이다!"

제닌의 주먹에서 피가 튀기 시작했다.

스켈레톤 다크나이트의 뼈는 강철의 강도를 능가할 정
도로 단단했다.

주먹이 부서질 듯 아파져 오자 제닌은 입을 크게 벌리며
괴성을 내질렀다.

"으아아아아아!"

온 힘을 실어 내리친 제닌의 주먹.

파삭!

스켈레톤 다크나이트의 두개골이 마침내 굴복했다.

"하아, 하아, 하아……."

제닌은 바닥에 주저앉아 가쁜 숨을 몰아쉬었다.

띠링!

알림음과 함께 반투명한 창이 떠올랐으나, 제닌은 손짓으로 흩어 버렸다.

그런데 그 순간 또다시 알림음이 들려왔다.

띠링!

[전투 종료. 누적 경험치 28을 획득했습니다.]

제닌은 이 역시 황급히 흩어버리며 벡스의 스테이터스 창을 띄웠다.

[이름 : 벡스, 종족 : 인간, 나이 : 17, 레벨 : 14(1012/1015), 충성도 : 100(MAX), {세부 능력치} {스킬}]

벡스는 불과 3의 경험치가 모자라 레벨 업을 할 수 없었다.

"빌어먹을!"

주먹으로 바닥을 내리친 제닌은 이번에는 마리 쪽을 바라보았다.

[이름 : 마리, 종족 : 엘더??(미각성), 나이 : 1, 레벨 : 9(228/204 레벨 업 가능), 성장치 : 40/100, {세부능력치}]

제닌은 황급히 레벨 업 가능이란 글귀를 건드린 후, 승낙했다.

파아아앗!

환한 빛줄기가 마리의 몸을 휘감았다.

시야 왼쪽 위, 작게 그려진 마리의 얼굴 아래 붉은 막대가 순간 끝까지 차올랐다.

하지만 그 바로 옆 벡스의 붉은 막대는 실금같이 남은 채 붉게 깜빡이고 있었다.

벡스는 죽어가고 있었다.

"일어나 인마."

제닌은 벡스의 옆에 주저앉아 중얼거렸다. 떨리는 손은 차마 벡스의 몸을 건드리지도 못했다. 행여나 벡스의 붉은 막대가 완전히 사라질까 두려워서였다.

"좀 일어나라고!"

소리도 크게 내지르지 못했다.

솔직히 말하자면 제닌의 부하 중에서 벡스는 크게 정이 안 가는 부하였다. 단순하고 무식해 이것저것 부려 먹기는 좋았지만, 같은 이유로 미움받을 짓도 종종 했기 때문이다. 말을 잘 듣다가도 가끔 발끈해서 대드는 것도 마음에 들지 않았다.

그 때문에 제닌은 늘 구박하기에 바빴다. 구박받을만한 짓을 했으니 구박하는 게 당연한 일이라고 생각했다.

벡스를 구박하던 장면들이 점차 사라져가고 바보 같은 표정으로 환하게 웃는 벡스의 얼굴이 떠올랐다.

"썩을 자식. 빌어먹을 자식. 병신 같은 자식."

제닌은 작게 욕하며 애꿎은 바닥을 두드려댔다.

파삭.

무언가가 부서지는 소리가 들려왔다. 대수롭지 않게 넘기려 했는데, 느낌이 조금 이상했다.

제닌은 손을 들어 올려 살펴보았다.

"상처가… 낫고… 있어?"

스켈레톤 다크나이트의 두개골을 깨부순 손이었다. 살은 온통 짓뭉개져 있었고, 뼈는 부러진 상태.

하지만 뭔가가 부서진 순간 시원한 느낌이 들기 시작하더니 천천히 아물어가고 있었다.

제닌은 황급히 손이 있던 자리를 바라보았다.

얇고 투명한 조각들이 흩어져 있었고, 그 사이로 약간 남은 붉은 액체가 천천히 땅으로 스며들고 있었다.

"서, 설마!"

제닌은 휘둥그레진 눈으로 스며드는 액체를 양손으로 긁어모았다. 그리고 그것을 조심스럽게 벡스의 입가로 가져가 떨어뜨렸다.

똑. 또옥. 똑.

붉은 방울이 벡스의 입술 사이를 타고 흘러들어 갔다.

"제발, 제발, 제발!"

제닌은 초조한 눈빛으로 벡스의 붉은 막대를 바라보았다.

그런 간절한 바람 때문일까?

실금 같던 붉은 막대에 실금 하나가 더해졌다. 그야말로 미세한 변화였으나 그곳을 주시하던 제닌의 눈에는 확연한 변화였다.

제닌은 다시 붉은 액체가 있던 자리를 살폈다. 그러나 남아 있는 것은 붉은 자국뿐이었다.

"이, 이런!"

제닌은 양손으로 붉은 액체가 있던 자리를 긁었다. 박박 긁어대고도 모자라 벡스의 핼버트를 가져와 바닥을 파냈다.

그렇게 젖은 흙을 끌어모은 후, 인벤토리에서 천으로 이루어진 것을 찾아 흙을 감쌌다.

마리가 다가 와 벡스의 입을 벌렸다. 그리고 또랑또랑한 눈으로 제닌을 바라보았다.

"벡스! 살려!"

제닌은 설핏 웃으며 흙을 감싼 천을 조심스럽게 짜기 시작했다.

툭. 투둑. 툭.

붉은 기가 도는 흙탕물이 벡스의 입으로 떨어져 내렸다. 그의 입으로 들어가는 액체의 양에 비례해 벡스의 붉은 막대도 조금씩, 조금씩 차오르기 시작했다.

붉은 막대가 어느 정도 차오르는 순간, 벡스의 눈꺼풀이 떨려오기 시작했다.

"으음…… 할아… 버지?"

제닌의 입꼬리가 솟구쳐 올라갔다.

"잘 돌아왔다. 이 썩을 놈아!"

"우움……. 벡스! 써글 놈?"

마리가 고개를 갸웃거렸다.

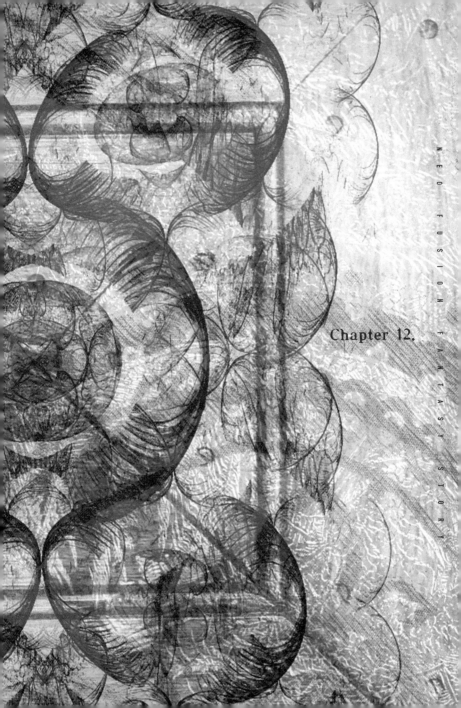

Chapter 12.

ROYAL
ROADER

I

[일점집중(Lv.1) 숙련도 1/100]

　- 같은 지점을 연속으로 타격해 피해를 중첩합니다.

　- 정확한 타격시 타격 횟수에 비례해 20%의 피해가 증가하고, 대상의 방어력을 5% 하락시킵니다. 최대 10회 중첩할 수 있습니다.

　설명을 읽으면서 제닌은 저도 모르게 벌어진 입을 다물 수 없었다.

　'그러니까 같은 지점을 열 번 때리면 3배로 강한 공격을 할 수 있고, 방어력을 절반으로 깎을 수 있다는 거잖아?'

　물론 10번 모두 같은 지점을 정확히 타격해야 한다는 전제가 있었지만, 제대로 들어가면 압도적인 공격력을 발휘할 수 있었다. 게다가 상대의 방어력까지 깎아내리니 실질적으로는 6배 가까운 위력을 발휘할 수 있을 터였다.

스켈레톤 다크나이트와의 전투로 벡스와 마리를 잃을 뻔한 위기를 맞았으나, 무사히 넘긴 결과 엄청나게 좋은 스킬을 얻을 수 있었다.

제닌이 놈들을 모두 쓰러뜨렸을 때, 처음 떠오른 메시지가 바로 스킬 획득에 관한 것이었다.

다만, 읽지도 않고 흘어버려 이름을 정하지 못한 것이 아쉬웠지만, 제닌은 그저 스킬을 얻었다는 사실 자체만으로도 만족했다.

얻은 것은 스킬뿐만이 아니었다.

제닌은 손을 내려다보았다. 그의 손에는 긴 자루를 가진 한쪽 끝이 뾰족한 망치가 들려 있었다.

[다크나이트 워해머, 공격력 : 28-34, 무게 : 4.5kg, 내구도 : 35/42, 착용제한 : 레벨 15]

제닌의 입가에 떠오른 흐뭇한 미소가 한층 더 진해졌다.

깨져버린 스켈레톤 소드에 비해 무게는 약간 무겁지만 두 배 가까운 공격력을 가지고 있었고, 내구도 또한 월등하게 상승했다. 게다가 상대해야 할 적이 스켈레톤이라는 점을 생각하면, 그야말로 완벽한 무기였다.

이것이 끝이 아니었다.

제닌은 모닥불 가에 앉아 고기를 흡입하고 있는 벡스를 바라보았다.

벡스는 열심히 고기를 뜯으면서도 가끔 고개를 아래로 내리며 씩 웃었다. 그의 몸에는 검은색 광택이 도는 중갑이 걸쳐져 있었다.

[다크나이트 아머, 방어력 : 59, 무게 : 16kg, 내구도 : 44/58, 착용제한 근력 : 30, 레벨 13]

벡스가 전에 착용하던 조잡한 판금갑옷과 비교하면 무려 6배의 방어력에 무게는 오히려 가벼웠다.

'쯧! 맞는 게 좋다고? 더 많이 맞고 싶어서 꼭 입어야겠다고?

갑옷을 처음 보았을 때 벡스는 그렇게 말했었다. 그야말로 벡스다운 말이었다.

제닌은 무거운 데다가 움직임을 제한하기까지 하는 중갑이 마음에 들지 않았다. 차라리 경갑을 입고 날랜 움직임으로 피하는 쪽이 훨씬 나았다.

그렇지 않아도 주려고 했었다. 벡스는 방어를 전담해야 했기 때문이다. 오히려 다시 위험한 일을 시키는 것 같아 미안하기까지 했다. 그런 제닌에게 해맑게 웃는 벡스의 모습은 그야말로.

"바보 그 자체였지."

제닌은 피식 웃으며 벡스에게서 시선을 거두었다.

인벤토리 창을 열자 아래 즈음에 붉은 액체가 들어 있는 병의 그림이 보였다. 통로 안에서 쓰러뜨린 놈이 떨어뜨린 물건이었다.

"그런데……."

제닌의 시선이 붉은 약병 옆으로 향했다.

"이건 대체 무엇에 쓰는 건지 모르겠단 말이야."

[??스톤]

제닌이 바라보는 물품의 이름이었다.

Ⅱ

제닌이 다시 공터를 찾을 때마다 스켈레톤 킹은 무료함에 찬 얼굴로 그저 파리 쫓는 손짓을 할 따름이었다. 그리고 손짓의 횟수에 맞는 스켈레톤 다크나이트가 소환되어 제닌에게 달려들었다.

휙. 휘휙. 휙

휘휙! 휘휘휙!

네 마리, 다섯 마리, 여섯 마리…….

한 무리의 스켈레톤 다크나이트를 처리하고 다시 돌아오면 스켈레톤 킹은 손짓의 횟수를 하나씩 늘렸다.

마치 제닌이 몇 마리까지 버틸 수 있는지 시험하는 듯한 모습이었다. 슬쩍 짜증이 나고 약도 올랐으나 제닌은 경거

망동하지 않았다.

상대의 의도보다 결과를 따져 보았다.

'점점 더 강해지고 있어.'

벡스는 15레벨이 되었고, 마리는 12레벨이 되었다. 제닌은 아직 19레벨에 머물러 있었지만, 경험치는 거의 20레벨에 근접해 있었다.

레벨도 중요했지만, 이들이 강해진 원인은 장비에 있었다.

네 마리를 처치했을 때에는 방패가 떨어졌다.

[다크나이트 실드, 방어력 : 44, 무게 : 8kg, 내구도 : 38/46, 착용제한 근력 : 25, 레벨 13]

이것을 벡스에게 착용시키니 스켈레톤 다크나이트의 공격은 큰 위협이 되지 못했다.

다섯 마리를 처치했을 때는 장비가 떨어지지 않았다. 대신 체력을 회복시켜주는 붉은 물약과 용도를 알 수 없는 [??스톤]을 더 많이 얻을 수 있었다.

그리고 여섯 마리를 처치했을 때……

제닌은 자신의 손아귀를 내려다보았다.

[강력한 다크나이트 건틀렛, 방어력 : 22, 무게 : 1.7kg, 내구도 : 19/22, 근력+5, 착용제한 : 근력 20, 순발력 20, 레벨 15]

먼저 장비의 이름을 나타내는 색깔 자체가 달랐다. 그리고 이름 앞에 '강력한' 이라는 수식어가 붙어 있었다. 가장 중요한 것은 '근력+5' 라는 문구였다.

착용해보니 정말 힘이 샘솟는 느낌이 들었다.

그와 더불어 스테이터스 창을 확인해보니 실제로 근력이 상승해 있었다.

[이름 : 제닌, 종족 : 인간, 나이 : 21, 레벨 : 19(2436/2470), 근력 41(36+5), 순발력 30, 지능 14, 지혜 14, 활력 30, 감각 31, 보너스 포인트 0]

이름이 녹색인 장비는 흰색보다 공격력이나 방어력의 수치가 월등히 높았다. 그런데 파란색은 녹색 장비만큼의 성능에 능력치까지 더해 주는 효과가 있었다.

벡스가 착용한 장비가 명품이라면, 건틀렛은 거의 보물 수준이었다.

'모든 장비를 이런 것들로 착용한다면 어떨까? 게다가 만약 이보다 더 좋은 장비가 있다면?'

제닌은 그런 생각만으로도 왠지 모르게 가슴이 뻐근해졌다.

"벡스, 준비하고 있어. 이번에는 아마 일곱 마리가 나타날 거야."

"예! 방어는 맡겨만 주십시오! 대장이 시키는 일이라면 몸도 마음도 다 바치겠습니다!"

마무리가 좀 이상했지만, 제닌은 피식 웃으며 넘겼다.

벡스를 잃을뻔한 후 약간은 관대해진 제닌이었다.

"마리도! 바칠래!"

마리가 발을 동동 구르며 외쳤다. 벡스에게 지기 싫어한다는 느낌이 묻어나는 행동이었다.

'그건, 좀 위험할 지도……'

제닌은 마리의 머리를 쓰다듬어 준 후, 통로 안으로 걸음을 옮겼다.

Ⅲ

"이런 제길!"

통로를 나아가 스켈레톤 킹이 있는 공터에 다다르고, 스켈레톤 킹이 손짓을 해 검은 안개를 일으키기까지. 모든 것은 지금까지와 다르지 않았다.

다만 한 가지 달라진 점. 제닌으로 하여금 욕설을 내뱉게 만든 이유는 바로 그것이었다.

검은 안개가 그가 지나온 통로 쪽에서도 피어오르고 있었다.

"너무 갑작스럽잖아!"

제닌은 다크나이트 워해머를 움켜쥐며 통로를 향해 뛰었다. 이어 통로를 가로막은 안개를 향해 힘껏 그것을 휘둘렀다.

퉁!

안개는 탄력 있는 고무 막처럼 제닌의 워해머를 튕겨냈다. 튕겨 나온 워해머에 도리어 제닌이 다칠 뻔했다.

"크윽! 빌어먹을!"

스으으으.

계단 아래의 검은 안개가 서서히 사람의 형상으로 뭉치고 있었다. 통로를 막은 검은 안개에는 격자무늬가 나타나기 시작했다. 감옥의 창살을 연상시키는 모습이었다.

'갇혔어!'

〈2권에서 계속〉